U0942971

周浩晖 著

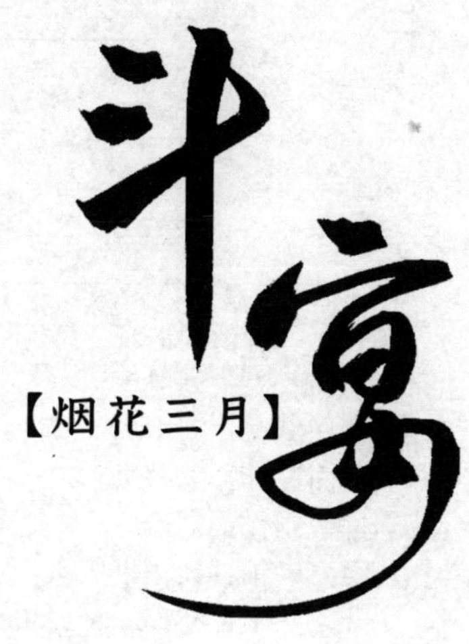

【烟花三月】

中国华侨出版社
北京

图书在版编目（CIP）数据

斗宴 / 周浩晖著. — 北京：中国华侨出版社，2018.5

ISBN 978-7-5113-7662-6

Ⅰ. ①斗… Ⅱ. ①周… Ⅲ. ①长篇小说—中国—当代 Ⅳ. ①I247.5

中国版本图书馆CIP数据核字（2018）第064014号

斗宴

著　　者：周浩晖
出 版 人：刘凤珍
责任编辑：附　离
封面设计：陆骏璇
排版制作：刘珍珍
经　　销：新华书店
开　　本：880mm × 1230mm　1/32　印张：10　字数：246千字
印　　刷：三河市文通印刷包装有限公司
版　　次：2018年6月第1版　2018年6月第1次印刷
书　　号：ISBN 978-7-5113-7662-6
定　　价：42.00元

中国华侨出版社 北京市朝阳区静安里 26 号通成达大厦 3 层　邮编：100028
法律顾问：陈鹰律师事务所
发 行 部：（010）82068999 传真：（010）82069000
网　　址：www.oveaschin.com
E-mail：oveaschin@sina.com

如发现图书质量问题，可联系调换。质量投诉电话：010-82069336

第一章　故人西辞黄鹤楼……001

第二章　名楼会……039

第三章　春江花月夜……083

第四章　古巷幽幽飘香……115

第五章　车轮战……159

第六章　谁人正午赏明月……203

第七章　三头宴……241

第八章　最后一战……281

尾声……313

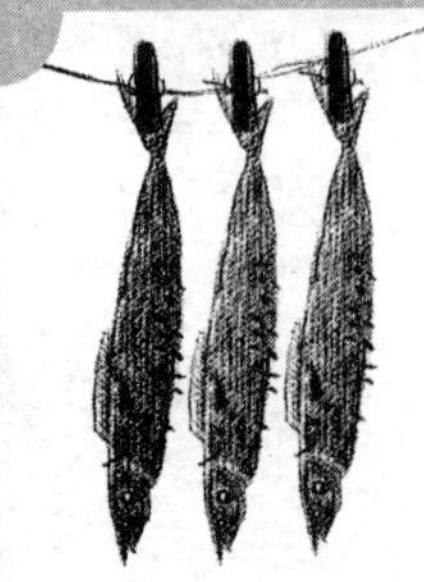

扬州三大名楼

	镜月轩	天香阁	一笑天
老板：	陈春生	马山	徐叔
小厨：	孙友峰	彭辉	凌永生

/ 第一章 /

Chapter 1

故人西辞黄鹤楼

在中国人的菜谱中，豆腐只怕是最为普通的原料之一了。煎、炒、蒸、炸、煮，无一不可，上可进皇宫御宴，下可入乡野草席。可以这么说：四海虽大，想要找出一个从没有吃过豆腐的人，却是千难万难。

文思豆腐羹

扬州厨刀，名动天下。

扬州厨刀本身并没有什么特别之处，普普通通的厨刀之所以声名显赫，是因为那些用刀的人。用刀的人，通常会被称为“刀客”。和武侠世界里的刀客们不一样的是，这些刀客手里的刀不是用来砍砍杀杀的，他们用刀做出一道道美味佳肴，让人们的生活变得有滋有味，并在此过程中体现出自身的价值。

同武侠世界一样的是，这里有门派，也有师徒；刀客中有声名显赫的大侠，也有默默无闻的小卒；小卒梦想着有一天能成为大侠，大侠则追求有一天能艺冠天下。所以，这里面就产生了很多故事，故事里有奋斗、有比试、有成功，也有失败。

当然，这样的故事中也少不了恩怨。

刀客们施展本领的舞台是扬州城内大大小小的酒楼。每个酒楼就像一个门派，在那里，本领最高的刀客便成为酒楼的“总厨”，其他刀客按级别分为“头炉”“二炉”“三炉”等。

在刀客中，“总厨”的身份总是令人羡慕的，就像武侠世界中的掌门一样，不管门脸大小，好歹也算是一方诸侯。

扬州城不大，但酒楼饭馆却遍布大街小巷，成为印证扬州饮食文化之繁荣的最好例证。每到饭时，酒菜飘香，宾朋满座，一派“万商日落船交尾，一市春风酒并垆”的繁华景象。

这些酒楼也有高下之分，好的酒楼能吸引到顶尖的刀客加盟，生意自然比其他酒楼要好，名声也会大一些，所以，我们把这样的酒楼称为“名楼”。

“镜月轩”“天香阁”“一笑天”，这是扬州城内公认的三大名楼。

“镜月轩”位于市中心的美食一条街上，其老板陈春生是市内最著名的餐饮企业家。目前他的分店已遍布江苏省各大市县，总资产过亿元。有这么雄厚的财力，“镜月轩”的看家刀客当然不会是泛泛之辈。

孙友峰，属龙，三十九岁，“镜月轩”总厨，正值壮年，两年前在全国烹饪电视大赛上获得金奖，随即被陈总高薪聘用，以一己之力使得底蕴并不深厚的“镜月轩”跻身淮扬三大名楼之列。

从气势上来说，位于玉带河畔的“天香阁”比“镜月轩”差了很多，但提起“天香阁”的老板马山，饮食界却是无人不知。马山已年过七旬，是昔日淮扬菜“四大金刚”中硕果仅存的一位。其苦心钻研淮扬菜数十年，理论实践均有过人之处。后创办“扬州烹饪学校”，育人无数，淮扬刀客无不尊称他为“马老师”。

马山桃李遍天下，其中最为出色的，当数现年四十二岁的彭辉。彭辉自二十岁出师以后，一直担任“天香阁”总厨，很多人认为，他的厨艺青出于蓝而胜于蓝，已经超过了当年巅峰时期的马山。更加可贵的是，彭辉为人忠诚厚道，面对诸多酒楼的高薪诱惑，他从不动

摇，在“天香阁”一待便是二十多年。就连马山自己也公开承认，以彭辉目前的身手，只要出去闯荡两年，或者参加个什么大赛，立刻便可成为名动四海的名厨。

不过扬州城内第一酒楼的名头，多年来却一直被“一笑天”占据。

“一笑天”位于城北一条不起眼的小巷中。据地志记载，这座酒楼已辉煌了数百年，而悬挂在酒楼正厅中的一块牌匾则是这种说法最好的物证。

牌匾用上好的楠木制成，历经岁月沧桑，成色仍乌黑发亮，通身找不到一处裂纹。牌匾上写着四个苍劲挺拔的金色大字：烟花三月。

关于这四个字，饮食界有着一个流传已久的故事。

据说“一笑天”的兴起，是在两百多年前的清朝乾隆年间。当时“一笑天”的主厨是一个百年难遇的烹饪奇才，他深谙淮扬菜系的精髓所在，不论什么样的原料，经过他的操作，其中的鲜香原味都能被发挥到极致。名气传出之后，人们给他起了个外号：“一刀鲜”。久而久之，大家甚至把他的本名都给忘记了。

乾隆皇帝下江南的时候，听闻了“一刀鲜”的大名，特地前来品尝了他烹制的淮扬菜肴，赞不绝口。从此以后每次南巡，乾隆爷都会让“一刀鲜”御前候驾。有了这样的经历和资本，“一刀鲜”声名鹊起，“一笑天”也成了淮扬饮食界的翘楚。

时光流逝，几十年过去了，乾隆退位，嘉庆皇帝即位。此时的“一刀鲜”也到了花甲之年，早已在家养老，但他的儿子学得了父亲的技艺，在“一笑天”续写着名厨的辉煌。这一天，突然从大内传来了六百里加急文书，要调昔日在乾隆爷御前候驾的“一刀鲜”进京。

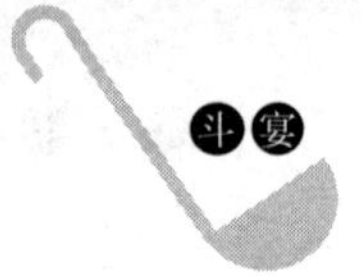

“一刀鲜”不敢怠慢，立刻收拾行囊，赶赴京城。一路上，驿差向他说明了事情的原委。

原来乾隆爷身体日渐衰弱，已近大殁之时。近日里，他突然胃口大坏，茶饭不思，后宫御厨总领姜大人想尽办法，做了各种美味佳肴，只差奉上龙肝凤髓了。但每到用餐的时候，乾隆爷往往是举起筷子，目光在餐桌上扫视片刻，然后便摇头叹气，难以下箸。这可急坏了跟随他多年的王公公。绞尽脑汁之后，王公公突然想起了当年南巡时，候驾的“一刀鲜”打理的菜肴曾深合乾隆爷的心意，于是立刻快马加急发出了大内调令。

“一刀鲜”进了紫禁城，当天就做好一道菜肴，送入后宫。乾隆爷食用后，叹曰：“这么多年了，只有这个‘一刀鲜’还能体会孤家的口味和心意。”随后御笔亲赐菜名“烟花三月”。

“一刀鲜”携着乾隆爷的御赐金匾回到扬州后，消息很快传遍了全城。太上皇给一个厨子亲笔题匾，那是多大的荣耀！不过奇怪的是，“一刀鲜”从没在别的场合做过这道“烟花三月”，别人问及时，他也总是笑而不答。据说，这道菜的菜谱从此成了“一刀鲜”家族秘而不宣的绝技，代代相传下来。

那块“烟花三月”的牌匾，也一直悬挂在“一笑天”酒楼的大堂中。

不过“一笑天”酒楼今日在扬州城能有如此地位，既不是因为这块牌匾的传奇色彩，也不是凭借“一刀鲜”当年的虎虎余威。现在的人们提起“一笑天”酒楼，都会立刻说出一个人的名字：徐叔！

徐叔，五十二岁，在“一笑天”任老板已有二十多年。

20世纪80年代初，正是“一笑天”酒楼最为困难的时期。两百多年来坐镇总厨的“一刀鲜”族人在“文革”期间一去杳然之后，“一笑天”的后厨实力便一落千丈，仅靠着百年老店的名声维持着不死不活的状态。改革开放之后，扬州的饮食业在新的形势下迅猛发展，“一笑天”酒楼面对激烈的市场竞争，已是岌岌可危。

徐叔就是在这种情况下，接手了“一笑天”酒楼，他发誓要在三年内让“一笑天”重现辉煌。“一笑天”需要一个新的实力派总厨，徐叔早已在心里想好了人选，这个人就是他自己。

从此，厨刀几乎成了徐叔生命中的全部，他不停地练，不停地尝，不停地学。

有人说，徐叔这么做并不是盲目的，“一刀鲜”传人当年离去的时候，曾把自己的一身烹饪绝技写成册子，留给了酒店里的一个小伙计，而这个小伙计就是徐叔。

对于这种说法，徐叔长期以来既不承认，也不否认，人们也就无从证实。人们看到的事实是：三年后，徐叔自任“一笑天”总厨，一身厨艺技惊全城。当时，包括马山在内的淮扬菜“四大金刚”一致认为，他是自“一刀鲜”消失后烹饪界的第一高手。

从此之后，“一笑天”重振雄风，二十年来牢牢占据着淮扬第一名楼的位置，徐叔也一直是淮扬饮食界公认的头号刀客。

当然，以“镜月轩”和“天香阁”为代表的其他酒楼自然不甘心久居人下，他们无时无刻不在等待着机会，将“一笑天”酒楼取而代之。

今年，这个机会终于出现了。

一个月前，徐叔突然做出了一个令众人吃惊的决定：由他的徒弟

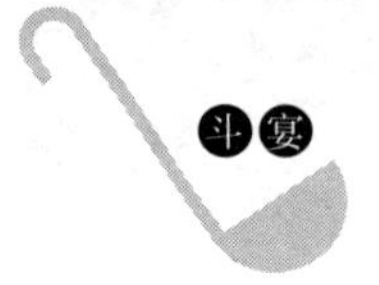

凌永生接任“一笑天”的主厨，而他本人将不再过问“一笑天”的后厨事宜。

消息传出，饮食界议论纷纷，而“镜月轩”的陈总随即做出反应，在淮扬烟花节期间举办一次“名楼会”，邀请“天香阁”和“一笑天”的主厨届时与“镜月轩”主厨孙友峰同台切磋厨艺。

明眼人一看便明白，这名为邀请，实际上是下了战书，三大名楼的主厨同台献艺，自然会分出个高下。“镜月轩”摆明了是想趁着徐叔淡出之际，在这次大会中力拔头筹，为取代“一笑天”淮扬第一名楼的位置创造声势。

“天香阁”对此次邀请立刻积极响应。在这种情况下，“一笑天”自然不能退缩，新任主厨凌永生已答应届时赴会，一场淮扬刀客间的最高对决已势所难免。

凌永生，二十七岁，在业界默默无闻。人们对他的水平难免会有一些疑问，但在凌永生成为主厨之后，光顾过“一笑天”的食客都说，这里的菜肴仍然色味双全，与“镜月轩”和“天香阁”相比毫不逊色！

究竟哪位刀客能够在这场难得的“名楼会”中胜出，一时间成了扬州各大酒楼茶肆中食客闲人们聊天时的热门话题。

随着既定日期一天天临近，这个悬念也终将要被解开了。

离“名楼会”还有三天。

崭新的厨刀，长七寸，高五寸，半弧形刃口，脊宽三分。

这是扬州厨刀中最大最沉的一种，这种刀通常都是用来剁排骨的。

现在这把刀正握在王癞子的手里，阴沉的刀光映着他那张难看的笑脸。

王癞子笑得这么开心，是因为今天他的生意着实不错，从清晨开张到现在，不到两个小时，他已经卖出了四五十斤排骨，他手中的刀几乎没有停过。

现在，一位大妈又被那案板上新鲜红润的排骨吸引了过来："这排骨怎么卖啊？"

"实在价，"王癞子很爽快地答道，"五块六一斤！"

大妈用手指试试成色，嘀咕着："挺新鲜的，倒是不贵……给我来两斤。"

"好嘞！"王癞子挥起厨刀，麻利地剁下几块排骨来，放到台秤上，秤盘立刻被低低地压了下去。

"看这秤压得多低，足有两斤二两了，算您两斤！"王癞子慷慨地嚷嚷着，唾沫星子喷出老远。

"癞子，换新刀了？"一个声音突然在大妈身后响起。

王癞子抬头看清来人，脸上立刻挤出了谄媚的笑容："哟，飞哥，你来啦！"

被称作"飞哥"的人看起来比王癞子还要小上几岁，最多也就三十岁。他中等个头，很随意地套着一件圆领的毛衣，消瘦的脸庞配着一头平平的板寸，显得煞是精神，只是下颌上没有剃尽的胡须又略微透着一丝沧桑和凌乱。

"把你的新刀借我看看。"飞哥眯着眼睛，笑容中带着些戏谑的意味。

王癞子有些迷惑地看了看自己手中的刀，然后下意识地把它递了过去。

飞哥接过刀，在手中掂了掂，轻声赞了句："好刀。"

"嘿嘿。"王癞子得意地笑了两声，"这是我花十五块钱在……"

突然间，飞哥扬手，挥刀，落刀！那把厚重的厨刀直奔王癞子放在案板上的左手而去。他的动作迅捷无比，事前却没有半分征兆，还没等王癞子反应过来，那刀已经"笃"的一声穿过他的手剁进了案板，刀身尤在微微颤动着。

王癞子面色惨白，没说完的话也被吓得咽回了肚子里。飞哥却仍是一副笑嘻嘻的慵懒表情，他若无其事地从刀刃边捡起一块刚刚被切下的排骨，丢进了台秤的托盘里，然后伸手在托盘下一抹，从盘底取下一块磁铁来。

这一进一出，台秤的读数竟丝毫不变。

"两斤二两，算两斤。"飞哥悠然自得地拍拍手，看着台秤，显得颇为得意。

王癞子此时才回过神来，他颤抖着抬起左手，手掌完好无损。刚才那一刀原来只是嵌入了他的指缝中。

"飞哥，你怎么和我开这样的玩笑……可吓死我了……"王癞子擦擦额头的汗水，一副心有余悸的样子。

飞哥嘻嘻一笑："做买卖不公平，你就不怕有一天真的切了自己的手？"

王癞子躲避着飞哥的目光："是……是……都说你的眼睛比秤砣还贼，我今天算见识了……"

王癞子一边自嘲地说着，一边想把剁在案板上的厨刀拔出来，可是他一使劲，那厨刀竟纹丝不动，仔细一看，刀刃已没入案板半寸有余。

王癞子的狼狈样引得围观的众人一阵哄笑，他自己则被臊了个面红耳赤，挤眉弄眼地看着飞哥："帮帮忙……你这个力道，我拔不出来……"

飞哥见把王癞子耍得也差不多了，正要上前，另外一只手却抢先握在了刀把上，只见这只手轻轻一抬，厨刀便乖乖地脱离了案板。

拔刀的是一个二十多岁的年轻男子，他英俊儒雅，风度翩翩，穿着一身整洁华贵的西服。飞哥挑了挑眉头，饶有兴趣地看着他，这样的人一般是很少出现在菜市场中的。

年轻人一边把厨刀还给王癞子，一边看着飞哥赞道："你这一刀，好厉害的眼力和准头。'一笑天'酒楼的菜头都有这样的功力，淮扬第一名楼果然名不虚传。"

"哦？"飞哥摸着自己下巴上的胡子茬儿，"你认识我？"

年轻人面带微笑："你叫沈飞。在'一笑天'酒楼当了近十年的菜头，专职为酒楼采购新鲜的菜肴原料，混迹于扬州各大菜市场，被菜贩子们称为飞哥。闲暇时，在酒楼附近的巷口中摆摊炸臭豆腐，口味鲜香独特，远近闻名。"

见对方对自己竟然了解得这么详细，沈飞不禁挠了挠自己的脑门："我们以前见过吗？眼生得很啊……"

"不，我们是第一次见面。"

"那你自我介绍一下？"

"不用了，我们很快会再见的。"年轻人看着沈飞，虽是拒绝，

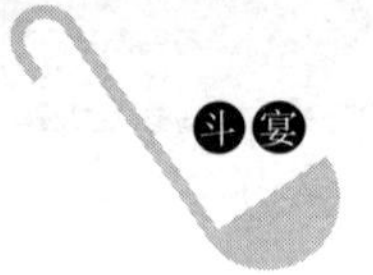

但言语却彬彬有礼。

“那好吧。”沈飞也笑了起来，“我这个人的好奇心一向不重。”

“后会有期。”年轻人颔首作别，然后转过身，自顾自地离去了。

“哎，飞哥，这是谁啊？听口音不像是本地人。”王癞子好奇地嘟囔着。

沈飞看着年轻人远去的背影，微微摇了摇头。自己在扬州城混了这么多年，但确实从没见过此人。年轻人两次提到“一笑天”酒楼，多半也是饮食圈里的人物。从他拔刀的动作来看，其手腕上的力量足以跻身最顶尖的刀客行列。

在“名楼会”即将开始的时候，这个人突然出现在扬州，这意味着什么呢？

离“名楼会”还有两天。

神州广阔，各个地方的人们都会有其带有浓郁地域色彩的生活方式。

“早上皮包水，晚上水包皮。”这句扬州俗语便活灵活现地描绘出了老扬州人的传统生活习惯。

“早上皮包水”即指吃早茶。扬州人不说“喝茶”，而说“吃茶”，其中是有原因的。说出来也很简单，因为这早茶的重点在于“吃”，而不在于“喝”。

各式各样的面点和冷肴才是早茶桌上的主角，食客们手捧一杯绿茶，不时地啜上两口，除了去腻清胃以外，还有一个很重要的作用，便是解渴。

来吃早茶的人很容易口渴，因为他们的嘴，两分时间在吃东西，八分时间却是在聊天。

聊得投机时，一顿早茶可以从晨光初上直吃到日当正午。茶社的常客，必然都是些身无杂事的闲人，只有他们才有时间吃早茶，也只有他们才能洞知时局动态，市井之声，有着那么多聊不完的话题。

惜春茶社内饰古朴，傍水而建，门口种有一片竹林，恰似在闹市中辟出的桃源。在这里吃早茶，近都市而远喧嚣，自然成为老茶客们的首选之地。

茶社二楼有两张靠窗的桌子，可以欣赏到楼下的水色，这样的雅座一般都会留给每天都来光顾的熟客。

赵爷和金爷就是这样的客人，此时，这两个老头子正面对面坐在西首的桌子上，一边吃点心品茶，一边摆起了龙门阵。他们今天聊的正是有关“名楼会”的话题。

“我看这次‘名楼会’还不如叫‘名厨会’，三位大厨同台比试，嘿嘿，有意思，到时候还真得去看看。”

“你觉得谁胜出的可能性大一些？”

“这个……还真不好说啊，如果徐老板能够出马，自然是‘一笑天’的赢面大，可现在的那个主厨毕竟年轻，道行终究有限啊，不知道徐叔为什么会做出这样的决定……”

“这烹饪做菜也是个体力活。徐老板年纪毕竟大了，虽说再支撑几年还不成问题，但终究会越来越吃力。现在他提前把衣钵传给弟子，既是对晚辈的一种锻炼，自己也还有能力提携提携，做个过渡。我倒认为这步棋是徐老板的一个高招啊。即使这次比试失利，也为东山再起打好了基础，不会出现以前失去‘一刀鲜’便大厦倾塌的局面。”

“嗯，有道理。”隔壁桌上突然有人自言自语地接了句话茬。

二老循声看了过去，说话的年轻人衣冠楚楚，正襟独坐，端着一杯热茶，似乎若有所思。见二老注意到自己，他放下茶杯，很有礼貌地笑了笑，用一口标准的普通话说道：“只是这位老先生只知其一，不知其二。”

“哦？”茶社本来就是聊天会友的好地方，刚才说话的赵爷立刻发出了邀请，“小伙子，一块过来聊聊？”

“好的。”年轻人点点头，大大方方地坐了过来。

金爷啜了口茶，眯着眼睛打量了年轻人两眼：“小伙子，你知道‘一笑天’酒楼的事情？”

年轻人微微一笑：“说起‘一笑天’，上至老板徐叔，下至后厨烧火的老孙头，每个人我都多少了解一些。”

这样的话从一个外地人的口中说出，不免让人有些诧异，二老禁不住对看了一眼。

赵爷往前探了探身子：“那你刚才所说的‘只知其一，不知其二’是什么意思？”

“徐叔着急把‘一笑天’主厨的位置传给了徒弟凌永生，其中另有重要的原因，刚才您却没有提到。”

“嗯，那你倒说说，还有什么原因？”

“因为明天，徐叔的女儿就要回来了。”

“徐老板的女儿？”赵爷惊讶地睁大了眼睛，“我在扬州这么多年，徐老板从来都是独身一人，哪里来的什么女儿？”

年轻人轻轻地叹了口气："徐叔二十年来的成功和辉煌人人知晓，但他为此付出的代价却只能一个人藏在心里了。当年徐叔埋头苦练厨艺的时候，难免冷落了妻女。后来他的妻子出国留学，寄回了一纸离婚协议书，他尚未入学的女儿也随母亲移居国外。那时的徐叔还是默默无闻的人物，你们不知道这些事情也不奇怪。"

"竟有这样的事？"金爷感慨地说，"难怪徐老板独身这么多年，看来对妻女还是念念不忘啊。"

"不错。"年轻人接着说道，"徐叔之所以不再续任'一笑天'的主厨，就是为了摆脱那些俗事，趁着女儿回国，好好地享享天伦之乐。"

年轻人言语坦诚，话又说得合情合理，不由得二老不信，不过赵爷还是忍不住提出了自己的疑问："你是徐老板的什么人？这些事情，你怎么会知道得这么清楚呢？"

年轻人笑了笑，却不正面回答："这些问题，过不了几天你们就会知道答案的。"

离"名楼会"还有一天。

对于即将参加大会的三位大厨来说，现在应该已经到了最为紧张的时刻。

孙友峰和彭辉都是一大早就起了床，他们要利用一天中记忆力最为清晰的早晨时分来训练和调整自己的辨味能力。

而凌永生此时却在做着一件与"名楼会"毫不相关的事情——打扫卫生。

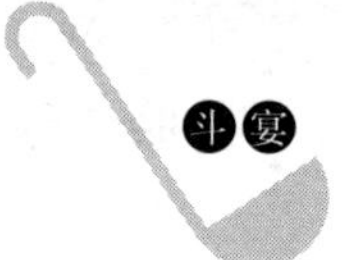

不仅是凌永生，“一笑天”的其他人，甚至包括徐叔自己，现在都在酒楼的厅堂里打扫卫生。

对他们来说，今天即将发生的另外一件事情，似乎比那场迫在眉睫的大战更为重要。

年过半百的徐叔身形已略微有些发胖，他手里掂着一块抹布，一边四下走动着，一边时不时地唠叨两句。

“仔细点啊，这儿，看到没？还得再擦擦。在国外生活过的人，对卫生最讲究了，她们都有那个……那个……洁癖！”说着话，徐叔手里的抹布已经抡了上去，囫囵两下，擦去了窗户上的一片污渍。

“师父，您女儿肯定是今天到吗？”凌永生一边说话一边习惯性地挠挠头。他个子不高，圆脸浓眉，带着些许憨态，一眼看上去，很难把他和淮扬顶尖刀客的身份联系在一起。

“那当然。”徐叔用不容辩驳的口气回答徒弟的疑问，“她们在国外生活过的人，做事情最讲信用了，绝对不会失约。”

“哦。”凌永生接受了师父的观点，举起一根长长的鸡毛掸子，轻轻地拂去吊灯上的灰尘。

师徒俩讨论的正是徐叔和前妻所生的女儿徐丽婕。二十年前，徐叔通过自己的努力，赢得了荣誉和地位，却失去了家庭。二十年后，这一切还有机会来弥补吗？

徐叔看似专注地擦着前台上摆放着的一件玻璃饰品，思绪开始飘忽，不知是在回忆往事，还是在憧憬父女相聚时的美妙感觉。

“徐叔，你再怎么擦，它也还是个玻璃的。”一个戏谑的声音把徐叔的思绪重新拉回到现实中。

徐叔不用抬头，就知道说话的人是谁。在“一笑天”酒楼里，只有一个人会如此没大没小地和他这样说笑。

这个人便是沈飞，他刚刚从外面买菜回来，此时正开心地咧着嘴，笑嘻嘻地看着徐叔。

“一笑天”酒楼里的年轻人，个个都会做两个拿手菜，成为名厨是他们共同的理想。他们对徐叔既尊敬又崇拜。

唯独沈飞是个例外。

沈飞是个菜头。菜头就是专门负责买菜的人，在酒楼的后厨里，他的地位是最低的。但沈飞对自己的身份很满足，他似乎从来没想过成为厨子，更没想过要成为名厨。他从来不学做菜，所以也就从来不会因厨艺不精受到徐叔的斥责。

于是他每天都能过着一种快乐而简单的生活。

徐叔抬起手，在沈飞脑袋上轻轻拍了一下：“你小子，少跟我油嘴滑舌的，菜买回来了吗？”

“那还用说！”沈飞举起手中的菜篮，“看看这块腰子，多新鲜！他要价五块六，愣被我还到五块。怎么样？”

徐叔看了眼腰子的成色，然后又用手在菜篮里翻了翻，点头赞了句：“不错，送到后厨去吧。”

沈飞答应一声，转身走了两步，突然又停了下来：“今天大小姐回来，我是不是也要露一手？”

凌永生笑着插话：“你能露什么呀？炸臭豆腐？”

“嘿嘿，小凌子，你看不起人。”沈飞似乎颇为不服，正想辩驳两句，突然他皱起鼻子，在空气中使劲地嗅了两下，然后兴奋地叫了

起来，“乖乖，清蒸狮子头，今天可有口福了。”

“你小子，鼻子倒尖！”徐叔略有些得意，他自己也探起鼻子闻了闻，点头道，“嗯，有火候了，去调到一分火，继续焖着。”

“好嘞！”沈飞欢快地答应一声，奔后厨去了。

时间只过了不到一个小时，但凌永生似乎是换了一个人。他腰杆笔直，浑身上下都充满了精神。

因为此时在他手中握着的，已经不是鸡毛掸，而是一柄厨刀。

普普通通的厨刀，普普通通的人，但当两者结合在一块的时候，刀有了生命，人也散发出灵气和活力。

对于这样的人，除了“刀客”，你还能找到更贴切的词语来称呼他吗？

很快，白果炒腰花、滑熘鳝片、花菇菜心先后端上了桌。三个菜荤素搭配，色彩和谐，香气四溢。凌永生恭恭敬敬地站在一旁，等待着徐叔的反应。

徐叔满意地点了点头，这次借着为女儿接风的机会，他也是有意要检验一下凌永生的厨艺。这几样虽然都是普通的家常菜，但很能体现出烹饪者对菜料搭配和火候上的掌握水平。至少现在看起来，结果还是令他满意的。

“嗯，不错。”徐叔赞许地说道，“再过两年，我就真的可以退休喽。”

凌永生憨憨地一笑：“我和师父比起来，还差得远呢。”

“哎，沈飞呢？你菜都做完了，他怎么还不出来？”徐叔看着后

厨的方向问道。

“他也在做菜呢，说要给大小姐接风。”

“他在做菜？”徐叔禁不住笑了起来，“我倒要看看他能做个什么出来。”

正说笑间，沈飞已端着一盘菜从后厨走了出来，菜用两个盘子扣着，看不到里面的内容。他一脸的郑重，把盘子放在了餐桌上。

“你这做的是什么菜啊？”徐叔一边问，一边忍不住就要去揭扣着的盘子。

沈飞忙不迭地伸手拦住：“哎，不行不行，得等大小姐来了才能揭开。”

徐叔撤回身子，故作不屑地撇了撇嘴：“嗬，搞得倒挺神秘。”

“那当然。”沈飞得意地说道，“这可是我在‘一笑天’酒楼的处女作啊。”

见沈飞放松了警惕，徐叔突然杀了个回马枪，双手迅疾地往菜盘上伸了过去。

沈飞眼疾手快，一把抓在他的手腕上：“说了不能揭……一把年纪了，还要赖皮。”

徐叔“嘿嘿”地笑了两声：“先让我见识见识嘛。小凌子，还不来帮忙。”

凌永生愣了一下，歉意地看了看沈飞：“这是师父让我干的，你可不要怪我。”说完就要去揭菜盘。

沈飞急得弯下腰，以身体作为屏障，口中嚷嚷着：“不行啊，你们师徒俩欺负人，这是专为大小姐准备的，不能……”

突然，他停了下来，目光怔怔地看向门口，见徐叔二人还没有要罢手的意思，他着急地连连努嘴。

徐叔和凌永生向着沈飞目光的去处看过去，只见一个靓丽的年轻女子正站在门口，有些奇怪地看着他们。见三人停止了纠缠，她脆朗朗地问了一句："请问，这里的老板是姓徐吗？"

徐叔愣了一下，突然醒悟似的松开沈飞："你是……丽丽？"

这个衣着时尚、披着一头暗红色的大波浪长发的女孩正是徐叔的女儿徐丽婕。她刚从美国辗转回到了童年时的故乡——扬州。徐叔的一声呼唤激活了她脑海深处遥远的回忆，她灿烂地一笑："爸，您好！"

徐叔看着突然出现在眼前的女儿，不禁有些发怔。不知是恍惚还是激动，他的眼角有些湿了。沈飞用眼睛瞟瞟他，担心冷场，冲徐丽婕夸张地笑了笑，应了句："你好！"

徐丽婕有些迷惑地看了沈飞一眼，沈飞恍然大悟地摇着手："不，不，我不是你爸。"他用胳膊肘杵杵徐叔，"这位才是，这位才是。"

此时的徐叔也调整好了情绪，他迎上前，拉住了女儿的手，有满肚子的话，却又不知从哪里说起，憋了半天，最后来了句："丽丽啊，还记得你爸吗？"

"当然记得啊。"徐丽婕的笑容中带着几分俏皮，"您看起来还是那么年轻。"

"还年轻呢，都快成老头子啰。"徐叔自嘲地说着，脸上却露出掩饰不住的欣慰笑容。

沈飞此时也殷勤地走了过来，帮徐丽婕接过行李："来来来，先

让大小姐坐下。有话慢慢说嘛。”

“对对对，先坐下吃饭。”徐叔引着徐丽婕来到餐桌前，“饿了吧？早就在等你了。”

“是吗？真荣幸。”徐丽婕坐好后，对着身边的凌永生友好地一笑，“你好。”

“你好。”凌永生显得有些羞涩。

这时，一位女服务员走过来，把一脸盆的清水放在徐丽婕面前，徐丽婕不解地挑了挑眉毛。

“Water，洗手，洗手。”沈飞肚子里没几个英文，却在这里发挥出了作用。

“哦。”徐丽婕恍然笑了起来。

徐叔拿出一张徐丽婕小时候的照片，他看看照片，再看看眼前的真人，连连感慨：“变了，变了啊。”

徐丽婕一边洗手，一边搭话：“是吗？那是变丑了还是变漂亮了？”

“当然是漂亮了……比你妈当年还漂亮。”

“好了好了，快开吃吧，别让菜凉了。”沈飞见徐丽婕已经洗完了手，张罗着就要动筷子。

徐丽婕向前倾着身体，欣赏似的看着餐桌：“这么多菜啊，好丰盛！”正说着，女服务员又端着一只大砂锅走了过来。

“乖乖，最好的来了。来，放在我们大小姐面前。”沈飞接过砂锅，摆在徐丽婕面前的餐桌上，然后揭开了砂锅的盖子。

顿时，一股热气和香味从砂锅中喷腾而出。蒸汽渐渐淡去后，砂锅内露出六只淡粉色的肉丸子来，每只都有拳头大小，形似葵花，粉嫩诱人。

“清蒸狮子头！”沈飞兴奋地报出了菜名，“请大小姐品尝。”

“好吧，那我可不客气了。”徐丽婕拿起筷子便想去夹。

沈飞连忙拦住：“哎哎哎，这可不能用筷子夹。”

徐丽婕有些诧异地看着沈飞。只见沈飞拿起一个汤匙，小心翼翼地把一个狮子头拨上去，然后举起汤匙，原本浑圆的狮子头一脱离蒸锅内的汤汁，立刻扁扁地驼成了椭圆形。

沈飞一边把那只狮子头放进徐丽婕的餐碟，一边说道：“这清蒸狮子头可是徐叔的看家菜，十足的火候，遇筷即碎，入口即融，你尝尝。”

徐丽婕夹了一小块狮子头放入口中，在徐叔期待的目光中，她舔了舔嘴唇，赞了一句：“好鲜啊！”

徐叔如同受到老师表扬的学生，满脸得意的笑容：“那你说说看，吃出了哪些鲜味？”

徐丽婕略微回味了片刻：“嗯，不仅仅是肉味，应该有山珍、有河鲜，不过太具体的我也说不上来。”

徐叔竖起了大拇指：“不愧是我的女儿，还是有品位的。这狮子头是用上好的猪肉，肥瘦搭配，剁泥后掺以香菇末、蟹粉成形，然后以鸡架垫底蒸制而成的，行家能从中品出四味，因此称‘四鲜狮子头’，你第一次吃就能说出有山珍和河鲜，也很难得了。”

凌永生在一旁补充说：“师父把狮子头做到这个火候，不仅口感鲜嫩，而且猪肉中的饱和脂肪酸经过长时间的焖制，都已转化成了不

饱和脂肪酸，更加利于人体的吸收。”

徐丽婕看看凌永生：“是吗？那我可更得多吃点了。”

此时沈飞又盛起一个狮子头放入自己碟中，自顾自地说道：“你们说得这么好，我也忍不住了，我给自己来一个。”

徐丽婕看着沈飞的样子，禁不住莞尔一笑，对徐叔说：“爸，您还没给我介绍这两位呢。”

沈飞抢着站起身：“嗯，我来我来。”他一指凌永生，“这位是徐叔的高徒，扬州厨界的后起之秀，姓凌名永生，熟人都叫他小凌子。今天这桌菜，基本上都是他做的，你可得好好品尝一下啊。”

徐丽婕赞道：“啊，真厉害！”

“这不算什么，明天小凌子代表‘一笑天’参加扬州的‘名楼会’，那才是真的厉害。”沈飞说着，把头转向凌永生，“是吧？”

凌永生有些不好意思地笑了笑：“呵呵，那是师父抬举我，给我这个机会。”

“嗨，看你这个谦‘孙’。”沈飞不以为然地晃着脑袋，还故意把“逊”字发错了音，“你说徐叔怎么就不抬举抬举我呢？”

徐丽婕笑着附和：“说得有道理。嗯，现在介绍一下你自己吧。”

沈飞挠挠头：“我可就没什么好说的了，嗯，姓沈名飞，‘一笑天’酒楼的菜头，就是专管买菜的，今天这桌菜，都是我买回来的。”

徐丽婕见沈飞有趣，有心和他开个玩笑，故意夸张地拍着手喝彩：“哇，厉害厉害！”

徐叔在一旁插了话：“哎，沈飞，你今天不也做了一道菜吗，现在能让大家看看了吗？”

沈飞一拍脑袋："对了对了，我差点都给忘了。我这道菜的名字可不得了，叫作'波黑战争'！"

徐丽婕托起下巴看着沈飞："'波黑战争'？这个菜名有意思。"

沈飞得意地卖起了关子："你们猜猜，这菜是怎么做的？"

徐叔和凌永生对看了一眼，均是一头雾水，他们师徒俩在饮食圈里摸爬滚打了这么多年，可谓见多识广，但对"波黑战争"这道菜还真是从来没有听说过。

"知道你们肯定猜不着。嘿嘿，这次跟我学着点吧。"沈飞一边得意扬扬地自夸着，一边揭开了盖着的盘子，"当当当当，大家请看！"

徐叔等三人瞪大了眼睛，终于看清了盘子下的玄虚。

凌永生失望地扁了扁嘴："这不是菠菜炒黑木耳嘛，说得那么玄乎。"

"哎，这你就不懂了。"沈飞倒不气馁，侃侃说起了他这道菜中的奥妙，"菠菜富含多种维生素成分，包括胡萝卜素、叶酸、维生素B_1、维生素B_2，而黑木耳含有丰富的蛋白质、铁、钙、维生素、粗纤维，具有益气强身、滋肾养胃、活血等功能。对于刚刚经历过长途跋涉的人来说，这道菜用来滋补调理最合适不过了。所以这道'波黑战争'是我专门为了给大小姐接风独家所创的特色大菜！"

徐叔不禁点点头："有点道理啊。看不出来，你小子还真有想法，他们长期在国外生活的人，吃东西最讲究营养了。"

徐丽婕听沈飞说得头头是道，忍不住夹了一筷子吃了起来，然后竖起了大拇指："嗯，味道也不错呢。"

"是吗？"徐叔也将信将疑地吃了一口，果然是清淡爽口，他惊

讶地看着沈飞，“不坏呀，小子，这是你自己做的？”

沈飞俏皮地一抱拳：“谢谢，谢谢捧场！在家练过，嘿嘿，在家练过。”

“有点天赋啊。回头让小凌子带带你，没准以后能混出个出息。”徐叔盯着沈飞，语气认真，不像是在开玩笑。

“得了吧。”沈飞晃了晃脑袋，“我有时间还是炸我的臭豆腐去，那才是我的专长。”

“没志气。”徐叔无奈地说，其实他一直认为沈飞充满灵气，如果肯下功夫，在烹饪上的造诣不会比凌永生差，可自己几次用言语试探，沈飞都显得毫无兴趣。人各有志，他也无法强求。

一桌人边说边吃，其乐融融。徐丽婕今天算是饱了口福，且不说徐叔亲自打理的四鲜狮子头，就是凌永生做的那几样家常小炒，也是道道汁浓味美，鲜香四溢。她在国外生活了二十年，虽然也经常光顾一些中国餐馆，但那些店铺又怎么做得出这么地道的美味？再加上沈飞在一旁插科打诨，欢笑之余，胃口更是大开。

在这样的气氛中，他们谁都没有注意到，一个客人走进大厅，在离他们不远处的一张方桌前坐下。

“一笑天”能成为淮扬第一名楼，服务当然也不会差。虽然还没到正式的用餐时间，但还是有服务员热情地走上前：“先生，您要点什么？”

“既然到了‘一笑天’，当然得尝一尝徐老板的‘四鲜狮子头’。”来客说话的声音很大，似乎有意要让别人听见，徐叔等人的目光立刻被他吸引了过来。

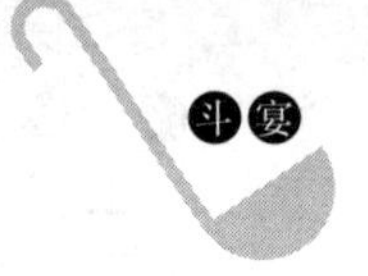

沈飞看着来客，那人冲他点头示意，两人相视而笑。

这来客正是两天前在菜场上拔刀的年轻人，他曾对沈飞说过“我们很快会再见的”，他果然没有食言。

年轻人忽然闭起眼睛，仰鼻往空中深深地嗅了嗅，赞叹道：“鲜肉、活鸡、香菇、蟹粉，四味缭绕，余香不绝，几位可真是好口福啊。”

徐叔脸色微微一变，心里暗暗惊讶。这客人知道“一笑天”的四鲜狮子头不足为怪，可这狮子头的原料有着多种搭配变化，河蚌、虾茸、笋丁、火腿等皆可入料，并没有一种特定的组合，而眼前的这个年轻人闻了闻气味，就把四种原料说得如此准确，这样的辨味功夫，即使是在成名的大厨之中，也是难得一见的。

凌永生自然也知道其中的厉害，他皱起眉头，上下打量着这个不速之客。这个人来到“一笑天”酒楼，多半不是要吃一顿饭这么简单。

徐丽婕看着年轻人那副认真和陶醉的模样，却忍不住笑了起来，转头对徐叔说：“爸，这里还有两个狮子头，不如请这位先生吃一个吧。”

年轻人睁开眼睛，微笑着看着徐丽婕：“能得到徐小姐的邀请，真是荣幸。”

徐丽婕有些惊讶地歪了歪脑袋：“你认识我？”

“徐老板的千金，今年24岁，B型血，双鱼座，毕业于美国加州大学，主修酒店管理专业，我说得没错吧？”

徐丽婕瞪大了眼睛：“我们以前认识吗？你也在美国待过？”

年轻人摇摇头：“我今天是第一次见到你。”

沈飞忽然夸张地叹了口气："唉，我好失望啊。"

年轻人转头看看他："哦？因为我吗？"

"那当然。"沈飞摆出一副苦恼的样子，"前天你说认识我的时候，我还很高兴，以为是自己名气大。现在看来，你多半是把'一笑天'所有人的情况都摸了一遍。唉，我真是自作多情了。"

徐叔听出了端倪，问沈飞："你们俩以前见过面？"

沈飞点点头："前天在菜场的时候，我见识过这位朋友的腕力，小凌子，我觉得他至少不会输给你。"

凌永生看看沈飞，又看看年轻人，似乎有些惊讶。

"嗯。先生既然对'一笑天'这么熟悉，又来到了此地，那就是我们的客人，如果不嫌弃，请过来坐吧。"徐叔一边说，一边做了个邀请的手势，旁边伶俐的服务员立刻在桌前增添了椅子和餐具。

"既然徐老板这么说，那我就不客气了。"年轻人站起身，走过来坐在沈飞的身边，然后冲着对面的凌永生微微一笑，"这位就是'一笑天'新任的主厨吧？我早就期待着在明天的'名楼会'上一睹你的风采。"

凌永生不善应酬，"嘿嘿"地笑了两声，指了指餐桌："这是我炒的几个家常菜，先生可以先尝尝看。"

"嗨，人家都说了，是冲着咱们徐叔的狮子头来的。"沈飞笑着插话，盛起一个狮子头放入年轻人面前的餐碟中，"来吧，一个不够，这砂锅里还有。"

"谢谢。"年轻人拿起筷子，夹下一片狮子头放入口中，细细品味了良久，赞叹着说，"鲜香绕舌，真是名不虚传啊。"

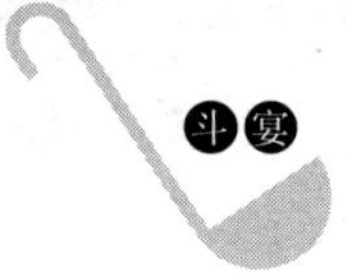

“那当然。”沈飞得意地说，“这徐叔做的四鲜狮子头，可称得上‘一笑天’酒楼里最好的东西了。”

“不对，‘一笑天’真正的好东西可不是这个。”年轻人摇了摇头，抬起手来，指着厅堂中悬挂着的那块牌匾说道，“‘一笑天’的好东西，在那里呢。”

徐叔和凌永生对视了一眼，沈飞也停下了筷子，只有徐丽婕茫然而好奇地看着那块牌匾，不明就里。

片刻后，徐叔打破了沉默：“你知道这牌匾的来历？”

年轻人点点头：“乾隆爷手书的‘烟花三月’，饮食界会有不知道的吗？”

“乾隆爷手书？”徐丽婕大感兴趣，目不转睛地看着年轻人，“这里面肯定有故事，你快给我讲讲。”

“那我长话短说，以免班门弄斧。清嘉庆四年，乾隆爷突然没了食欲，任何山珍海味都觉得无法下咽。当时扬州‘一笑天’的主厨‘一刀鲜’星夜兼程赶往大内。乾隆爷在吃了‘一刀鲜’主理的菜肴后，如沐春风，亲笔御赐菜名‘烟花三月’。”年轻人施施然地说完，看着徐叔，“我如果哪里说得不对，请徐老板指正。”

“说得完全正确……”徐叔沉吟片刻，“看来，你也是饮食圈的人？”

年轻人淡淡一笑：“我姓姜，叫作姜山。我的祖先，曾经在大内担任总领御厨。”

他此话一出，就连一向嘻哈不羁的沈飞也露出了愕然的表情。

清代大内后厨共分九堂一百零八人，这一百零八人无一不是从各

地征调而来的顶尖名厨，而大内总领御厨，无疑又是其中最为出色和全面的一个。

可以这么说，大内总领御厨即是当时众所公认的天下第一刀客！

而眼前的这个年轻人，居然便是当年的大内总领御厨之后，即使是徐叔，也不免对其肃然起敬："原来是名厨的后代，了不起，难怪见识不凡。"

姜山谦然一笑："在扬州这个地方，外人怎么敢妄称名厨。"

"好了好了，你们别客套来客套去的了。"徐丽婕可不管什么御厨不御厨的，迫不及待地追问着，"这'烟花三月'到底是一道什么样的菜啊？"

姜山无奈地把手一摊："这恐怕只有'一刀鲜'的传人才会知道了。"

"那这'一刀鲜'的传人现在又在哪儿呢？"徐丽婕看起来是要打破砂锅问到底了。

姜山不说话，用询问的目光看向徐叔。

徐叔沉默片刻，似乎陷入了对往事的回忆中，然后他开口说道："'一刀鲜'的传人，我是见过的。不过那已经是三十多年前的事了，我当时是'一笑天'酒楼的一个小伙计，他则世代相袭，担任着酒楼的主厨。那块牌匾，两百年来也一直挂在酒楼的大堂里。后来到了'文革'时期，那帮'革命小将'叫嚣着要批斗'一刀鲜'，砸烂牌匾。突然有一天，'一刀鲜'不辞而别，从此销声匿迹。而他走之前，还想了个法子，保住了这块牌匾。"

"那他自己呢？以后再也没有出现过吗？"姜山对"一刀鲜"的

下落似乎更为关心。

“只是偶尔会有关于他的一些传说。”徐叔一边说，一边轻轻地摇着头，“但都无法证实。”

姜山“哦”了一声，显得有些失落。

徐丽婕却是一副如花的笑颜：“我觉得这样最好，这种人就应该在传说中，这样才更有神秘感，这个故事也更完美。”

“姜先生是北京人吧？”很久没有说话的凌永生此时开口问了一句。

姜山点点头：“不错。”

“那你这次是来扬州旅游了？”凌永生试探着问道。

“哦。”姜山淡然一笑，“我最近学了几手淮扬菜，迫切地想和淮扬的名厨印证讨教一番。恰好听说这几天要举行一次‘名楼会’，这样的机会当然不容错过啊。”

姜山说得轻松，徐叔和凌永生互看了一眼，心里都暗暗有些担忧。这“印证讨教”是客气的说法，他千里迢迢从北京来到扬州，多半是要比试比试。这种事情在厨界本来也属平常，兵来将挡，水来土掩便是了。只是在“名楼会”即将召开的关键时刻，突然冒出这样一个深浅难测的总领御厨之后，对“一笑天”而言，究竟是祸是福？

一个狮子头吃完，姜山轻轻地呵了口气，满脸赞叹的神情。他拿起一张湿纸巾，擦了擦嘴，说道：“能够品尝到这样的美味，可以说不虚扬州此行了。徐小姐，我们今天都是沾了你的光吧？”

徐丽婕看着姜山，似笑非笑：“那你准备怎么谢我呢？”

姜山冲着众人抱了抱拳：“今天享了这样的口福，改天自然回请

各位，大家到时候都得赏光啊。”

“好啊。”徐丽婕首先拍着手附和。

沈飞也露出憧憬的神情：“大内御厨的后代，手笔肯定不同凡响啊，从今天开始，我可得时时惦记着。”

“嗯。”徐叔沉稳地点点头，“姜先生有这样的心意，我们如果能一睹风采，不胜荣幸。”

“那好，一言为定！”姜山笑呵呵地站起身来，“‘名楼会’开幕在即，徐老板父女又是久别重逢。我今天就不多打扰了，告辞。”

说完，他独自转身，悠然离去。

“一笑天”酒楼的后厨素来是很多年轻人向往的地方。

能够进入“一笑天”酒楼的后厨，就意味着能有机会和淮扬顶尖的刀客同炉共事。对于那些年轻人来说，这无异于习武者进了少林寺一般，学艺的空间和成名的机会相较其他地方要大了很多。

所以，真正能进入“一笑天”后厨的人都会被看作是业内的幸运儿，他们也非常珍惜这样的机会，每日里勤学苦练，恨不能长出四双眼睛，八对手臂来，好将每一位成名大厨的绝技统统收入囊中。

在这样的氛围下，“一笑天”的后厨实力自然也就不断得到充实，个别天分高的年轻人，甚至在不到三年的时间内便从“配菜工”升为“头炉”大厨。

只有一个人例外，这个人便是沈飞。

十年前，沈飞是“一笑天”的菜头，凌永生刚刚来到“一笑天”，整天跟着沈飞，帮他拎菜篮。

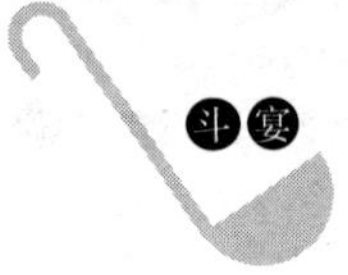

十年后的今天，凌永生已是酒楼总厨，而沈飞，仍然是个菜头。

菜头就是负责买菜的人，所以沈飞的工作一般都是在上午就完成了。当后厨的刀客们开始忙碌的时候，沈飞便来到巷口，摆起小摊来，炸他的臭豆腐干。

沈飞看起来非常享受这样的生活，因为在别人眼里，他始终很快乐。

热锅里的油已经开始沸腾。

一双长长的筷子夹着臭豆腐干，一片一片地浸入了油锅中。伴着“嘶嘶啦啦”的轻微油爆声，豆腐干周围立刻泛起一片细小的油泡，原本灰白干瘪的豆腐干在这一过程中发泡胀起，色泽也变得金黄诱人。

沈飞有些得意地把已经炸好的豆腐干夹出油锅，同时扯开嗓子吆喝着：“油炸臭豆腐干，油炸臭豆腐干啰！”

沈飞的吆喝很大程度上属于一种自我欣赏，而并非出于某种商业目的。因为他即使不吆喝，摊点前也早已排起了长长的队伍。这些人中有男有女，有老有少，有下了班的官员，也有衣着简朴的小贩，他们全都知道一个简单的事实：沈飞炸的臭豆腐干，是全扬州城味道最好的。

沈飞炸的臭豆腐干，就像徐叔做的清蒸狮子头一样，已经成为一个品牌。这个品牌虽然登不上大雅之堂，但每天有很多的人喜欢它，并且能够享受到它。

沈飞因此而感到快乐。

一个背着书包的小朋友排到了队伍的最前面。

“叔叔，我要一块炸臭豆腐。”他闪着大眼睛，话语中充满稚气。

“要一块啊。”沈飞笑呵呵地弯下腰，“在这儿吃还是带走？”

小男孩想了想，认真地回答：“我要边走边吃。”

“好嘞。”沈飞夹起一块豆腐干，用剪刀在角上剪开一个小口，然后从口中浇进调味汁，用餐巾纸包住豆腐干的另一角，塞到男孩手中，“来，边走边吃。”

男孩一边把两毛钱的钢镚递到沈飞手中，一边已经迫不及待地在豆腐干上咬了一口，香脆的豆腐干伴着鲜浓的汤汁进入了他的口中，那种对味蕾的美妙刺激让他露出了甜甜的笑容。

在离摊点不远的地方，徐丽婕正站在“一笑天”酒楼的门口，饶有兴趣地向这边张望着。沈飞的忙碌和食客们的热情让她觉得有些奇怪，因为在她闻起来，那油锅中飘出的分明是一股怪怪的臭味。

终于，徐丽婕还是按捺不住自己的好奇心，她捏着鼻子，来到了沈飞的摊点前。

“喂。”她招呼沈飞，因为鼻子不通气，声音多少显得有些怪异，“这东西好吃吗？怎么闻起来这么臭？”

“呦！大小姐，你也来赏光啊。”沈飞笑呵呵地看着她，“这东西是闻起来越臭，吃起来越香啊，怎么样，来点？”

摊点旁露天摆着几张小桌，小桌前坐着的食客们无不吃得酣畅淋漓。徐丽婕看看他们，犹豫了一下，然后点了点头。

徐丽婕也坐在了小桌前，没过多久，沈飞便把一碗炸臭豆腐端了上来。浸在汤汁中的豆腐块色泽金黄，外酥里嫩，经油炸后那股怪味已经弱了很多，反而散发着一种特殊的鲜香。

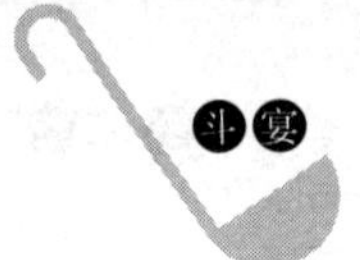

徐丽婕夹起一块臭豆腐放入口中，那种美妙的口感和奇特的酥香，比起上午的佳肴来，倒是别有一番风味。

沈飞站在一旁，迫不及待地询问：“味道怎么样？”

徐丽婕伸出左手，竖起了大拇指：“Good！”

沈飞“嘿嘿”一笑：“凡是吃过的，还没有不说好的。哎，你怎么一个人跑出来了，徐叔和小凌子呢？”

“在后厨呢。”徐丽婕一边说一边继续吃着，“在为明天的‘名楼会’做准备呢。”

“嗯。”沈飞点点头，“小凌子又在练他那个‘文思豆腐羹’了？”

“‘文思豆腐羹’？也许是吧，反正我也不懂。”徐丽婕忽然想到什么，看着沈飞，“你为什么不跟我爸爸学点厨艺呢？看得出来，他挺喜欢你的。”

沈飞撇撇嘴：“我是那块料吗？”

“我看你行。”徐丽婕倒是一脸的认真。

“行我也不学。”

徐丽婕有些诧异：“为什么啊？”

沈飞摸摸下巴，做出思考的表情，郑重其事地说道：“我要是一不小心练成了大厨，那哪还有时间炸臭豆腐？”

徐丽婕笑了起来：“炸臭豆腐很有出息吗？”

沈飞也笑了，他指了指那些食客：“你应该去问问他们。”

徐丽婕一愣，然后有些无奈地摇摇头：“人各有志，先不和你说了，你去忙吧。”

沈飞却不离开，笑嘻嘻地看着她：“大小姐，你好像忘了一件

事啊。”

“什么？”

“还没付钱哪。公平买卖，童叟无欺，我这臭豆腐是两毛钱一块，你吃了三块，一共是六毛钱。”

徐丽婕愕然地看着沈飞：“我也得付？”

沈飞把手一摊：“小本经营，概不赊账。”

徐丽婕哭笑不得地摇摇头，摸出一块钱钢镚，塞到沈飞的掌心：“喏，找我四毛！”

夜色初上，月影朦胧。

桌上几样小菜已经炒好，热腾腾地冒着香气，一瓶白酒也已经启开。

凌永生是很少喝酒的人，可是今天他却非得拖着沈飞陪他喝两杯。

离“名楼会”还有最后一晚，在这样的大赛面前，人难免会有压力。喝点酒，的确是减缓压力的一个好方法。

“我相信你的实力，明天的比赛，你会赢的。”沈飞转动着面前的酒杯，说着鼓励的话。

凌永生沉吟片刻：“我担心的，倒不是明天的对手……”

沈飞眼睛一亮：“你是在担心那个姜山？”

凌永生点点头：“他把‘一笑天’的情况打探得如此透彻，我实在猜不透他的用意。如果他在明天的大会上对‘一笑天’不利，敌暗我明，肯定会很难对付。”

“现在多想这些也没有用。练好自身的内功，静观其变。他对

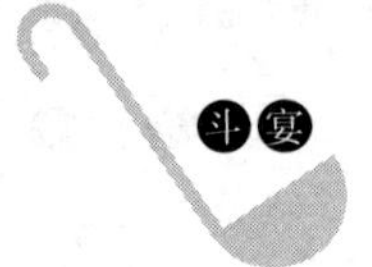

‘一笑天’如此重视，正说明他心中存有忌惮。”

“嗯，你说得有道理。飞哥。来，我敬你一杯。”凌永生端起酒杯，他的面颊已经泛起了一些红晕。

沈飞笑笑：“你以后别叫我飞哥了，你现在是酒楼的总厨，身份和以前不一样了。”

“但你还是我的飞哥。十年前我这么叫你，即使再过十年，也还是一样。”

沈飞没有再说什么，他把自己杯中的酒一饮而尽，心头腾起一股暖意。这十年来，他看起来什么也没有得到，但他至少有一帮好朋友，这些朋友出息了，成名了，可他们还是愿意叫他“飞哥”，这让他非常满足。

“时间过得真是快啊。”几杯酒下肚，内向的凌永生话也逐渐多了起来，“记得我刚到‘一笑天’的时候，你对我说，总有一天你会成为‘天下第一名厨’，你知道那时我有多佩服你吗？”

沈飞沉默着，似乎也陷入了回忆之中，十年前，“天下第一名厨”的梦想，一切似乎那么遥远，又如同近在眼前。

“我就是在你那些话的激励下，才会有今天的成绩。”凌永生继续叨唠着。

沈飞“嘿嘿”一笑：“惭愧啊，当初夸下海口的人，现在却还是一个菜头。”

凌永生也笑了：“谁让你突然迷上了炸臭豆腐？如果你肯把心思用在做菜上，这‘一笑天’的主厨早就是你的了。”

沈飞淡然地摇摇头：“谁知道呢？这世上的事情，本来就有很多

是说不清的。”

凌永生忽然很认真地看着沈飞：“可是我并不替你可惜，有时候，我还很羡慕你。真想像你那样逍遥和快乐。”

“是吗？”沈飞狡黠地眨眨眼睛，“但你也说了，只是‘有时候’。”

凌永生点头而笑：“确实，这‘一笑天’主厨的位置，对任何人都会是很大的诱惑。我现在还不明白徐叔为什么会这么早便主动放弃了它。”

沈飞沉吟片刻：“只有一种可能，他发觉其他一些东西是更加值得珍惜的。”

凌永生“哦”了一声，看起来，他已经有些醉了。

砂锅中的乳鸽已经焖了两个多小时，肉质酥烂，所有的营养都已渗入了汤中。

徐叔把浓浓的鸽汤倒入碗中，然后端起汤碗，来到了女儿房间的门前。这间屋子已经空了近二十年，今天，它终于迎回了自己的主人。

徐叔敲了敲门，门很快开了，徐丽婕站在门后，甜甜地叫了声：“爸。”

“我给你炖了鸽汤，趁热喝了吧。”徐叔一边说，一边走进屋内，把汤碗放在了桌上。

“谢谢爸。”徐丽婕端起汤碗，喝了一小口，赞道，“真香！”看到徐叔欣慰地站在桌旁，没有要走的意思，她禁不住笑了起来，“爸，您要看着我喝完吗？”

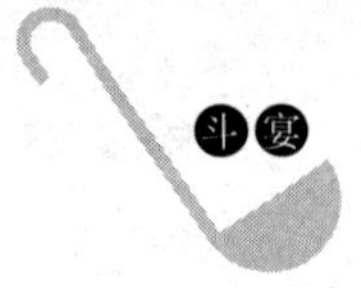

徐叔点点头：“你小的时候，我也是这样看着你喝汤，你还记得吗？”

“记得。”徐丽婕环顾着小屋，这里留下了她童年时的太多记忆。

“日子过得真快啊。”徐叔感慨道，“这次回到国内，具体有什么打算吗？”

“嗯。先在家里待一阵。”徐丽婕喝了口汤，“然后我想去北京、上海这些大城市看看，去发展我的事业。”

“哦。”徐叔明显愣了一下，然后有些黯然地说道，“也好，也好，扬州确实太小了，留不住你的。”

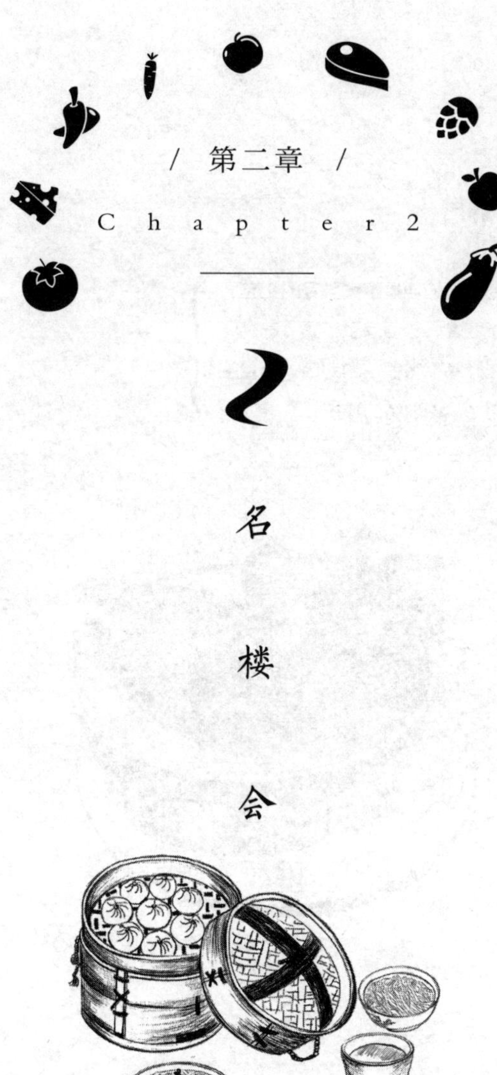

/ 第二章 /

Chapter 2

名楼会

烹制三套鸭最为关键的便是整禽脱骨的工艺，平庸者剖开鸭腹取骨，这便落了下乘。彭辉所用的净鸭，仅在脖颈下有很小的刀口，但骨脏俱除，必然是用了某种独特的秘技。

三套鸭

“镜月轩”也许不是扬州最好的酒楼，但它绝对是扬州最豪华的酒楼。气势宏伟的五层仿古式高楼，24小时全天候营业，彻夜灯火通明。酒楼内全楠木内饰，猩红的地毯，漆黑锃亮的圆桌，紫砂茶壶，晶莹透亮的瓷碗，连筷子牙签都是用白玉制成的，每一处细节都体现出酒楼主人陈春生的雄厚财力。

自十年前开业以来，“镜月轩”从来没有一分钟是关过门的，可是今天，酒楼门口破天荒地挂出了“暂停营业”的牌子。

“镜月轩”一层豪华的大厅内，原来的餐桌已经被清走，大厅中间设置了一个圆形的舞台。

准确地说，那应该叫作擂台。淮扬厨界期盼已久的“名楼会”，今天即将在这个大厅举行，来自三大名楼的总厨，也将在这个擂台上一决高下。

擂台前的正首位置设了四个座位，最左边的主座上，端坐着一个衣冠楚楚的中年男子，他方脸浓眉，神采飞扬，看起来四十岁上下，此人正是本次“名楼会”的发起者——“镜月轩”的老板陈春生。

坐在最右边的半百男子个头不高，圆圆的脸庞，笑眯眯的双眼，显得甚是亲切，不过他举手投足之间，却又气度不凡，隐隐透着一股大家风范。这正是近年来声名在扬州厨界如日中天的“一笑天”老板——徐叔。

徐叔身边的老者一身古朴打扮，体形瘦削。他抚着颌下的三寸白须，气定神闲，一副与世无争的神态，不用说，自然是扬州厨界元老——“天香阁”的老板马山了。

在他们的身后是一圈圆形的看台，看台上早已挤满了来自扬州各个酒楼的大小刀客，就连空地上也站着不少人。徐丽婕和沈飞亦在人群当中。

既定的时间马上就要到了，台上台下的准备也已就绪，可陈春生却不断地抬腕看表，似乎还在等待着什么人。在他身边那个依然空着的座位也证明了这一点。

看台上有人觉察到了什么，开始窃窃私语。以陈总以往的习惯和派头，向来只有别人等他，今天能让陈总坐在这里等待的，会是什么样的人物呢？

正猜测间，一个胖乎乎的中年男子快步走进了会场，他正是原本在门口迎客的“镜月轩”大堂周经理。周经理走到陈春生身边，俯下身去，轻声说了两个字：“来了。”

陈春生脸露喜色，立刻站起身来，在周经理的引导下，向着酒楼门口走去。看客中起了一阵小小的骚动。

“陈总这是干吗？难道是去接人？”

“什么人这么大的来头，居然要陈总亲自去迎？”

“难道这人在厨界的身份，比马老师和徐叔还要显赫？”

就在众人的猜测中，陈春生已经领着他的贵客回到了大厅。那是一个二十多岁的年轻人，他身着一件白色的休闲西服，脸上挂着自信的微笑，随着陈春生一路走到了台前，然后泰然自若地坐在了空着的那张主座上。

“陈总，这位是……”马山看看陈春生，不免有些疑惑。

“哦，我来介绍。”陈春生清了清喉咙，一指那个年轻人，“这位是北京大唐餐饮集团的姜总经理，他这次来到扬州，将和‘镜月轩’洽谈在北京投资分店的事宜。”

陈春生的声音说得很大，显然不止想让马山一人听见，他的话立刻起了效果，台下响起了惊讶和赞叹的声音。

“‘镜月轩’要在北京开分店了？”

“请来这样的客人，看来陈总对这次‘名楼会’是志在必得啊。”

“呵呵，依我看，陈总的眼光已不再局限在‘淮扬第一名楼’了。”

陈春生脸露得意的神色，年轻人却对台下的评论毫不为意，他对着马山很有礼貌地点了点头：“这位就是马山马老师吧？马老师学识渊博，我在北京，读过您不少关于淮扬菜的理论书籍，受益匪浅。”

马山捋着下颌的花白胡须：“唉，一点愚见，姜总年轻有为，说话客气了，客气了。”

年轻人微微一笑，又转头看了看徐叔：“徐老板，昨天吃了您一个狮子头，直到现在仍然是满颊留香啊！”

徐叔摆了摆手，同样用客套话应付着：“呵呵，姜先生厨艺不俗，我班门弄斧，让你见笑了。”

这个相貌英俊，气度不凡的姜总经理，正是昨天出现在“一笑

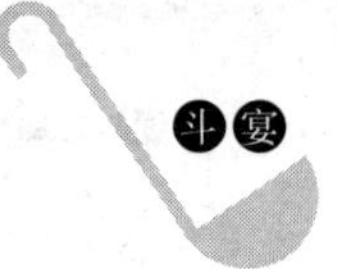

天”酒楼的御厨之后——姜山。徐叔虽然已经知道他也会来参加“名楼会”，但万万没想到，他竟是以这样一个身份和方式出现。

“天下珍馐属扬州，三套鸭子烩鱼头。红楼昨夜开佳宴，馋煞九州饕餮侯。”姜山轻声吟完冯其庸先生的这首绝句，看着陈总扬了扬眉毛，“开始吧？”

陈春生冲身边的周经理点点头，周经理抬起双手，“啪啪”拍了两下巴掌，整个大厅中顿时鸦雀无声。

只听得周经理抑扬顿挫地说道：“淮扬‘名楼会’正式开始，请三位总厨登场！”

所有的东西都已备齐，所有的东西都是最好的。

洁白的案板上一尘不染，触手冰凉。这案板是用上好的磨砂软玉制成，质韧而不伤刀，绝无任何杂味，且具有短时间保鲜的奇效。

华丽光亮的天然气灶是正宗的法国进口原装货，三十六小孔、十二大孔送气，自由调节火力大小，并有循环上气系统，确保天然气完全燃烧，不会产生任何可能影响到菜味的尾气。

镇江的香醋、王致和的酱油、绍兴的料酒、海宁的精盐、珠江三角洲的蔗糖……一切调料都是来自最好产地的极品，鲜香味醇，绝无半点杂质。

大大小小、各式各样的不锈钢刀具井然有序地排列着，刀刃锋利，刀柄圆润。每把刀都设计精巧，从刮毛、剔骨到削皮、切肉，各有各的用途。

看着眼前的这些东西，只怕是最懒惰的主妇，也会按捺不住一展

厨艺的欲望。

更何况现在看着这些东西的，并不是什么主妇，他们是刀客，三个最顶尖的刀客。

彭辉、孙友峰、凌永生。当他们走在大街上的时候，他们就是三个普通人，普通得就像隔壁那喝着老白干、嚼着花生米的邻居大哥。你一眼扫过他们，绝不会刻意去看第二眼。

可当他们头戴白色的厨帽，站在灶台前的时候，情况就完全变了。他们的腰杆挺得笔直，手腕坚实有力，两眼则放出专注而精干的光芒。他们已经处于擂台上，这里现在是人们注目的焦点，而他们则是焦点中的主宰。

擂台最左边的彭辉瘦瘦高高，长手长脚，身边的孙友峰虽然比他矮了一个头，却是气宇轩昂，一副精干的模样，右边的凌永生年纪最轻，神态也最为灵动。这三人虽然形貌各有不同，但熟悉他们的人都知道，三人有一个共同的特点：都不大爱说话。

他们本来就不需通过语言让别人了解自己，因为他们展示自己的工具，正是桌案上那些大大小小的厨刀。

当他们拿起刀的那一刻，擂台上下的气氛也随之凝重起来：三大名厨的比试终于开始了！

彭辉的手中除了厨刀，还有一只鸭子。

这是一只净鸭。净鸭的意思就是鸭子已经被宰杀好，血已放完，毛已煺尽，露出一片白净细腻的鸭身。那净鸭在彭辉手中，显得异常柔软，颤悠悠的，竟似只剩一层肉皮囊。

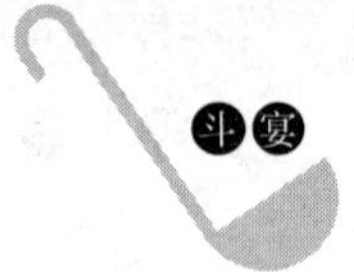

“脱骨净鸭！”台下有人脱口而出，一些反应慢的看客随即露出恍然的表情。原来这鸭子的全身骨骼已经除去，令人惊讶的是，鸭体仍基本保持完好，只在鸭脖下方有一道长约五厘米的刀口，这便是鸭骨的唯一出口了。

彭辉用左手的拇指和食指把那刀口轻轻撑开，右手持刀，用刀刃根部在刀口两端轻轻修了修，各切下一小片鸭肉来，然后他放下手中的鸭子，到案台下一摸，又抄起另外一只净鸭来。

这只净鸭与先一只相比，同样是煺毛去骨，只是个头要小了很多，鸭脖下的刀口也只有三厘米左右。不过从鸭喙和鸭掌的成色来看，这又不似未长成的幼鸭。

“这只是……野鸭吧？”说话的是一个肤色黝黑的年轻人，他此话一出，周围众人立刻响起一片赞同之声，年轻人显得甚是得意，黑黑的面皮上也泛起了红光。

台上的彭辉先是如法炮制，在刀口处削下一小片鸭肉，然后手起刀落，把那野鸭的一对鸭掌齐齐地剁了下来。

这一番操作后，彭辉把厨刀放回了原位，又拿起了先前的那只净鸭，他把家鸭颈下的刀口撑成了一个圆孔，先往鸭腹内填入一些冬菇、火腿、笋片等辅料，然后把野鸭往圆孔中塞了进去。只见那只野鸭如同变戏法一般，一点一点被家鸭颈下的“大嘴”慢慢地吞了进去，先是鸭腿，跟着是臀、腹、胸，最终整只野鸭身都进入了家鸭的腹中，只剩鸭头和鸭脖露在家鸭的腹腔外。家鸭脖下的刀口仍是先前那般大小，紧紧地箍在了野鸭脖颈的根部。

此时在台下观看的一些有经验的刀客已经明白了彭辉在刀口处削

下一片鸭肉的用意：这是将刀口两端修钝，这样在撑开填入野鸭时，能够充分发挥出鸭肉组织的韧性，不至于在两端处撕裂，使刀口扩大。

既然彭辉对野鸭脖下的刀口也做了相同的处理，那说明还有东西要填入野鸭的腹中。果然，彭辉从案台下又摸出一只净禽来，这只禽的体躯更小，喙部呈尖状，却是一只乳鸽。

此时台下的看客们多半已经心中有数，彭辉要做的菜肴，正是刚才姜山所吟绝句中提到的淮扬传统大菜：三套鸭！

早在清代中叶，扬州便有了“文武鸭”的做法：用半只咸腊鸭和半只鲜鸭一锅同炖，一汤两味，别具特色。后淮扬厨师从李渔《闲情偶寄》的“诸禽贵幼而鸭贵长，雄鸭功效比参茸”一句中获得启发，采用物性截然不同的一鸽两鸭为原料，用乳鸽外套野鸭，再外套家鸭，美味层出，成为传世名菜。

烹制三套鸭最为关键的便是整禽脱骨的工艺，平庸者剖开鸭腹取骨，这便落了下乘。彭辉所用的净鸭，仅在脖颈下有很小的刀口，但骨脏俱除，必然是用了某种独特的秘技。

彭辉动作娴熟利落，不一会儿，三禽已经层层套好，仅剩头颈露在家鸭的腔外。三只禽头从大到小，排列整齐，看起来就像天生长在同一个躯体上一样。

台下有人轻声开始赞叹，徐丽婕第一次看到如此奇妙的厨艺，更是瞪大了眼睛，一副专注兴奋的表情。

马山轻捋胡须，微笑着点点头，看来对自己弟子的表现很是满意，然后他转过目光，开始关注擂台上的另外两人。

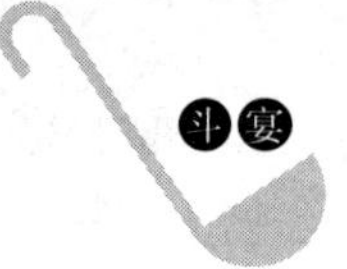

孙友峰所用的原料比起彭辉来似乎并不复杂，在他的案板上，只是孤零零地摆着一条鱼。只见那鱼体形很扁，头中等大，口阔，鳞片大且薄，腹部有棱鳞。头部和背部为灰色，体两侧和腹部色白如银，体侧上方则略带蓝绿色光泽。

那鱼的身体被孙友峰用左手按在了案板上，难以动弹，但仍不时地拍打着尾巴，鱼嘴也在一张一翕，看起来十分鲜活。

孙友峰右手持刀，刀刃贴上鱼腹，轻轻一拉，已将鱼腹剖开。鱼儿受痛后，激烈挣扎，孙友峰小心翼翼地将其按紧，但看起来又不敢太过使力，似乎生怕碰坏了那鱼身上的每片鱼鳞。

马山见到这派场景，禁不住微微变了脸色，台下也有人看出了端倪，脱口而出："鲥鱼！"

懂鱼的人都知道，淡水鱼中最为名贵，也最为味美的是有"长江三鲜"之称的鲥鱼、刀鱼和河豚，而这鲥鱼更是位居"长江三鲜"之首。

鲥鱼是洄游性咸淡水两栖鱼类，平时多在海中生活，但每逢春夏时节，便由大海进入江河，产卵繁殖，每每应时而来，且时节甚准，故得"鲥鱼"之名。由于鲥鱼多以浮游动物为食，故肉质肥嫩、细软爽滑，而每年在淮扬一带捕上的刚刚入江的鲥鱼，则是鲥鱼中的上上之品。这是由于鲥鱼在入江产卵之前，往往在体内积攒大量脂肪，入江后便不再进食，以消耗体内脂肪维生。因此江口的鲥鱼脂肪正厚，最为肥美；越到下江段，鱼就越瘦，品味也就越差。

鲥鱼的这种特性让食客们饱了口福，却给自身的种群繁衍带来了近乎灭顶的灾难。由于其肉味鲜美异常，引来渔民的大量捕捞，且被捕获的多半都是即将产卵的繁殖期的成鱼，这使得近几十年来

鲥鱼的数量急剧减少，目前已处于濒危状态。现在长江中能捕到两公斤以上的鲥鱼已是非常难得，市场上的鲥鱼也是随行就市，开出了惊人的天价。

现在孙友峰所用的这条鲥鱼，体长足有五十厘米，重量只怕能达到三公斤，而且如此鲜活，似乎是不久前刚刚捕上，实在是令人称奇！

马山忍不住看了身边的陈春生一眼。陈春生感觉到马山的目光，表面上不动声色，心中却暗自得意。这条大鲥鱼是一周前在瓜洲被捕获的，看体态至少已有十年的生长龄。此鱼一起网，就在当地的渔民中引起了轰动。陈春生在江苏省连锁经营，各地都有分店里的采购人员，这个消息立刻便通过这些人传到了他的耳中。他立刻叫手下人以惊人的高价买下了这条鲥鱼，并养殖在低温水中，在保持鲜活的同时又在最大程度上避免了脂肪的消耗。这次“名楼会”，孙友峰用这条鱼为原料，正是希望一出手就占得先机。

“天香阁”以三禽相套为原料，手法精妙；“镜月轩”名贵稀有的大鲥鱼则让人叹为观止。现在众人都不约而同地把目光投向了“一笑天”的凌永生，不知他会采用什么样的原料，与上述两大名楼的总厨抗衡？

凌永生向大家给出了自己的答案，在他面前案板上放着的，是一块豆腐。

马山和陈春生对看了一眼，均微微皱起了眉头，今天“一笑天”以数百年的声誉接受两大名楼的挑战，果然是下足了功夫，有

备而来！

在中国人的菜谱中，豆腐只怕是最为普通的原料之一了。煎、炒、蒸、炸、煮，无一不可，上可进皇宫御宴，下可入乡野草席。可以这么说：四海虽大，想要找出一个从没有吃过豆腐的人，却是千难万难。

正是因为如此，厨师们很少敢于在重要的场合下以豆腐为原料做菜——这豆腐每个人都会做，每个人都吃过，也就意味着操作过程中的任何一点失误都会暴露在众人的目光下。

如果任何一个人都有资格对你所做的菜评头论足，将优缺点说得头头是道，那是不是一件很可怕的事情？

更何况豆腐虽然普通，但对于烹饪的技术要求一点也不低。豆腐味淡，腥香并存，在烹饪时，既可出味，亦可入味；既可为主，亦可为辅；贱可以配青菜萝卜，贵可以配海参鱼翅……相应的烹调手法更是变化无穷，甚至有人说过：学厨师，只要学会怎样做豆腐即可。

可放眼厨界，有几个人敢站出来说：我已学会了做豆腐？

现在，“一笑天”的凌永生便要用一块豆腐迎接“天香阁”和“镜月轩”的挑战，这样的气魄和自信确实令人刮目相看。

凌永生右手拿着厨刀，紧盯着案板上的那块豆腐。豆腐是普通的原料，但这一块绝不是普通的豆腐。那豆腐洁白如玉，细如凝脂，当你看着它的时候，似乎便能够感觉到它柔腻的口感和淡淡的清香。如果马山和陈春生知道这块豆腐在制作时的用料和工艺，他们现在的心情只怕又会严峻很多。

凌永生伸出左手，轻轻地按在了那块豆腐上，他的动作轻柔无

比，就像是在触摸水面时却又不愿激起一片涟漪。然后他闭上眼睛，一动不动，只有胸口处仍在微微地起伏着。

徐丽婕有些担忧地“咦”了一声，用胳膊肘捅捅身边的沈飞：“小凌子怎么了？”

沈飞把食指放在嘴边，做了个“嘘”的动作，然后摇摇头，又指指台上，示意她不要出声，继续观看。

台下其他一些年轻浮躁的看客此时发出了轻声的议论和猜测，这些声音传到了凌永生的耳中，他的耳郭一跳，眉头也微微地蹙了起来。

他迟迟没有动作，正是因为他听见了台下的这些声音，而他能听见这些声音，便意味着他的心还没有足够平静，他的精神还没有足够集中。

所以，他还不能出刀！

徐叔一直在用关注的目光看着自己的爱徒。凌永生的眉头一蹙，他的心也跟着揪了起来。他知道，今天“一笑天”所做的菜，最关键的就是一开始的这个步骤，虽然对徒弟的实力他是有信心的，但凌永生毕竟是第一次应付这么大的场面，万一沉不住气，难免会功亏一篑。

时间一分一秒地过去，台下的议论声越来越大，但凌永生本来锁着的眉头慢慢地舒展了。他深深地吸了口气，同时握刀的右腕处青筋凸现。

徐叔端着一杯茶已经送到了嘴边，正要启唇去抿，动作却停在了半空，他双眼收缩，视线的焦点紧紧地盯在了凌永生握着的那柄厨刀上。

那厨刀长七寸，宽三寸，刃口锋利，手感沉重，是用上好的精钢铸成。

突然间，寒光闪动，刀已挥出！

锃亮的刀锋在洁白的豆腐上跳动着，每跳一次，凌永生的左手便向后移动些许。那动作实在太快，在台下看来，凌永生左手的移动毫无停顿，就这样连续从整块豆腐上滑了过去。刀锋似乎在追逐着他的指尖，但又总是差之毫厘。

片刻之间，刀锋已经跟着凌永生的指尖追到了豆腐的尾端，凌永生收刀，吐气，那块豆腐微微晃了一晃，突然间整整齐齐地倒向了一侧，竟已被切成了一堆极薄的豆腐片！刚才凌永生一出刀，台下便已寂静无声，此时见到豆腐倒下，众人正想喝一声彩，却忽见凌永生猛吸一口气，手腕一抖，刀光再次闪出，那尚未发出的喝彩声立刻被生生地逼了回去。

这一次刀势来得更急，刀锋与案板相碰发出的“笃笃”声已经连成一片，先后无从辨别。那豆腐像活了一般，跟着厨刀一同飞舞，案板上便如同下起了雪花。雪花越下越大，最后竟完全盖住了那锃亮的刀光，只剩下洁白一片。

突然间，雪停声止，一切重归平静。凌永生长长地吐出一口气，额头和鼻尖处已渗出一层细密的汗珠。

案板上的豆腐经过第二轮的刀切，似乎少了很多。厨刀的两侧则是洁白一层，密密地贴满了豆腐，难怪刚才案板上会出现雪花飞舞的景象了。

凌永生气息略定，轻轻抬起右手，把那柄沾满豆腐的厨刀浸入了

早已准备好的一盆清水中，立时，无数细如毛发的豆腐丝倏地从刀刃两侧散入了盆中，那豆腐丝洁白飘逸，就如同在水中绽放了一片绚丽的烟花。

台下的看客此时才回过味来，齐齐地发出一声赞叹："好！"

徐叔一颗悬着的心也放了下来。凌永生今天要做的菜，仍是一道"文思豆腐羹"，这道菜成败最关键之处就在豆腐切丝这一步。要把柔嫩的豆腐切成如此纤细的豆腐丝，其难度可想而知。操作者必须持锋利的重质厨刀，先切片，再切丝，每个过程都必须用最快的速度一口气完成，中间不能有丝毫的犹豫和停顿，否则便会出现断丝和偏丝。不懂厨艺的人，见到被切成细如发丝般的豆腐，赞叹惊讶之余，都会以为那是用纤巧的刀具慢雕细凿而成。其实恰恰相反，越是切这种柔软的东西，越是要大刀阔斧，刀越沉，切速越快，豆腐的切口便越是完整平滑。而具体能做到什么程度，那又取决于刀客的眼力、腕力和养气功夫。今天凌永生在这样的气氛和压力下完成得如此出色，丝毫没有让徐叔失望。从凌永生出刀的时候起，徐叔的一杯茶便一直停在半空，此时终于送到了唇边。他轻轻地抿上一口，杯中是上好的龙井，一股清香直入心脾。徐叔咂咂舌头，放下茶杯，刚才的郑重已一扫而光，换上了一副泰然自若的轻松神态。

即便是徐丽婕这个对厨艺丝毫不通的人，见到了凌永生的这番表演，也禁不住拍起了手："啊，小凌子好厉害！沈飞，你说他这次能不能赢？"

沈飞微微一笑："这刚刚是配料阶段，要等结果出来，还早着呢。"

台下的赞叹声自然也传到了彭辉和孙友峰的耳中，他们身为名楼

主厨，养气的功夫自然也不逊色。两人知道这次遇上了劲敌，但丝毫不动声色，只是全神贯注地继续打理自己的菜肴。

彭辉将套好的鸭禽在沸水锅中略焯了一下，除去了鸭身上的土腥味，然后将鸭腹冲下，和刚才取出的肫肝一同放入衬有竹垫的砂锅内，加姜块、葱结、绍酒，放满清水，上旺火烧沸后，撇去汤上浮沫，然后加盖，移小火开始焖制。

这边孙友峰将那条大鲥鱼的内脏去除，于清水中洗净后，却不除鳞，只是用净布轻轻把鱼擦干，然后配以火腿、笋片等辅料，加葱、姜、酒、糖、盐，扣碗上笼，以旺火急蒸。

凌永生切完豆腐丝之后，继续挥刀，不一刻便将笋丝、香菇丝、火腿丝、菜丝等辅料打理完毕。随后他在炒锅中倒入早已备好的清鸡汤，将豆腐丝并辅料一同下入汤中，静待煮沸。

三人的这一番操作看似无特殊之处，其实在烹饪中却是关键所在。最终菜肴的味道如何，这诸多辅料，葱、姜、酒、糖、盐等，无一不起着至关重要的作用。如何搭配，搭配多少，任一种变化都会在菜味中体现出来。同样的一道菜，每个厨师做出的口味却各不相同，其中奥妙便在于此。老外只知道中国菜肴好吃，对于烹饪的技理却是一窍不通。他们对着菜谱做菜时，往往备一台精密的天平，菜谱上写“加入白糖1.5克”，于是就依言称量加入，毫厘不差。却不知这烹饪中的变化，无穷无尽，同样是做一只鸡，这鸡是公是母，是老是幼，产于何处，宰杀了多久，都会对烹制提出不同的要求，甚至在不一样的时节，不一样的心境下，食客对菜肴口味的要求也不尽相同。因此这种将辅料用量写得如此明确的菜谱，在行家眼中实在可笑。真正进

入厨界学艺，师父传授菜谱给徒弟时，对于这些用量一律用三个词来概括："少许""适量""大量"，其中的轻重分寸，便由各人去领悟掌握，高下成就，在此过程中，也就有了分别。

不光如此，即使是炉灶上火头的大小调节，也是非常有学问的。火大则烹制时间短，火小则烹制时间长，这个道理自然谁都懂得。但火头的大小对菜肴的影响绝不仅仅表现在烹饪的时间上。

内行人，通常把烹调时火力大小和时间长短的变化情状用一个词来形容：火候！

在原料、辅料相同的情况下，火候对于菜品质量起着决定性的作用。火候的运用能否做到恰到好处，是衡量一个刀客灶上功夫技术水平的重要标准。

从火力上来说，种类便分出很多，既有旺火、中火、小火、微火之分，又有明火、暗火之别；各个火力之间还分若干层次，往往得按照需要或递增或递减；在实际运用时，还有先旺后小，先小后旺，或旺、中、小交叉的多种情况，变化复杂。具体该用哪种火力，如何变化，也和加料一样，随情而变，无从约定。仅从原料来说，性质上，有老有嫩、有软有硬，水分有多有少，各不相同；形态上，有大有小、有整有碎、有片有块、有丝有丸、有条有丁乃至各种不同的异型花色，其间相互搭配，又衍生出更多的变化，每种变化都会要求不同的火候。从烹调方法上来说，或炸或炒，或爆或熘，煎、扒、烩、烤，运用的火候相差悬殊，从而能达到香、脆、酥、软、嫩等不同的菜品要求。

真正一流的刀客，必须对刀功、用料、火候的把握全都得心应

手，不论在何种条件下，都能够应付自如。

彭辉、孙友峰、凌永生三人，无疑都是一流的刀客。那些说来复杂的方方面面，在他们看来，不过是驾轻就熟的小菜一碟。所以，当他们各自端出做好的菜肴时，脸上全都挂满了自信的神色。

“三套鸭”“清蒸鲥鱼”“文思豆腐羹”，三道传统淮扬佳肴已经呈现在众人的面前，名厨名菜，色泽鲜嫩，热气腾腾，引人垂涎。即便是资格最老的食客，积上一年的口福，也未见得能有幸品尝到这三道菜中的任何一款。

现在，这三道菜却在同一张桌案上依次排开，而其中只有一款能在随后的评比中胜出，剩下的两款注定只能成为今天的配角。

那最终胜出的，究竟会是哪一道菜肴呢？

在观看做菜时议论不休的看客们，现在却全都闭上了嘴巴，因为他们知道，要想评价三大名楼总厨料理的菜肴，自己还远不够资格。

放眼扬州城，能有这个资格的，除了三大名楼的现任老板，还能有第四个人吗？

负责主持“名楼会”的周经理清了清嗓子，目光毕恭毕敬地从马山、陈春生和徐叔身上依次扫过：“大厨们的作品都已经完成了，请三位上台品评。”

徐叔看看马山：“马老，您德高望重，就从您这里开始吧。”

“唉，”马山摆了摆手，“不可喧宾夺主，陈总，还是你先来。”

陈春生把身体往椅背上一靠，似乎早有想法，不慌不忙地说道：“我看呐，我们也不用谦来谦去的。今天是三大名楼间的比试，由我

们来评定多少有些不太合适。姜先生远来是客，对淮扬菜又颇有研究，所谓旁观者清，不如由他来为这三道菜评个高下，如何？”

徐叔眉头一皱，不免有些顾虑。通过昨天的接触，他对姜山在烹饪上的造诣没有什么疑问。但此人毕竟是陈春生请来的客人，能否在评价时做到完全公正，却需要打上一个大大的问号。

徐叔正在沉吟之中，马山捋了捋胡须，说道：“姜先生既是京城御厨的后代，必然是见多识广，造诣不俗。他来当这个评委，确实非常合适。我相信姜先生一定能将这三道菜的优缺点分析得头头是道，令三位参赛者全都心服口服。”

马山的这番话既给足了陈春生面子，却又暗藏锋芒。言下之意，如果姜山胡乱评定，给不出令人信服的理由，那就难免会有人不服。

徐叔见马山说出了这样的话，也就跟着点头附和，心中暗自佩服：这马老在扬州厨界纵横了大半辈子，说出来的话果然老到，颇有两把刷子！

看到三位老板已经达成了共识，周经理向着姜山躬了躬身：“那就有劳姜先生挪步，上台品尝这三道佳肴！”

姜山倒是大方得很，并不推辞，微微一笑：“既然大家这么看得起我，我也就不便推辞了。如果有什么说得不对的地方，希望大家不要见笑。”说完，他起身离座，径直来到了擂台上。

台下的徐丽婕拉拉身旁沈飞的胳膊：“哎，怎么让他来评判啊，他是陈总请来的，多半会向着‘镜月轩’说话。”

沈飞却摇了摇头：“这倒不见得。这次‘名楼会’，比赛结果固然重要，大家最看重的还是借此弘扬酒楼的名声。如果出现评定不公

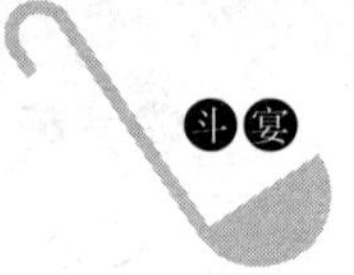

的情况，只会对‘镜月轩’的名声有损无益。陈总阅历丰富，不会不明白这个道理。”

“嗯，你说得倒也对。”徐丽婕歪着脑袋想了想，忽然又笑着说，“这个姜山昨天吃了我爸做的狮子头，赞不绝口，说不定还会帮我们说话呢。”

此时姜山已经来到了摆放菜肴的桌案前，他用欣赏的目光在桌上扫了一圈，赞叹着说：“这三道佳肴清淡典雅，虽然用料做法大相径庭，但确实都极具淮扬菜的风韵。”

马山颔了颔首，插话道：“姜先生久居北京，没想到对淮扬菜也颇有见地。”

姜山转过头看着马山：“中国幅员广阔，每个地方的菜肴都有各自的地域特点，虽然看起来复杂，但只要摸清了其中规律，倒也不难掌握。”

“哦？”马山的目光炯炯闪动，“你能说得详细一点吗？”

“马老是饮食理论专家，我说这些，未免有些班门弄斧了。”姜山客气了两句，停顿片刻，组织了一下思路，说道，“不同的地域总有不同的水土气候，不同的水土气候滋生不同的万物，而天地万物，又无一不被人所用。所谓‘一方水土养一方人’，这两者间的桥梁，便是‘饮食’二字。”

姜山这番话一出，台下不少人都默默点头，见识稍浅的年轻人则睁大了双眼，似乎体会出一些道理，但又不是完全明白。

只听得姜山继续说道：

“鲁菜、川菜、粤菜，加上淮扬菜，并称中国四大菜系，每一系

都带有强烈的地域特点。鲁菜即代表了北方菜系，特点是份大料足，大荤大油，北方人代代食用这样的菜肴，自然长得高大强壮。究其原因，乃是因为北方气候寒冷，如不大量进食热量高的大荤类食品，怎能长膘御寒？

“说到川菜的特点，当然是人人都知道。不过四大菜系，为何唯独川菜与‘麻辣’两个字结下如此深的渊源？追根溯源，这答案仍在水土和气候上。四川古代称为蜀地，潮湿多瘴，病疫频发。多吃辛辣的食品，可以加强内火，抵御湿气，保持身体的强健。川人泼辣豪爽的性格，也和这气候造成的饮食结构有关。

“广东地处南疆，气候特点正好与北方截然相反，粤菜的特点和鲁菜自然也相反，广东人多半长得精干瘦小，也就不足为怪了。南方常年闷热，人体内热毒难排，因此粤菜尤为讲究调理，口味清淡，具有排毒作用的各式煲汤大行其道。

“最后说说淮扬菜。淮扬地处长江下游沿岸。最重要的地域特色便是四季分明，物产丰富。四季分明则饮食的季节性强，物产丰富则在烹饪用料上选择范围广，这两点便造成了淮扬菜崇尚本味的特色。扬州人常把‘尝鲜’两个字挂在口上，所谓‘尝鲜’，就是食用当令的果蔬肉禽。既然是尝‘鲜’，在烹饪时当然就要突出原料的本味，以区别于可长年上市的其他原料；物产丰富也是同样的道理，就拿鱼来说，淮扬地区水网密布，鱼类品种难以计数，于是每种鱼便有每种鱼的吃法，黑鱼宜氽、鲫鱼宜煨、鳊鱼宜烤、鲥鱼宜蒸、鲢鱼宜烩、鳜鱼宜焖……凡此种种，目的都是为了最大限度地发挥出原料自身的特色本味。在这一点上，川菜与淮扬菜的对比最为明显。进川菜馆，

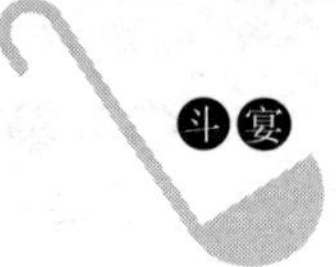

若服务员询问‘您要什么鱼’，那首先问的是鱼的做法，如客人选定了吃水煮鱼，然后才问是要水煮草鱼，还是要水煮鲇鱼。而淮扬菜馆中，服务员询问‘您要什么鱼’，则首先问的是鱼的种类，客人提出要吃刀鱼，服务员便会说‘刀鱼宜清蒸或红烧，您想吃哪种’。可见川菜重调味而淮扬菜重本味原汁。”

姜山这一番侃侃而谈，从地域区别的角度，分析了四大菜系的风格特点及成因，有理有据，通俗易懂，即便是马山这样的烹饪理论大师，也禁不住捋须颔首，脸露赞赏之色。台下的看客们对由姜山这个外来者充当淮扬“名楼会”的评判，本来还多少有些不服，现在听了他的这段言论，免不了议论纷纷，钦佩、溢美之词此起彼伏。陈春生更是客荣主耀，大声喝彩：“说得好，有道理，有道理啊！”

徐叔在暗自惊讶之余，心中又多了几分忧虑：此人学识不凡，如果真的想对“一笑天”不利，实在是个难以对付的角色。

站在台上的三位名楼总厨此时的心情亦各不相同。凌永生昨天就已见过姜山，此时和徐叔一样，心中暗自忌惮；孙友峰是陈春生的下属，对姜山当然毫无敌意；唯独彭辉和姜山毫无瓜葛，眼看到对方年纪轻轻，仅凭一番话语就大出风头，心里不免有些不太痛快，于是向前走上一步，瓮声瓮气地说道：“姜先生年轻有为，让人佩服，不过这品评菜肴，却不是纸上谈兵的事情，我们这三款菜到底如何，还得请姜先生发表高见。”

彭辉话中带刺，但姜山看起来却毫不在意，他淡然一笑：“那我就在诸位高厨面前献丑了。彭师傅，我就从你的这道‘三套鸭’开始吧。”

彭辉所做的“三套鸭”盛在一只细瓷大砂锅里。锅中清汤纯美，色泽微绿，恰似一汪春水，套好的三禽端坐水中，三头相叠，六目紧阖，神态亲昵安详，看起来倒像正在熟睡一般。

“‘三套鸭’，三禽合食，鲜中加鲜。而这三种禽类各具营养价值，更是令人称道。养生者有云：‘烂煮老雄鸭，功效比参芪。’这句话是说吃老雄鸭，其进补的功效足比得上吃人参、黄芪；野鸭肉高蛋白、低脂肪，《本草纲目》记载，具有‘补虚乏，除寒热，和脏腑，利水道’之功效；乳鸽肉则含十七种以上的氨基酸和多种维生素、微量元素，其性味甘、平，入肝、肾二经，可益气解毒。说到药用价值，彭师傅的这道菜在今天的三款菜肴中无疑是首屈一指。”说到这里，姜山顿了一顿，话头一转，“不过既是斗菜，首先讲究的还是味美，这家鸭肉肥，野鸭肉瘦，乳鸽细嫩，自是不用多言。作为炖菜，这滋味全在一锅汤中，大家既然让我来作评判，那我就先尝为快了。”

彭辉大手一挥：“请！”

姜山拿起小勺舀起一匙清汤，俯身嘬入口中，细细地咂味了片刻，开口说道：“嗯，这三种禽类的美味已经完全融入了一锅汤中，鲜香绕舌，彭师傅必定是在起始以旺火急炖，才能在火候上达到这样的效果。”

听了姜山的这几句话，彭辉紧绷的脸上也露出了一丝笑意：“这一点你算是说对了。这炖菜本来讲究以小火焖制，但如果没有开头的那一把旺火，又怎能在喝一口汤的时候，便同时品尝到家鸭的肥美、野鸭的香酥和乳鸽的鲜嫩呢？”

“一口尝三味，确实难得……”姜山沉吟片刻，忽然叹了一口

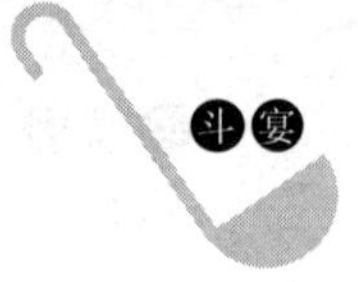

气，“唉，只是这道‘三套鸭’，却因此算不得上品了。”

“什么？”彭辉显然没明白姜山的意思。台下众人也多半大感茫然，这姜山刚刚还称赞“鲜香绕舌”，怎么突然间话锋又转了过来？

“这汤怎么就算不得上品了？”彭辉稳住阵脚，反问道，“难道说这汤中的鲜味越少，品次反而越高吗？”

“彭师傅，我想请教你一个问题。在上锅炖制之前，你把这三禽层层相套，究竟是为了什么目的？”

“这个……”彭辉蓦地一愣，竟一时语塞。他从二十年前出师后就开始做这道“三套鸭”，既然叫作“三套鸭”，那把三禽相套似乎是天经地义的事情，他一度勤思苦练，琢磨的都是如何在工艺上套得好，使菜形更加美观。而究竟为什么要相套，却真的从来没有想过。现在姜山突然抛出这个问题，其中必有深意。

姜山见彭辉答不上来，又说道：“我再问你，如果要融三种美味于一锅，把乳鸽、野鸭、家鸭拆开烩制不就行了？又何必先穷思竭技，把三禽层层相套，到上锅后，再用旺火把内层原料的鲜香之味逼出，那不成了多此一举吗？”

姜山这几句话说得声音不大，但在彭辉听来，却如同霹雳一般。多年来，这三禽相套的手法一直是他最为自负的绝技，可听姜山一说，却成了画蛇添足的可笑之举。想到这里，他的额头上禁不住沁出了细细的一层汗珠，口中喃喃地自语：“为什么要三禽相套？为什么要三禽相套？”

马山看到自己的弟子如此狼狈，轻轻地咳嗽一声，插话道：“姜先生既然提出这样的问题，想必自然是知道其中的答案了？”

姜山点头以示回答，然后又笑着说：“我能想通这个问题，其实还是受了马老师您的启发。在您主编的《淮扬名馔录》一书中曾经提过，这‘三套鸭’在最初还有一个名字，叫作‘七咂汤’。”

“不错，这是我考证清代的淮扬古菜谱时得到的收获。”

“您在书中说：‘三套鸭’三味合一，鲜香叠复，余味无穷。饮者往往意犹未尽，咂香多次，故又称为‘七咂汤’。”

“嗯，正是我的原话，一字不错，姜先生不但所读广博，记忆力也令人佩服。”

“马老师过奖了。”姜山客气了一句，话锋一转，“但我当时读到这个地方，却产生一些疑惑。按照您的解释，这‘七’乃是虚意，用来表示次数很多。可按照古人的习俗，数字上的虚词，少者用‘三’，多者用‘九’，这里为什么偏偏要用‘七’呢？”

马山捋了捋胡须，微微蹙眉。当初他也曾有过同样的疑惑，但只是一带而过，并没有深究下去，听姜山的口吻，难道这里面真的有什么玄妙不成？

只听得姜山继续说道：“当时我百思难解。恰好马老师在书后列出了编撰时的参考文献，于是我便来到国家图书馆，找到了您当初考证过的那本古谱，并且阅读了上面的原文。那古谱上关于‘三套鸭’是这样描述的：举箸自外而内，美味层出，汤汁微绿，清澄而味厚，饮者咂香七次，回韵悠长，故称‘七咂汤’。我正是从这句话中有了新的发现。”

“哦？愿闻其详。”马山看着姜山，心中越来越惊讶，先前只是知道这个年轻人在商界颇有建树，现在看来，他思维缜密，过目不

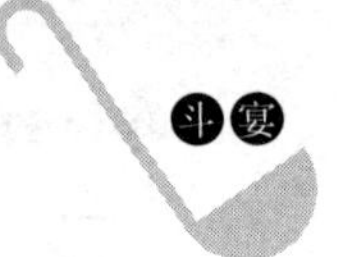

忘，还是个治学的奇才。

“这‘七咂汤’的‘七’字，并非虚数，所谓‘咂香七次’，指的是在这道汤中，能够品出七种滋味。”

姜山此话一出，台下顿时哗然，众人或惊叹，或诧异，或质疑，一片议论之声。

台上的彭辉则是一脸茫然，难以置信地摇着头：“只有三种原料，怎么会品出七种滋味？不可能，不可能……”

姜山不慌不忙地缓缓踱步，边走边数：“家鸭单独是一味，野鸭单独是一味，乳鸽单独是一味，家鸭野鸭两两相融是一味，家鸭乳鸽两两相融是一味，野鸭乳鸽两两相融是一味，家鸭野鸭乳鸽三者相融又是一味，你算算看，这一共是几味？”

彭辉张口结舌了片刻，愕然道：“这倒确实……是七味，可这些都是由三种原味变化搭配而成……”

“你说得对。”姜山停下脚步，转身对着彭辉，“这‘搭配’两个字，正是这道菜的奥妙所在。原料虽然只有三种，但按照不同的搭配方法，却能品出七种不一样的味道来。像你这样，一上来就把三种滋味融于一锅，实在是弄巧成拙的多余之举。”

彭辉这时才有些明白过来，两眼一亮：“你的意思是，这三种原料在开始应该各成一味，互不相融？”

姜山点点头：“不错。这三禽之所以要层层相套，原因正在于此。家鸭味居外，野鸭味居中，乳鸽味居内，在品尝时拆开家鸭，野鸭味方出，拆开野鸭，乳鸽味方出，这样随情搭配，便可在一锅中尝到七种汤味，这才是古谱中记载的‘美味层出’‘咂香七次’的真正

含义。”

彭辉恍然大悟，没想到自己做了二十年的“三套鸭”，直到今天才算真正窥到了其中门径，羞惭之余，却又免不了有些兴奋，脸上也是红一阵，白一阵，一时也不知道该说些什么。

马山轻叹一声，由衷地赞道：“姜先生一番高见，真是让人茅塞顿开。我研究了几十年饮食，自以为学识广博，嘿嘿，现在看来，也不乏昏言聩语。还是后生可畏啊。彭辉，今天你的这道菜想要胜出是不可能了，你先下来吧。”

彭辉走下擂台，垂手站在马山身后，轻声自责：“师父，我学艺不精，让您失望了。”

“唉，”马山呵呵一笑，“不失望不失望，这擂台上获胜，只是一个虚名而已，今天得蒙姜先生赐教，我们都长了学问，收获不小，收获不小啊。”

马山在饮食界德高望重，声名远播，难得心胸也如此豁达。姜山不禁为之折服，客气地拱了拱手：“马老师太自谦了，我只是站在您的肩膀上，多看到了一些风景，要说到学识功底，我又怎能和您几十年的积累相比？”

马山神色泰然，笑着说：“不用客气。姜先生，请接着评点下面的菜肴吧。”

成化年制的白瓷大盘，釉质细腻平滑，盘沿处一圈波浪状的青花通润明亮，纹饰生动，让人禁不住会产生以手轻拂的欲望。

这是“天香阁”酒楼中最名贵的一只瓷盘，只有这只瓷盘，才有

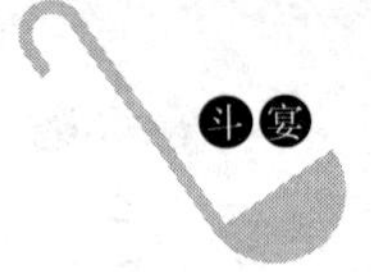

资格用来盛放那条更为名贵的鲥鱼。

这也是“天香阁”酒楼中最大的一只瓷盘。它的外沿直径达43厘米，但仍然无法完整地盛下那条更大的鲥鱼。

洁白如银的鲥鱼卧在一片青花细浪中，鳞翅俱全，头尾微翘，稍稍悬于盘外，似乎正要从这江水碧波中破浪而出。姜山细细地欣赏了片刻，开口吟道：“网得西施国色真，诗云南国有佳人。朝潮扑岸鳞浮玉，夜月寒光尾掉银。长恨黄梅催盛夏，难寻白雪继阳春。维其时矣文无赘，旨酒端宜式燕宾。”

孙友峰听后微微一笑：“姜先生所念的是清代谢墉所作的一首七律，用来赞美鲥鱼形态优美，就好比古代南国的绝色佳人西施一样。这诗的前四句活灵活现地描绘了鲥鱼之美，后四句却是在感叹鲥鱼上季时间太短，等到黄梅雨季到来的时候，就只能一边回忆鲥鱼的美味，一边写下赞美的诗词文字，空想解馋了。”

“嗯。”姜山点了点头，“不过与现代人相比，谢墉还是幸运的。至少他每年都能吃上新鲜的鲥鱼，而如今即便是在当令的时节，长江中的鲥鱼也像凤毛麟角一般，要想一尝鲥鱼的美味，真是难之又难啊。孙师傅能找来这么肥大的鲥鱼烹制菜肴，一定是得益于陈总的雄厚财力吧？”

陈春生听到这话，脸上禁不住露出了得意的神色，他侧过身体，看着众人神采飞扬地说：“既然姜先生说到这里，大家不妨猜猜看，‘镜月轩’为了得到这条鲥鱼，花了多大的代价？”

“我看至少得一万元吧？”一个胖子粗着嗓门说了句。

“岂止岂止！”他旁边的同伴把头摇得像拨浪鼓一般，“这条鱼

得有个七八斤吧？即使按照市价，一万元也远远不够，更何况这么肥大的鲥鱼，堪称极品，又怎么可能按照市价计算？”

他这么一说，立时有不少人表示赞同，随即众人七嘴八舌，议论纷纷，有说三万元的，有说五万元的，更有说十万元的，一时也达不成什么共识。

姜山见到这派情景，笑了起来，他伸手往台下一指，说道：“诸位何须费力猜测，这个问题，为什么不问他呢？”

大家转过头去，只见姜山所指的是一个三十岁左右的男子，他的衣着和相貌均不起眼，唯独双目中灵光闪动，透出奕奕的神采。见到众人都把目光投向了自己，他轻轻地摸着下巴上的胡子茬，露出一副似笑非笑的精怪表情。

“飞哥！”早有认识的人脱口叫出了他的名号。

这个人正是“一笑天”酒楼的菜头——沈飞。

沈飞已经在“一笑天”当了十年的菜头，这意味着十年来，他每天工作的地点就是扬州城内的大小菜场。要想知道某种烹饪原料的价格，不问他，你还想问谁呢？

“飞哥，你说说看，这条鲥鱼能值多少钱？”刚才说话的胖子看来性子很急，总是迫不及待地抢在别人前头说话。

胖子的话使沈飞脸上的表情凝固了，他微微蹙起眉头，似乎在思考着什么，片刻后，他缓缓张开嘴，却不说话。

众人见到沈飞这副欲言又止的郑重模样，都安静了下来，期待着他的高见。

只见沈飞突然猛地一晃脑袋，“阿嚏”一声，打了一个响亮的喷

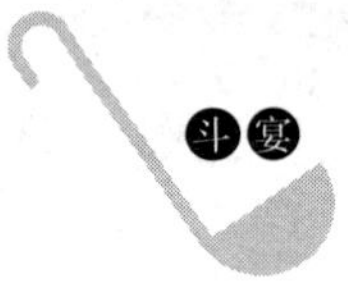

嚏。在众人的哄笑声中，他怡然自得地用手捏了捏鼻子，惬意地叹了口气："唉，憋了好久，终于喷薄而出，舒服，舒服。"

一旁的徐丽婕笑吟吟地看着他："你舒服了，大家还都憋着呢，快给大家说说吧。"

"鲥鱼，"沈飞抬起头，"嘿嘿"一笑，"我十年前刚到'一笑天'的时候，市价是两百元一斤，最旺季每日上市量在千斤左右；五年前，市价已经涨到了千元一斤，旺季日上市量却锐减至百斤左右；近两年，鲥鱼的市价已经报到了三千元一斤，但实际情况是有价无市，市场上的鲥鱼已经绝迹。去年有几位从香港慕名而来的富商，点名要吃鲥鱼，订餐价开到了十万元，可最终也没能如愿。今天的这条大鲥鱼，别说我没法估价，即使我能够估出来，这个数字只怕我也不敢说啊。"

众人闻言，都是面面相觑，那胖子更是咂着舌头，连连惊叹："不得了，不得了，只怕比黄金都贵呢。"

陈春生听着众人的议论，心中大感得意。这沈飞虽然只是一个菜头，平日里嬉笑不羁，但今天说出的一番话倒是颇有水平，使自己在姜山和众人面前挣足了面子。他清了清喉咙，故作姿态地摆摆手："嗨，既是斗菜，味道如何才是最关键的，这原料的贵贱，本来就不值一提。姜先生，现在就劳烦你评点一下我们孙师傅打理的这道清蒸鲥鱼吧？"

"好！这可是求之不得的美差啊。"姜山一边说，一边拿起筷子，向着肥硕的鱼身伸了过去。那筷子头触及鱼身时，此处的鱼皮便如一层具有弹性的薄膜，微微地凹陷了下去，但依然紧绷光滑。姜山

手指微微加力，筷头轻轻往下一戳，那层鱼皮应势而破，立时有冒着热气的肉汁从破口处汩汩地涌了出来。

姜山夹起一块连着鳞皮的鱼肉，沾汁带水地送入口中，立时间，一股奇鲜顺着口鼻直渗入全身的每一个毛孔，而鱼肉之细嫩，几乎是触舌即融。只见姜山闭起眼睛，两唇轻轻一抿，随即全身便一动不动，如同入定了一般。

众人都知道此时姜山已把自己的味觉系统发挥到了极致，以品尝那至鲜的美味。无数双眼睛都目不转睛地盯着他的嘴唇，似乎那鲜味也能通过视线来传递一般。有几个定力稍差的年轻人喉头“咕咕”作响，已经情不自禁地咽起了口水。

半晌之后，姜山缓缓睁开眼睛，从案台上拿起一只空碟，舌尖伸出嘴唇，灵巧地一翻，将一绺鱼刺吐于盘中。只见那些鱼刺纤细柔软，虽然被顺成了一绺，但根根分明，不带半分残留的鱼肉。

孙友峰比姜山矮半个头，他昂首而立，一副信心十足的模样，问道：“姜先生，我这道清蒸鲥鱼滋味如何啊？”

姜山舔舔嘴唇：“鲜、嫩、肥、美，不愧为人间至味。尤其是肉质的细嫩，最是出乎我的意料。张爱玲曾有一叹：人生之恨事，一恨鲥鱼多刺，二恨海棠无香，三恨红楼未完。这第一恨便是说鲥鱼虽然味道极美，但刺多且细小，食用时颇多不便，难以尽兴。可惜她没有机会尝到孙师傅烹制的鲥鱼，这鱼肉细嫩无比，触舌而化，只需用舌尖轻轻一顺，鱼肉和鱼刺便已自行分开，何来多刺难食的烦恼？”

孙友峰呵呵一笑，显得很是高兴：“姜先生不愧是名厨的后代，一口就尝出了我这道鲥鱼最为独特的关键所在。我在宰杀清洗这条鱼

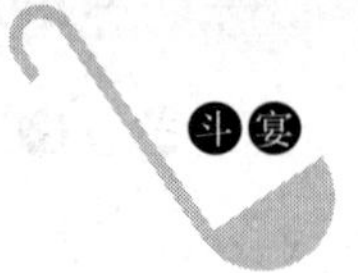

的时候，虽然没有动及鱼皮和鳞片，但手指暗暗使力，已经揉碎了鱼肉中的纤维和经脉，所以这肉质才会如此细嫩。”

听了孙友峰的这番解释，台下不少人都恍然大悟地“哦”了一声。本来“镜月轩”用名贵的鲥鱼参赛，原料上占了很大的便宜，众人心中多少都觉得有些不平。但孙友峰这手生揉鱼肉的功夫，的的确确是真才实学，令人自叹弗如。

这时，人丛中有人“唉”地重重叹息了一声，语气中充满了失望之意。大家循声看了过去，只见沈飞摇头晃脑，似乎大有遗憾。

徐丽婕歪过脑袋，好奇地问：“孙师傅这道清蒸鲥鱼做得那么好，你为什么叹气？”

沈飞摸摸鼻子，仰天又是一声长叹：“就是因为做得好才叹气啊。这么难得的美味，只能看得到，却吃不着，难道你们都不觉得遗憾吗？”

沈飞的话令不少人深有同感，一时间台下的叹息声此起彼伏，不绝于耳。

陈春生哈哈大笑：“大家不用遗憾。今天来到‘镜月轩’的，都是我的客人。等比赛结束之后，我让服务员将这条鲥鱼按人头分好，让诸位都来尝一尝。”

台下众人无不大喜，齐声喝彩。在场的虽然有好几十号人，但那条鲥鱼如此肥大，大家分食，倒也都能有尝鲜的机会。

就在这气氛热烈的时候，台上的姜山却又轻轻地叹了口气。陈春生仍陶醉在先前的得意情绪中，呵呵一笑，说道：“姜先生如果还没过瘾，尽可以再多尝几块，为什么要叹气呢？”

姜山摇了摇头："我倒不是这个意思。我叹气，是因为这道鲥鱼虽然美味，但终究留有遗憾，不够完美。"

略显喧闹的大厅霎时间又安静了下来。孙友峰瞪着姜山，不服气地追问："遗憾？这菜的色、香、味，哪一点差了？"陈春生则皱起眉头，不动声色地端起茶杯喝了一口，然后静待姜山的下文。

姜山用筷子拨了拨鱼身上的鳞片："色、香、味都无可挑剔，只可惜这鱼没有刮鳞，未免影响了口感。"

姜山一说完这话，现场顿时一片哗然。陈春生莫名其妙地摇着头，孙友峰更是哑然失笑，说道："这鲥鱼的鳞片是储存脂肪的地方，尤其在产卵季节，鳞片中膏肥脂厚，鲥鱼在产卵期间所需的所有营养都要靠其供给。因此鲥鱼对自己的鳞片爱惜备至，又称'惜鳞鱼'，它在落入渔网时，甚至会为了保护身上的鳞片而放弃挣扎逃生的机会。在烹制菜肴时，鲥鱼的鳞片也是极为鲜美肥厚的部分，做鲥鱼不能刮鳞，这是人人皆知的道理啊。"

在场的不少人都默默点头，对孙友峰的话表示赞同，同时心中也暗自奇怪，在淮扬一带，即使是寻常人家的主妇，也多半听说过吃鲥鱼不刮鳞的道理，姜山学识广博，却说出这样没有见地的话，实在是让人费解。

姜山微微一笑，不慌不忙地说道："做鲥鱼不能弃鳞，但并不代表不能刮鳞。我在三年前研修淮扬菜的时候，也曾经有幸得到一条鲥鱼。当时我把那条鱼的鳞片全部刮下，然后用丝线一片片穿起，蒸制时均匀地悬挂在鱼身上方，在高温蒸汽的作用下，鳞片中的脂肪融化后滴下，渗入鱼身，不仅不影响口感，而且能使鱼肉的

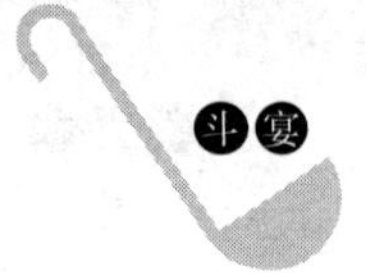

味道更为鲜美。”

台下又是一片议论之声。姜山所说的方法众人都是闻所未闻，可听起来又合情合理。不过这一条鲥鱼身上的鳞片，少说也有数千，全部用丝线穿起，那得需要多大的细心和耐心？

孙友峰更是瞠目结舌地看着姜山，愣了半晌后，喃喃说道：“怎么可能？把鱼鳞一片片穿起？这……这要花费多长时间？”

“昔日的淮扬古谱中，有一道现已失传的菜肴，在这道菜中，用仔鸡饰以各色菜蔬，形成凤凰之态。凤凰的尾翅乃是用一百根豆芽杆拼装而成，每根豆芽杆都用极细的银针镂空，然后再填入各种不同的鸟禽类肉糜。此菜名叫‘百鸟朝凤’，你想想看，做这样的一道菜，又需要花费多长时间呢？”

孙友峰愕然不语，姜山又接着往下说道：“自古以来，不惜费时费工，精雕细琢就是淮扬菜系的一大特点。因此淮扬菜又有工夫菜之称，你为得原料不惜代价，却没有看透这一点，难怪这道‘清蒸鲥鱼’终究还是差了半筹。”

姜山的最后一句话隐隐有教诲的意思，只听得孙友峰暗自心惊：自己舍本逐末，想依靠名贵的原料奠定这次斗菜的胜局，的确是违背了淮扬菜系的主旨，在不知不觉中走上了歧途。他原本性格直率，想通了这一层，当下便拍了拍脑门，略带惭愧地说：“姜先生高见，我今天受益匪浅，这道菜确实难称佳作，我心服口服。”

陈春生摇了摇头，显得非常失望。徐叔则和台上的凌永生对看了一眼，喜忧参半。喜的是两个对手表现得都有瑕疵，忧的是不知道“一笑天”这道文思豆腐羹在姜山的评点下，又会是一个什么样的结

果呢?

而此时姜山也已经移动脚步，来到了凌永生的面前。

“一笑天，一刀鲜，烟花三月。天下第一名楼，天下第一名厨，天下第一名菜。不过这一切都已经是过去的事情了。”

姜山几句平淡的话语，却在好几个人的心中激起了涟漪。

徐叔想到了自己重振“一笑天”的种种艰难和曲折，当然也会想到后来的辉煌，以及现在的危机。

陈春生踌躇满志，想的则是如何将“一笑天”取而代之，实现自己宏大的抱负。

凌永生一脸郑重，他背负着“一笑天”今后的希望，感受到的自然是沉重的压力和责任感。

徐丽婕想到那些传奇般的故事，露出一副心驰神往的表情。

一向乐天不羁的沈飞此时却皱起了眉头，莫非他想起了十年前，自己也曾许下要成为“天下第一名厨”的誓言?

就连姜山自己，也有些魂不守舍，他，又会想到一些什么呢?

凌永生不善言辞，他从炒锅中盛起一碗文思豆腐羹，默默地摆放在姜山面前。

姜山端起汤碗，先细细端详。与刚才两件用来盛菜的器皿相比，这只碗要小巧了很多。碗口只有巴掌大小，碗体晶莹圆润，碗壁则是通体透明，虽然薄如树叶，但整只碗的手感却非常沉重，原来是用上好的水晶石制成。

透过碗壁，只见碗中的豆腐羹汤汁浓稠，带有淡淡的琥珀之色。

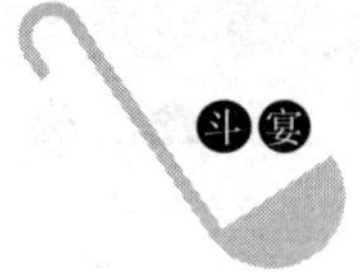

汤中如云如絮，均匀地飘散着大量细如发丝的洁白豆腐丝。其中又点缀着由黄瓜、火腿、金针、香菇、冬笋、鸡茸等切成的各色细丝，或绿或红，或黄或黑，五彩缤纷，令人赏心悦目。

姜山拿起一只精巧的瓷勺，在汤碗中轻轻搅动了两下，只见那多彩的细丝夹杂在一片白色的云雾中，随着周围汤汁的浮动上下轻摆，其姿态恰似风中柳絮，一时间如烟如画，美不胜收。

姜山由衷赞叹："凌师傅的这道文思豆腐羹，色彩绚丽，丝形婀娜，且别出心裁地盛于透明的水晶碗中，让人在一饱口福之前，先大饱眼福。如果就色、香、味三方面分别评断，这道菜在'色'这个环节无疑可独占鳌头。"说完，他把那只水晶碗高高举起，向台下展示。碗中五彩汤羹从远处看来，又别具一番瑰丽，引得众人啧啧称赞。徐丽婕更是高兴地拍起了手："啊，小凌子好厉害，我看这次他赢定了。"

凌永生自己却是毫不为意："这做菜毕竟不是绘画，看起来再漂亮，如果味道不佳，终究还是失败的作品。"

姜山转头看了凌永生一眼，然后又看看手中的汤碗，笑着说："凌师傅太自谦了。这道菜的成败，很大程度上在于豆腐切丝这个环节。刚才你切豆腐时，仅纵向剖片便用了一百一十二刀，照此计算，那块豆腐被你切成了上万根细丝，且这上万根细丝大小均匀，根根完整。刀功能达到这个境界，此菜已经是成功一多半了。"

凌永生切豆腐的时候，把一柄厨刀运得如同疾风一般，几乎是不间歇地从豆腐块上一掠而过，普通人根本看不出刀起刀落，而姜山却准确地说出了他剖片时的下刀次数，竟然丝毫不差，眼力之精简直匪

夷所思。凌永生心中暗暗惊讶，表面上却不动声色，淡然说道：“还是请姜先生尝完这道菜后，再细细点评吧。”

姜山点点头，不再多言，舀起一勺稠稠的汤羹，噘起嘴唇轻轻地吹了两下，然后连汤带料全都嘬进了口中。

此时的姜山已成全场瞩目的焦点，大家都在等着他对这最后一道菜做出评述，这次“名楼会”的结果亦将随之产生。凌永生更是眯着眼睛，全神贯注地注视着姜山，生怕错过对方脸上任何一个细小的表情。

凌永生从十八岁开始进入“一笑天”酒楼的后厨，从配菜工做起，经历诸级司炉，最终成为主厨，其间经历了无数次大大小小的比试和选拔，可谓身经百战。只要站在灶台前，他一向都是一副充满自信的表情，他的表现也从来没有让关注他的人失望过。

可是今天凌永生却显得有些紧张。他心里清楚，让自己产生这种感觉的并不是彭辉和孙友峰，而是面前这个一直挂着儒雅笑容的姜山。就像刚刚答完试题的孩子一样，他忐忑不安地等待着老师的评分。

只见姜山闭起眼睛品味了片刻，突然眉头一皱，轻轻地“咦”了一声，似乎有些诧异，又多少带着点不解的意味。

“这豆腐羹味道怎么样啊？”台下的胖子迫不及待地询问，那焦急的神情便如同是他在参加比赛一般。

姜山却不答话，他睁开眼睛看着凌永生，问道：“加了胡椒粉？”

凌永生点点头。

“嗯……”姜山沉吟片刻，又追问了一句，“只怕不是普通的胡椒粉吧？”

“姜先生果然见识不凡。”凌永生拿起一个小小的调料瓶，冲着案板轻轻弹了弹，只见一层细细的微末飘然落下，色泽金黄，“这是用产自云南的胡椒制成，气味辛而不辣，且经过精细研磨，颗粒微小，直径只在一般胡椒粉的四分之一左右。”

“这就对了。刚才那勺豆腐羹一入口中，我就尝到了一股特殊的辛香，料想应该是加了胡椒粉的缘故，但用舌尖细细搜索，却感觉不到胡椒粉的颗粒。凌师傅把这样的胡椒粉加入汤羹中，用心巧妙啊。”姜山略停了停，接着说道，“这汤中的豆腐丝细嫩爽滑是不必说了，难得的是明明是豆腐丝，却能尝出火腿、鸡丝、海参等多种鲜味来，这便是胡椒粉发挥的功效了。凌师傅，我说得没错吧？”

对烹饪略知一二的人都知道，豆腐是很难吸收其他辅味的，越是细嫩的豆腐，越是如此。因此姜山的话立刻便提起了众人的兴趣，大家都把目光投在了凌永生身上。

凌永生倒也不卖什么关子，痛痛快快地说：“不错，胡椒粉本身易于吸味，它吸收了汤羹中辅料的鲜味后，因为颗粒非常细小，又能附着于层层密布的豆腐丝上，这豆腐丝也就能尝出多种鲜味。”

众人一片恍然，禁不住交口称赞起凌永生精巧的构思来。姜山也微笑着说：“我得承认，这确实是我尝过的味道最好的一道豆腐羹。”

凌永生听到这句话，心中似一块石头落了地，他憨憨地一笑：“姜先生过奖了。”

“这么说，今天的获胜者，就是‘一笑天’酒楼的凌大厨啰？”性急的胖子咋咋呼呼地吆喝着，台上的孙友峰和彭辉两人此时则多少显得有些尴尬。

姜山却摆了摆手："不忙，我话还没有说完。"

凌永生心中"咯噔"一下，台下众人也有些疑惑：按照姜山自己的说法，这豆腐羹从刀功到色、形、味都无可挑剔，难道还会有什么缺陷吗？

姜山在台上来回踱了两步，说："去年十月，扬州市曾主办'金秋菊花会'，我当时特地从北京赶来，有幸观赏了这次盛会，至今印象深刻啊。"

众人都是一愣，去年的"金秋菊花会"规模盛大，举办得很是成功，只是不知道姜山为何会在此时提起这个话题，难道这和做菜也有什么关系吗？

姜山并不急着解释，自顾自地侃侃而谈：

"那次盛会，参展的菊花号称超过万盆，摆满了瘦西湖沿岸的亭台楼榭。这菊花向来以淡雅闻名，当时身处万花丛中，细枝轻绕，阵阵幽香若有若无，只觉得人淡如水，无欲无求，不论从精神上还是感观上，都是一种难得的享受。我完全沉醉于其中，但可惜的是，当我走进一间傍水而建的展厅时，这种美好的感觉被突然打断了。

"那展厅中花色绚丽，香气浓馥，令人心境大乱。我定神一看，发现这厅中除了菊花外，还摆放着很多别种花卉，有兰花、桂花、芙蓉、月季等。这些花儿或姹紫嫣红，或芬芳扑鼻，虽然数量不多，但完全盖住了菊花的那份淡雅。

"我感到非常诧异，于是询问厅中的花匠，为何会把这些风格完全不同的花卉混于菊花之中。花匠向我解释说，这些花儿原本应该摆放在展厅之外的过道中，作为菊花展中的点缀，因为当天这个展厅中

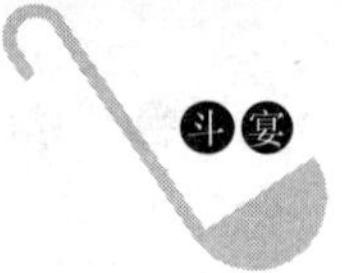

搬花的伙计生病没来，所以暂时混放在展厅内。听了他的这番话，我恍然大悟，并且注意到其实在每个展厅之外，都点缀着不少各式各样的别种花卉，这些花卉摆放的地点和数量都恰到好处，非但没有掩盖展厅中菊花的淡雅，而且还很好地起到了调节和烘托的作用。由此，我颇有所得，这诸事诸物，都有搭配之法，主辅之分。不知道凌师傅对我的这番观点是否认同？”

坐在一旁的徐叔心如明镜，立刻听出了姜山的言外之意，他轻轻咳嗽一声，然后端起了茶碗，置于唇边却不饮用，似乎在思考着什么。

凌永生微微蹙起眉头：“姜先生的意思，是说我这道豆腐羹中的火腿、鸡丝等辅料就像那菊花展厅中的月季芙蓉，喧宾夺主，掩盖了豆腐中的清淡本味？”

姜山颔首微笑：“我知道凌师傅一点就透，无须冒昧直言，因此兜了这个圈子，并不是为了卖弄口才。”

凌永生默默思索了片刻，忽然摇了摇头，说：“姜先生的这些话，乍听有理，但仔细一想，却不尽然。”

徐叔眼睛一亮，把茶碗放回桌上，有些兴奋地说：“嗯，好！你倒说说看，怎么个不尽然法？”

“这菊花的确是以淡雅闻名，可豆腐却有诸多变化。古语云烹饪之法‘有味使之出，无味使之入’，说的是相对于不同的烹饪原料，可有两种截然相反的烹饪方法。原料有味，则应想办法将其味烹出；原料若无味，则应想办法将辅料的味道烹入。这豆腐介于无味和有味之间，对于它的烹饪方法自古多种多样，既可入味，亦可出味。在这

道豆腐羹中，我用豆腐丝吸收多种辅料的鲜味，虽然使得豆腐自身的清淡香味有所掩盖，但这也是烹制豆腐时的传统方法之一，和姜先生所说的菊花会中的情况只怕难以类比。”

凌永生说出这番话，不少人都交耳点头，表示赞同。徐叔也赞许地看了徒弟一眼，然后把目光转向姜山，问道：“姜先生，你怎么看？”

姜山把水晶碗端到眼前，欣赏似的端详着碗中的汤羹，然后淡淡地反问了一句：“这道豆腐羹的全名是什么呢？”

凌永生和徐叔有些莫名其妙地对看了一眼，不知道姜山如此明知故问是什么意思，不过凌永生还是回答了他的问题：“这道菜叫作‘文思豆腐羹’。”

“不错，文思豆腐羹。第一次见到这道菜的人，往往会观形会意，把‘文思’两个字认为是‘纹路’的‘纹’，‘丝带’的‘丝’，那便大错特错了。这两个字，其实应该是‘文化’的‘文’，‘思路’的‘思’。相传古代文人在赴考场之前，都要吃上一碗文思豆腐羹，取的就是‘文思泉涌’的谐意，以图个吉利。不过这‘文思’二字到底从何而来，知道的人却不多了。”说到这里，姜山打住话头，看了看不远处的凌永生。

凌永生会意，接着他的话头往下说道：“清朝乾隆年间，在扬州梅花岭一带的一个寺庙中有位和尚，法号叫作文思，擅做各式素宴菜肴，特别是用嫩豆腐、金针菜、木耳等原料烹制出的豆腐汤，令远近的佛门居士过齿难忘。相传乾隆皇帝当年也曾品尝过此汤，并对其大加赞赏。后来这汤就成为清宫一道名菜，并用文思和尚的法号命名。

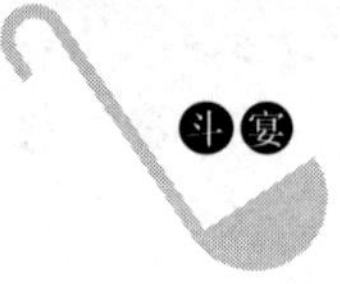

发展到今天，许多厨师对其用料和做法做了改进，令这道菜更加考究，滋味也愈加鲜美诱人。”

“正是如此！”姜山把手中的水晶碗放下，然后一拍巴掌，说道，“这文思豆腐羹原是天宁寺素席中的一道主菜，这道菜之所以能够远近驰名，就是因为文思和尚把豆腐的清香在汤中发挥到极致，虽是素菜，却有不逊鱼肉的美味。后来人们在汤中加入各色荤料，目的都是为了提汤味之鲜，但如果这些荤料的鲜味盖过了豆腐的原味，那就违背这道菜的本意了。所以凌师傅的这道菜如果叫作豆腐羹，那是无可挑剔，但如果叫作‘文思豆腐羹’，却是大大的不妥。便如同诸多花卉摆放在同一展厅中，争奇斗艳，浓香四绕，如果叫作‘金秋百花会’，同样可称得上美不胜收，但如果叫作‘金秋菊花会’，便有些文不对题了。”

马山捋着颌下的胡须，看着身边的徐叔点了点头：“徐老板，姜先生的这番话不无道理啊。”

徐叔轻轻地叹了一口气：“有道理，确实有道理。小凌子，这些你都没有想到吧？”

“这……”凌永生红着脸喃喃地说，“我……我确实没有想到那么多……”

姜山微微一笑：“凌师傅的技艺已经炉火纯青，不过淮扬菜乃是文化菜，要学做淮扬菜，先得了解淮扬菜的文化，菜和文化密不可分啊。”

凌永生摇着头，一时间百感交集。他虽然为人本分，平日里也木讷少语，但其内心深处对自己的厨艺一向极为自负。现在却突然发现

这烹饪领域的外延竟如此广阔，自己所学只是沧海一粟而已，心中惶恐之余，又隐隐有一种说不出的兴奋。

“镜月轩”的老板陈春生此时同样是心情复杂，姜山作为自己请来的客人，学识广博，语惊四座，自然令他又惊又喜，但自己筹备多时的淮扬“名楼会”被一个外人抢去了所有风头，心中也难免有些不爽。更重要的是，这次大会“镜月轩”的目标非常明确，就是要力夺“淮扬第一名楼”的称号，可不能因为姜山而搅了好局。想到这里，他故作姿态地挺了挺腰板，然后喝口茶润润嗓子，使眼色看了看姜山，说道：“姜先生既是评委，总得给出个高下评判。依你看，这次的‘名楼会’，哪一家可以胜出呢？”

“每一道菜都有明显缺陷，都是失败之作，无人可以胜出。”

姜山此话一出，不仅三大名楼的主厨和老板们甚是尴尬，就连台下的那一干看客也都觉得有些脸上无光。这次“名楼会”可以说是代表扬州厨界最高水平的一次盛会，被人如此否定，众人心中均有不甘，可姜山说的话却又条条在理，很难辩驳。一时间众人不是低头，便是缄口，场内气氛非常沉闷。

就在此时，却听得马山呵呵一笑，说道：“姜先生的诸多高论，确实精彩。不过我马山研究烹饪理论已有数十年，深知这世间万事，说起来容易，但做起来难啊。”

马山在扬州厨界极有威望，这番话又说得不卑不亢，合情合理，立刻引起一片附和的声音：

“这位先生对别人的菜都看不上眼，不知道自己做的菜又是什么样呢？”

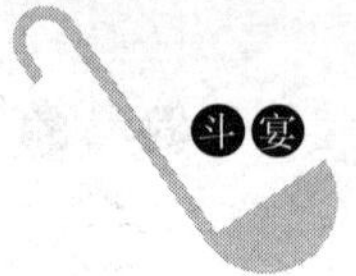

“是啊，别光说不练，你倒是也露一手啊。”

“对对对，这厨艺比拼，可不是比的嘴皮子上的功夫！”

台上的姜山见此情景，倒是一点也不生气，待场面略有平定之后，他不慌不忙地从外衣口袋里拿出一沓卡片，扬手晃了晃，说：“大家和我想到一块去了。我已准备好六份请柬，想要邀请扬州三大名楼的老板和主厨于明晚八点到瘦西湖上的廿四桥一聚，届时由我做东，请诸位评点我打理的淮扬菜肴。”

姜山的这个举动完全出乎大家的意料。一时间众人面面相觑，鸦雀无声。原以为姜山只是“名楼会”举办时意外出现的一个小插曲，可现在再明显不过了，这个姜山竟是有备而来！

对此情景，徐叔倒是早已料到了几分，他端起茶碗，仰脖缓饮，手掌正好遮住了那紧锁的眉头。

/ 第三章 /

Chapter 3

春江花月夜

多金黄色的明月点缀其中，而且这些明月或圆或缺，形态各不相同，有的如玉盘，有的则似金钩。一股诱人的鲜香更是从这盆明月玉水中幽然散出。

众人这才明白，原来姜山在布帘后所做，乃是把上好的干贝和虾仁放进油锅炸至金黄，然后撒缀于满盆的蛋清液中，再隔水蒸制，料理出这道形意无双的“明月满江”！

明月满江

农历三月十五，“名楼会”后的第二天。

仅仅一天的时间，姜山的名字已经传遍了扬州大街小巷中所有的餐馆酒肆，全城的大小刀客们都知道三大名楼的主厨在昨天的较量中全是输家，击败他们的人，就是姜山。

姜山今晚要在瘦西湖设宴的消息也不胫而走，每个知道这个消息的人，都希望届时能够亲临现场，一睹这位神秘来客的风采。

但姜山只发出了六张请柬，有消息灵通的人士打探清楚，这位来自北京的年轻富翁已包下了今晚的瘦西湖公园，任何人只能凭请柬入场。众人失望之余，却又不得不服，放眼扬州城内，在厨界的地位来说，还有谁能胜得过这六个人呢?

不过心有不甘的人总还是有的，徐丽婕就是其中的一位。现在她正噘着嘴，一脸沮丧地在沈飞身边来回晃悠。

像以前的每个下午一样，沈飞摊点前人头攒动，生意火爆。沈飞右手的竹筷上下翻飞，左手还要忙着收钱，几乎没有歇着的时候。好不容易抽了个空闲，他抬头看了徐丽婕两眼，笑嘻嘻地说：“你为什么不坐会儿? 这晃来晃去的，你自己不累，我也眼晕啊。”

徐丽婕瞪了瞪眼睛："我能坐得住吗？我问你，你到底想不想去？"

"想啊。"沈飞显得很认真，"而且，我只会比你更想。"

"现在已经快六点了，姜山约的时间是八点。你说想办法，到底想出来没有啊？"

"别急，等我忙完了这最后一拨客人，再腾出脑袋来慢慢想。"沈飞说话的语调慢条斯理，手上的动作却是迅捷得很，油锅中一块块金黄色的豆腐干在长筷的拨弄下翻飞旋腾，却又不溅起半星油花。

徐丽婕撇撇嘴，显得有些无奈，除了继续等待，她还能有什么其他方法呢？

好在天色已晚，没过太长时间，最后一个客人终于也散去了。此时徐丽婕反倒沉住了气，她歪着脑袋，一言不发地看着沈飞。

沈飞却似更不着急，虽然食客们都已散尽，他却仍然夹着尚未卖完的臭豆腐干，一块一块地放入油锅，仔细地炸着，那神态，便像早已把徐丽婕忘在脑后一般。

徐丽婕忍不住了，她站起来，走到沈飞面前，伸手去晃对方的视线。

沈飞左右躲了两下，却总避不开"魔爪"的纠缠，只好开了口："有办法了。"

"真的？"徐丽婕立刻缩回了手，满脸笑意地问道，"什么办法？"

沈飞嘿嘿一笑："让徐叔把你带进去啊。"

徐丽婕失望地皱了皱鼻子："这如果能行的话，我还用来找你？我上午就和我爸说过这事了。"

“哦？徐叔怎么说？”

“别人没请你，我带你去不太好吧？这是正式场合，不像平日里走亲访友那么随便。你这么喜欢淮扬菜，以后我和小凌子可以天天给你做啊，不急着这一顿。”徐丽婕惟妙惟肖地学着徐叔说话的腔调，沈飞被她逗得哈哈笑了起来。

“别笑了，快想别的办法。”徐丽婕捶了捶沈飞的胳膊。

“嗯。你可以去找小凌子啊，他肯定会主动提出把请柬让给你的。”

“你猜得还真准！”徐丽婕有些惊讶地看着沈飞，“我也找过他，果然是这个结果。”

“这还用说。”沈飞撇撇嘴，“小凌子老实巴交的，被你三缠两绕，想不出办法，只好自己委曲求全了。”

听着沈飞的分析，徐丽婕想到凌永生当时面红耳赤的着急模样，不禁莞尔一笑，然后又摇了摇头：“不过这也不行，掠人之美的事情，我是不会做的。况且姜山请的是小凌子，我代替他过去，那算什么呀？”

沈飞拿出一个快餐盒，把锅中炸好的臭豆腐干一块一块地夹了进去，然后撒上作料和调味汁，口中不慌不忙地说道：“唉，这也不行，那也不行，看来非得我亲自出马不可了。来，这个给你。”

徐丽婕看着沈飞递过来的快餐盒，有些茫然地问道：“干什么？”

沈飞微微一笑：“拿着吧，这就是我们的请柬。”

老杨头今年五十五岁，在瘦西湖做了十二年的门倌。

这十二年中，他从来没有像今天这么忙碌过。他看管的后门地处偏僻，平时一整天也难得有几个人从这里进出，而今天傍晚后不到两个小时，就有二三十人要从这里进园子。这些人无一例外地被老杨头拦在了门外："要想进去，必须有姜先生手书的请柬才行！"

任那帮人好话说尽，甚至以金钱相诱，老杨头毫不退让。他的一副倔脾气可是很早就出了名的，那帮人也深切体会到了这一点，眼看八点就要到了，他们只好悻悻离去，想到别的入口再去碰碰运气。

老杨头总算得了清闲，他回到自己的那间小门房内，从橱柜里拿出满满的一瓶老白干来。

"唉，总算走了。该咱哥俩亲近亲近了。"他旋开瓶盖，凑上鼻子深深地嗅了一口，一脸陶醉的表情。

不过很快，他又苦起了脸，这屋里的下酒物算来算去，也就只有昨天吃剩的那半包花生米了。

花生米已摆开，酒杯也斟满了。老杨头喝一口酒，吃一颗花生，然后便是意犹未尽地长叹一声。

突然，他的动作停了下来，只剩鼻子仍在迅速地抽动着，每抽动一下，他的脸上便多了一分笑容，那笑容很快就让他的嘴咧开了："既然来了，还躲在外面干什么，难道看着我用花生米下酒很有趣吗？"

沈飞从门口晃了进来，苦笑着说："这次我一共套了三层方便袋，可还是没进屋子便让你闻出了气味。"

"你炸的那玩意儿，隔着三条街也能闻到臭味，这三层方便袋算得了什么。"老杨头兴奋地招了招手，"还不赶紧摆过来，你要馋死老哥哥吗？"

沈飞打开方便袋，把一盒炸臭豆腐干摆放在花生米的旁边，老杨头咽着口水，脸上却变成了一副愁眉苦脸的表情。

“怎么了，不太满意？”

“满意是满意，但是太麻烦。”

“什么麻烦？”

“女人。”

老杨头说的女人，当然就是指站在沈飞身后的徐丽婕了。

“带着女人，肯定就不是来陪我喝酒的。不是来陪我喝酒，却大老远地送来了臭豆腐干，麻烦，肯定还带着麻烦。”老杨头说这几句话的时候，愁得眼睛都快挤到鼻子上了。

沈飞哈哈一笑，用手指了指那盒臭豆腐干，直咧咧地说道：“这个留下，我和她进去，你选择一下吧？”

老杨头重重地叹了口气：“一个酒鬼面对沈飞炸出的臭豆腐干，还能有什么选择呢？”

看着老杨头那种万般无奈的表情，徐丽婕忍不住问道：“你放我们进去了，回头领导找你的麻烦，你怎么办呢？”

老杨头翻了翻眼睛：“找就找吧，反正有这盒臭豆腐干在，到时候我也不会知道了。”

“因为那时候，他肯定已经喝醉了。”沈飞帮着老杨头补充了一句。

瘦西湖畔，廿四桥边。

“天下西湖，三十有六”，唯扬州的西湖，以其清秀俏丽的风姿异于诸湖，占得一个恰如其分的“瘦”字。她湖道修长，一泓曲水宛如锦带，如飘如拂，时放时收，蜿蜒曲折，较之杭州西湖，另有一种清秀的神韵。曾有人说，若把杭州西湖比作雍容华贵的杨贵妃，扬州瘦西湖则可比为汉代能做掌上舞的赵飞燕，其清瘦秀气，可见一斑。

瘦西湖景中有景，园中有园，任一座亭台楼榭，均是错落有致，别具风韵。不过在这阳春三月之时，瘦西湖上最值得一赏的景色，非湖岸两侧的沿堤垂柳莫属。那满树的盈盈细枝如同江南女子的长发一般，或轻轻浮于水面，或悠悠飘于风中，婀娜多姿，风情万种。

这样的美景，再加上皓月当空，夜色朦胧，怎能不让人心驰神往，未饮先醉？

所以，要设宴请客，只怕没有比这更好的地方了。

约定的时间马上就要到了，徐叔等人已经在桥边等待了近半个小时，设宴的姜山却仍然不见踪影。

“这姜山怎么还不来？桥边也没个人接待一下，真不是待客之道。”陈春生晃着脑袋，不满地发起了牢骚。

徐叔往陈春生身旁靠了两步：“陈总，你和这个人是怎么认识的？交情如何？”

“其实没有什么深交，就是生意场上朋友给介绍的。这次他正好来扬州，我就邀他做客，想顺便洽谈一下在北京合资开店的事宜。”

“哦？”徐叔眉头微微一皱，“这么说，他不是你请来的？他来扬州是另有其事喽？”

“嗯，具体为什么而来，我倒是不太清楚。”

“呵呵。”一旁的马山捋了捋胡须，用手指着远处蜿蜒曲折的湖

面，语带双关地说道，“诸位请看那边，来者不善，善者不来啊。”

众人顺着马山手指的方向望过去，只见左首边的河道拐角处隐隐有灯光映出，随着那灯光越来越亮，一艘精致的画舫从河道另一侧施施然拐了出来。原来灯光就是从这艘画舫上映出的。

那画舫通体纯木而制，白窗红舷，古色古香。船头撑篙的女子梳着高高的发髻，身穿蓝底碎白花的单袄单裤，也是一副古朴的打扮。

画舫推开碧波，向着廿四桥所在的方向缓缓而行。船舱门口人影一晃，姜山从中走了出来。只见他上身穿一件纯白的羊毛T恤，配一条水蓝色的牛仔裤，与昨日相比，少了一分儒雅，却显得神采奕奕，充满了活力。

在一片璀璨的月色中，姜山眺立船头，朗声吟诵道：“青山隐隐水迢迢，秋尽江南草未凋。”

姜山念的是晚唐诗人杜牧所作的一首七言绝句《寄扬州韩绰判官》，是一首描写扬州廿四桥的名作。这首诗千古流传，不知引发了多少人对二十四桥明月夜的翩翩联想。姜山应景感怀，吟完了前两句，略作停顿后，正想继续时，忽听得岸上有人抢先接过了下句：“二十四桥明月夜，玉人何处教吹箫！”

声音是从徐叔等人身后传来的，姜山和众人一同循声看过去，只见沈飞正笑嘻嘻地从湖边的一条小径中走出，徐丽婕跟在他的身后，也是一脸盈盈的笑意。

凌永生惊讶地看着两人：“你们也来了？你们怎么进来的？”

徐叔苦笑着摇摇头：“那还用问，九成九是沈飞显的能耐。”

沈飞嬉皮笑脸地抱了抱拳：“嘿嘿，谢谢徐叔夸奖。”然后抬

头，对着船上的姜山说道，“姜先生，我们不请自来，你那道筵席，不介意多加两副碗筷吧？”

姜山呵呵一笑：“飞哥说话太客气了。两位一个是扬州城最好的菜头，一个是‘一笑天’老板的千金，都是我求之不得的贵客啊，何必见外呢。”说话间，那画舫已经稳稳地靠岸停下，姜山做了个礼让的姿势，“让诸位久等了，请上船。”

那撑船的女子早已摆好舷板。等大家都依次上了画舫，姜山在头前带路，把众人引入了船舱。

船舱从外面看起来不大，内部却是别有洞天。舱正中是一张黑木大圆桌，铺着猩红的细绒桌布，给人一种华贵的感觉。桌边一圈白底蓝花的细瓷圆凳，却又凸现出几分高雅气质。船舱四周点缀着各色花卉，多是些茉莉、米兰之类的雅致品种，使舱内飘着些许淡淡的花香。

船舱四角各立着一名侍女打扮的年轻女子，面带微笑，容貌均是清新可人。见有人进屋，靠近舱头的两名女子立刻款款上前，引导着众人在桌边各自坐下。

“好啦，大家快坐好，马上要开船啦。”沈飞咋咋呼呼地吆喝着，好像他倒成了主人一般。

“开船？你知道我们要去哪里？”姜山饶有兴趣地看着沈飞，其他人则多少露出奇怪的表情。

沈飞仰起身子，大大咧咧地说道：“农历十五的晚上，既然来到了瘦西湖，不去五亭桥下赏月，那可就白白辜负姜先生的一番美意了。”

“哈哈，看来这一干人中，知我者，非沈飞莫属啊。”姜山一边

说笑，一边向身边的女子做了个手势。那女子会意，走出船舱外，剩下的三名女子则忙着给众人端茶送水。不一会儿，船身微微一晃，显然是离开了岸边。

沈飞所说的五亭桥位于瘦西湖东首，与廿四桥相距不远。因桥身宽阔，上建五亭，故而得名。错落有致的五亭桥从高处俯瞰，便如同一朵盛开的莲花，所以也叫作莲花桥。整座桥造型秀丽，亭外黄瓦朱柱，配以白色栏杆，亭内则是彩绘藻井，富丽堂皇。我国桥梁专家茅以升曾说过，中国古桥中，最古老的是赵州桥，最雄伟的是卢沟桥，最美丽的，当数五亭桥。

不仅如此，五亭桥还有一个奇妙的地方。这座桥的桥基结构巧妙，共形成了大小十五个桥洞。在晴朗的夜晚，每个桥洞中均会映出一轮月影，加上星空中的皓月，正应了“十五的月亮十六圆”这句古话。因此每当月圆之时，这五亭桥自然就成了赏月的最佳去处。

船儿悠悠荡荡，在湖面上行走了约一刻钟，再次停了下来。先前出去的那名女子此时又走进船舱，只见她来到姜山面前，俯下身低低说了句：“到了。”

“好！”姜山高兴地从座位上站起，挥了挥手，“把窗户打开，让大家好好欣赏一下这美丽的桥下月色！”

八只玉手轻拂，不一刻，船舱两侧的檀木窗户都已开到了最大，如鳞的波光和璀璨的月色随之映了进来。

众人向窗外看去，原来画舫已经停在了五亭桥的主桥洞下。四周的诸多小桥洞从这个角度可以尽收眼底，碧玉般的水面中，众月争辉，美不胜收。

“真漂亮！”徐丽婕用指尖轻轻支着下颌，情不自禁地赞叹着。

沈飞却轻轻地叹了口气：“这美景好是好，只可惜在此时此地的三美之中，它只能屈居最后一位了。”

徐丽婕眨了眨眼睛：“三美？哪三美？”

沈飞一本正经地说道：“美女、美食、美景。”

徐丽婕莞尔一笑：“美女排在首位我没意见，可这美食在什么地方？”

沈飞用手指指姜山：“嘿嘿，这个嘛，你得问问他了。”

姜山见徐丽婕把目光投到了自己身上，笑着应道：“飞哥说得不错，这景色虽美，如没有佳肴相伴，终究是美中不足。诸位上船之前，我已经备好了几样冷碟，现在正好可以派上用场——去把那几样菜端上来吧。”

姜山的最后一句话是对四名女子说的。听见吩咐后，那四人鱼贯而行，从船舱后门走了出去，再进来时，每人手中已多了一个托盘，每个盘中都有两样冷碟，共计八样，分别是：胭脂鹅脯、美味茄鲞、水晶肘花、紫香虎尾、金钗银丝、中堡醉蟹、翡翠羽衣、香酥鲫鱼。

四名女子把冷碟一一摆放上桌，然后又配上餐具和饮料酒水。这八个冷菜荤素搭配，色泽和谐，一眼就勾起了众人的食欲。

“来，诸位不用客气，请先享用片刻。我们一会儿见。”姜山一边招呼着，一边站起了身。

“怎么？你不和我们一块欣赏这风景吗？”徐丽婕问道，“你要去哪里？”

姜山呵呵一笑：“我就在船上，只不过和你们有一帘之隔，这

样不至于让油烟搅了大家的雅兴。”说完，他转身从船舱的后门走了出去。

就像姜山所说的那样，船舱后门处只是挂了一张薄薄的布帘。明亮的月光把姜山的身影映在了布帘上，隐约可见他正立于船尾，面前似乎有一张四方的案台。此时众人都已明白，姜山是要在船尾掌勺，为大家奉上筵席中的热菜。

只见姜山的身影右臂轻舒，一翻腕，手中已多了一物，从形状上看，正是一柄厨刀。

果然，随着姜山右手有节奏地不断翻动，“笃笃笃”的刀声不断传入舱中。那声音时缓时急，忽重忽轻，听在耳中，有时若骏马疾奔，有时又如木鱼轻敲。

那一片刀声节奏感极佳，虽有变化反复，但毫无停顿之时，足见运刀者刀法娴熟，已入化境。舱内的几位多半都是烹饪的行家，虽然隔着布帘，对姜山的动作看不清晰，但只听声音，便对其是剁是切是劈是斩，滚刀、拍刀、推刀、锯刀，无不了然于胸。

忽然船舱中也响起了“笃笃”的声音，与那刀声呼应成趣，徐丽婕顺着声音看过去，原来是凌永生在用中指关节敲击着桌面。再看其他人，除了沈飞之外，都是一副郑重的表情，聚精会神地侧耳倾听。马山更是闭起了眼睛，摇头晃脑，便如同在欣赏音乐一般。

徐丽婕用手碰了碰身边的沈飞，悄悄询问：“他们这是怎么了？”

沈飞把嘴凑到徐丽婕的耳边，轻声说道：“这个姜山的刀法不错，他们听了心中痒痒，都在暗暗和自己的本领相互印证呢。”

徐丽婕恍然大悟，既诧异又好奇，目光忍不住又在众人身上多转了几圈。

刀声刚刚止歇，又听得“嘭”的一声轻响，布帘后腾起一团火光。姜山略略弯腰，左手从案台下抄出一件圆圆的物品置于火光之上，不用说也知道，那自然是一口铁锅。

不一会儿，船舱外响起了“噼噼啪啪”的爆油声。姜山等待了片刻，忽然间手一扬，将一盆原料倒入了锅中，只听“刺啦”一声大响，铁锅上火焰飞腾，竟蹿起了半米多高！虽然隔着布帘，那声势仍着实令人惊讶。

姜山右手掌勺，左手持锅，两手相谐，不停地上下翻飞。他的动作虽然快捷，但一招一式却又交代得清清楚楚，干净利落。即使是看他映在布帘上的身影，也丝毫没有拖泥带水的模糊感觉。

一番爆炒之后，原料起锅，船舱内外暂时安静了下来。隐约可见姜山拿起一个椭圆形的东西，上端凑于嘴边，下端则接着一个大盆。

“他这是在干什么？”徐丽婕不解地问道。

“他手里拿着的是一只鸡蛋，两头应该都打了小孔，他这是在把蛋清从蛋壳里吹出来。”凌永生说话的时候，其余众人也都点头表示赞同。

姜山吹完一只，又拿起了另一只，如此反复，共计吹了八只鸡蛋之后，这才停了下来，然后把接蛋清的盆子放入了锅中。

“他这是在做……蒸蛋？”陈春生犹疑不决地猜测说。

只见布帘后的姜山又往锅内加了一些东西，然后扣上锅盖，开始静静地等待。从姿势上看，他似乎正背负双手，向湖畔远眺，一副从容不迫的优雅气度。

忽然间，一阵清风从湖面上掠过，门口的布帘被刮得向船舱内扬起，姜山恰在此时揭开了锅盖，一股香味随风而入，冲着桌边的众人扑鼻而来。

这香味并不浓郁，却是清鲜逼人，立刻盖住了船舱内原有的花香，众人全都情不自禁地抽起鼻子，恨不能多吸上两下。

姜山手一翻，已将菜盆隔着布帘递进了船舱，同时朗声报出菜名："明月满江！"立刻有一名陪侍的女子迎上前，用托盘接下了菜肴，然后转身向着桌边施施然走来。

众人所在的画舫停于五亭桥的主桥洞之下，船舱外群月争辉，夜色璀璨。可等那盆菜肴端上桌之后，船舱内却是月色大盛，竟似要盖过舱外十六轮明月的光辉。

只见那瓷盆体形硕大，直径足有40厘米，盆中一汪清水洁白如玉，诸多金黄色的明月点缀其中，而且这些明月或圆或缺，形态各不相同，有的如玉盘，有的则似金钩。一股诱人的鲜香更是从这盆明月玉水中幽然散出。

众人这才明白，原来姜山在布帘后所做，乃是把上好的干贝和虾仁放进油锅炸至金黄，然后撒缀于满盆的蛋清液中，再隔水蒸制，料理出这道形意无双的"明月满江"！

端菜的女子客客气气地说道："诸位先生、女士，姜总吩咐过，这道菜得趁热食用。为了体现江水清润流动的质感，菜中的主料蛋清液只是蒸到了七成熟，如果凉了，多少会有些腥味。"

"嗯，说得好，有道理，有道理！那我们就不客气啦。这吃蒸蛋，应该是用勺子剜吧。"沈飞兴冲冲地探着身子，手中的小勺举在

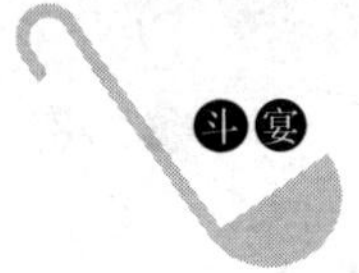

半空，却又停了下来，感慨道，“这么漂亮的一盆明月，真让人不忍心破坏啊，我还真不知道该从哪里下手。”

那女子被沈飞逗得“扑哧”一笑，说：“这位先生不必有此顾虑。这满盆月色本来就是让诸位享用的。你只管一勺下去，舀起一轮明月，看看它到口中之后，又会是怎样的一番滋味。”

“好！那我可得挑个最漂亮的。”沈飞一边说，一边瞅好一轮最圆最大的“明月”，连着周围的蛋清江水一同舀了起来，笑嘻嘻地欣赏片刻，转头对着徐丽婕说，“女士优先，大小姐，我知道你自己不好意思抢先出手，所以厚着脸皮，帮你代劳了。”

说完，沈飞把小勺送到了徐丽婕的餐碟中，徐丽婕笑颜如花，轻声道谢后，拿起小勺，把那轮“明月”缓缓送入了口中。

半凝的蛋清液爽滑如脂，首先化在了唇舌之间，徐丽婕只觉得一股清香直入心脾。当牙齿轻咬干贝的时候，立刻又有一种说不出的奇鲜滋味从中喷薄而出，两味承转相合，在口腔中缭绕不绝。

此时其他人也各自舀了一轮“明月”，细细品尝。徐叔咂味片刻，问身边的凌永生：“小凌子，你说说看，这干贝和虾仁有什么玄妙？”

凌永生闭上眼睛，用嘴唇抿抿舌尖，然后回答：“这干贝和虾仁里吸收了多种鲜味，应该是在加有香菇等多种辅料的鸡汤中，用文火长时间慢炖然后制得的。”

“嗯。”徐叔点了点头，然后又补充道，“除了香菇，还有嫩春笋、火腿和鹿脯。”

马山听了师徒俩的对话，也闭上眼睛品味一番后，赞叹道：“细

细分辨，果然是这几种鲜味，徐老板味觉犀利，令人佩服。”

“嗨。”徐叔不以为然地摆摆手，欲言又止，心中暗想：前天在“一笑天”酒楼中，姜山只是闻了闻大堂中飘过的香味，便准确地说出“四鲜狮子头”中所用的配料，那才是真的神乎其技啊。

在船舱内众人享受口福的同时，一帘之外的姜山却是丝毫没有停歇。但见闪烁的火光中，姜山的身影挥洒自如，那动作娴熟中又透出几分优雅，透过布帘看过去，不似在做菜，竟有几分像在舞蹈。

不多时，“清江弄舟”“平沙落雁”“春江潮平”“玉龙腾月”“空谷幽兰”“竹风梅影”“风花雪月”“芦乡鹤居”“出水芙蓉”等一道道荤素佳肴连绵不绝地端上了餐桌。每道菜不仅色、香、味俱全，而且菜名与造型均与各色美景相合，构思精巧，意境悠远，仅仅是用耳目去欣赏，便已让人沉醉其中了。

此时夜色渐浓，姜山撩起布帘，伴着一片湖光月影，缓步走入了船舱内。只见他气定神闲，洁白的羊毛衫上滴油不染，仍然像先前伫立船头吟诗时一般俊朗儒雅。

“这桌‘春江花月宴’，请诸位赐教。”姜山向众人拱拱手，语气用词虽然谦虚，但眉宇间的神色甚是自信。

“‘春江花月宴’，好名字啊。”马山摇头晃脑地感慨道，“窗外月影浮动，满桌菜肴的香味中又隐隐夹杂着桂花的清新气息，真让人有一种身在广寒的错觉。这桂花气息若有若无，却不知是从何而发？”

“我在今天烹制菜肴所用的清水中浸泡了少量的桂花，一点简单的小手法，让诸位见笑了。”

“手法简单，想法却不简单。”陈春生也由衷地赞叹道，“这季节的景色都被你融入了满桌菜肴中，借景入菜，菜景合一，我今天是开了眼界了——徐老板，你的意见呢？”

徐叔没有直接回答，却转头问凌永生：“你觉得怎样？”

凌永生摇摇头：“无话可说。”

徐叔沉默片刻，轻叹一声：“色、香、味、意、形，无一不是妙到毫巅，确实无话可说。”

姜山微微一笑，坐回到自己的位置上，挥手招呼着说：“既然如此，那就请大家观景品菜，好好享受这个良辰佳夜。”

徐叔端起面前的酒杯，向姜山虚敬了一下：“姜先生太客气了，如此盛情款待，我就先代表大家，敬你一杯。”

姜山站起身，端着酒杯恭敬地说道：“不敢当，不敢当。徐老板在扬州厨界享誉已久，对我所做的菜肴能给出这么高的评价，确实让我不胜荣幸。”

“嗯，以你的厨艺，当之无愧。”徐叔说完这句，忽然话锋一转，“姜先生这次来到扬州，恐怕不仅仅是要请大家吃顿饭吧？”

这句话提出了众人心中共同的疑问，连一直在吃个不停的沈飞此时也停下了筷子，和其他人一起把目光投向了姜山。

“既然徐叔提出来了，那我也就不再隐瞒。”姜山说到这里，一仰脖，把杯中的酒一饮而尽，“我这次来扬州，是想和诸位打一个赌。”

“哦？”徐叔把酒杯轻轻放回到桌上，“不知道姜先生想赌什么？”

姜山沉默片刻，正色说：“我赌扬州城中，没有人能够在厨艺上胜得过在下。”

众人面面相觑，一片愕然。之前大家虽然也看出姜山颇为自负，但他言行举止一向谦虚有度，现在却突然说出这样的话来，竟似丝毫不把淮扬三大名楼的老板和主厨放在眼里。

马山轻轻摇摇头，说道："你的厨艺虽然高超，但要想一个人挑遍扬州城，只怕也不是那么容易吧？"

"如果容易的话，我又何必千里迢迢下扬州呢？我既然提出打赌，自然已经做好了输的准备。"姜山转头看了看身后的一名女子，"去把东西拿来。"

女子走出后舱，不一会儿端进一只锦盘。那锦盘用一块金丝镶边的绒布盖着，显得颇为贵重，一下子便把众人的目光都吸引了过去。

姜山伸手轻轻把绒布揭开，只见绒布下盖着的却是一本线装的书籍。那本书一指来厚，封皮已经有些褪色，书页也微微泛黄，看起来应该有些年代了。不过书的成色虽然陈旧，但整体形状完好无损，显然书的主人对其做了精心的保存。

姜山看着那本书，目光中充满爱惜之意。他一边用手指在书面上缓缓拂过，一边说道："这是我姜家世代相传的《大内满汉全席菜谱足本》，记录了各色菜肴数百道，包括'生吃仔鼠''滚油猴脑'等传说中的奇菜。这次我在扬州还将停留一周左右的时间，这一周内，如果扬州城有人能够在厨艺上赢了我，我就把这本菜谱赠给扬州厨界。"

"满汉全席足本"？在场的人全都惊讶地瞪大了眼睛。众所周知，满汉全席是满汉两族风味肴馔兼用的盛大筵席，规模盛大高贵，程式复杂，总计要吃上三天六席。席中的菜点计有三百多种，无不极

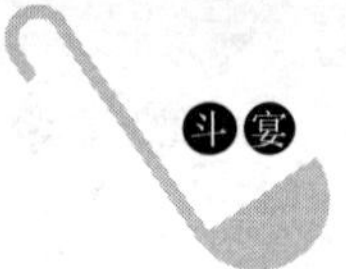

尽美味精细，既有宫廷肴馔之特色，又有地方风味之精华，可谓集天下菜肴之大成，乃古今中外第一名筵！

天下第一名筵的足本菜谱，自然也就是天下第一菜谱。满汉全席享誉天下，席中的不少菜品均是平常难得一见的奇妙之作，如“生吃仔鼠”便是将刚出生三天的幼鼠裹于面卷中，蘸蜜糖酱食用。像此类奇菜的烹制方法，即便在当时，也没有几个人知晓，年代久远之后，如今的刀客们更是仅闻其名罢了。而这本菜谱中，连这样的菜肴也收录在内，足见其内容的博大精深。

毫不夸张地说，这本菜谱足以称得上刀客们的最高教材、烹饪界的百科全书！

也只有姜山以大内总领御厨后人的身份，才有可能拥有这样一本菜谱。而现在，这本菜谱居然会有可能留在扬州！在座的几位扬州名厨心中禁不住都“怦怦”地跳了起来，就连一向财大气粗的陈春生此刻也红着眼睛，直勾勾地看着那本陈旧的古书，恨不能此刻就把它抢到手中。

马山毕竟年纪较长，阅历丰富，他捋了捋胡须，不动声色地问道：“如果扬州城中没人能够赢得了你，姜先生又想得到些什么呢？”

马山的话立刻让兴奋中的陈春生等人冷静了下来：姜山既然用这本名贵的菜谱作为赌注，所求的必定也是非同一般的东西，只怕这才是他来到扬州的真正目的。

姜山的目光绕着餐桌边的众人扫了一圈，最后停在徐叔身上，他冲徐叔拱了拱手，说：“徐老板，请恕姜某无礼，如果这场打赌我赢了，我就要带走悬挂在‘一笑天’酒楼的‘烟花三月’牌匾。”

众人心中都是一沉，徐叔更是变了脸色，谁都知道失去“烟花三月”的牌匾意味着什么。

两百多年来，这块匾虽然一直悬挂在“一笑天”酒楼的大堂中，但它存在的意义和影响力早已超出了酒楼本身。这块匾背后的故事是整个扬州厨界的一个传奇，它向人们讲述着扬州刀客曾经达到过的成就和辉煌，也是淮扬菜在中华烹饪界中地位的象征。

可以说，在扬州刀客的眼中，这块匾的价值丝毫不逊于姜山手中的那本《大内满汉全席菜谱足本》！姜山提出以此作为赌注，更加凸显出他要凭一己之力挑战整个扬州厨界的野心。

可他这么做，又是为了什么呢？

一时间，船舱内寂静无声。

最终还是姜山率先打破了沉默：“不知道诸位有没有兴趣接下这个赌局？”

陈春生有些无措地看着马山：“马老师，您看这件事……”

马山叹了口气，对徐叔说道：“徐老板，‘烟花三月’的牌匾毕竟是你‘一笑天’酒楼的财产，这次应不应战，就由你来决定吧。”

徐叔用手轻轻转着面前的酒杯，神色凝重。虽然他之前已经隐隐猜到姜山此行的目的会和“一笑天”酒楼有关，但没想到对方竟是冲着“烟花三月”的牌匾而来。这场赌局如果输了，“一笑天”酒楼两百多年积累的声誉便会葬送在自己的手中，但如果不应战，那自己又等于是代表了整个扬州厨界在对方面前俯首认输，这当中的轻重亦是非同小可。一时之间，的确是首鼠两端，无法决断。

马山看出了徐叔的心事，斟酌片刻，又说道：“徐老板，这担子

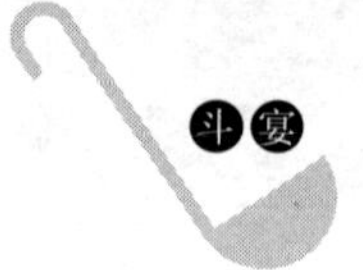

是‘一笑天’接下来，但事情得由整个扬州厨界担着，这一点，你大可放心。”

马山这番话不仅是对徐叔的宽慰，其实也表明了自己的立场。话语虽然简短，但对徐叔来说，却像是往摇摆不定的天平一侧又加上了一个砝码，他端起酒杯，一口气饮完了杯中的酒，说道：“好吧，姜先生，我就代表扬州厨界，接受你这个挑战。”

凌永生脱口叫了声“师父”，似乎想要说些什么，徐叔挥手打断了他。做完决定之后，他的心情反而放开了一些。他把身体往椅背上一靠，像是在对徒弟说话，但目光看着姜山：“放心吧，‘一笑天’享誉厨界两百多年，不会那么容易被人击垮的。”

“好！”姜山拍了拍手，显得非常高兴，“赌局从明天开始，今天还请大家尽兴，来，我们同饮一杯吧。”

早有女子上前，为姜山斟满了酒。姜山把酒杯高高举起，神采飞扬，似乎那赌局虽未开始，但他已经稳操胜券一般。

徐叔和马山等人对视了一眼，然后轻轻摇了摇头：“要把酒言欢，还是等分出胜负之后吧。姜先生的这桌酒菜，我们现在还是消受不起啊。”

姜山放下酒杯，倒也并不气恼。他略一沉吟，淡然地说：“既然如此，那我也不便强留，诸位若想离去，姜某人自当恭送。”

言毕，他做了个手势，一旁的女子会意，走出了船舱。不一会儿，画舫轻摇，悠悠荡出了桥洞，向着岸边漂去。

画舫已靠岸。

刚才还高朋满座的船舱内，现在已冷清了很多，除了主人之外，就只剩沈飞和徐丽婕两人了。

沈飞还在吃，他手中的筷子好像一刻都没有停过。

“你不走吗？”姜山有些奇怪地看着沈飞。

沈飞瞪着姜山，显得比对方还要奇怪：“这里的菜还没吃完，我的肚子也还没被填饱，我为什么要走？”

沈飞的话说得简单直白，但又让人无法辩驳。姜山只好转过头来，问徐丽婕：“那你呢？也不走吗？”

“我的胃口可没他那么大，我已经饱了。只是我们是一起来的，所以也要一起走。”徐丽婕一边说，一边笑吟吟地看着沈飞，似乎欣赏别人吃东西也是一种享受。

姜山挠挠头，憋了片刻，他终于忍不住问出了心中的疑惑：“你们为什么还会留在这里？难道你们对我一点都不讨厌吗？”

“讨厌你？那怎么会？”沈飞美美地咂了口酒，“我们不请自来，白吃白喝，应该是你讨厌我们才对嘛。”

“对刚才打赌的事情，你就没什么意见？”

“你们赌你们的，与我有什么关系。你就是把那块匾劈成柴火块，我也一样当我的菜头，炸我的臭豆腐。”沈飞晃着脑袋，轻轻松松地说道。

姜山盯着沈飞，似乎想分辨出对方到底是真糊涂，还是在装糊涂。

可他一点也看不出来，半分钟后，他放弃了，把话头再次转向徐丽婕：“那徐小姐是怎么看的？你可是徐叔的女儿。”

徐丽婕的回答干脆得很：“我也没意见，That's a fair play！”

“什么？”沈飞有些茫然地抬起头，“说什么呢？洋屁吧？”

姜山笑了：“徐小姐说，这是一场公平的比试。”

“哦，是不是那个‘费厄泼赖’，知道知道！小时候学过的一篇课文里有，是不是那个？”

“嗯。”姜山点点头，“鲁迅先生的《论费厄泼赖应该缓行》。”

沈飞对自己的这个发现甚是得意，他哈哈地笑了两声，从盘中夹起一棵青翠欲滴的小菜心，送入了口中。突然，他似乎想起了什么，皱起眉头，轻轻叹了口气。

“怎么了，这菜有什么不妥吗？”姜山不解地看着沈飞。

“菜当然美味，只是这艘画舫一直停在岸边，看不到两岸变幻的月色美景，怎能不叫人遗憾呢。”沈飞一边说，一边愁眉苦脸地摇着头。

“哈哈，这还不容易？”姜山转过头，对着舱外高声叫了句，“开船！”

画舫离开岸边，开始沿着秀丽的瘦西湖迤逦前行。朦胧的夜色中，两岸垂柳依依，如同展开了一幅浓浓的水墨画卷，连绵不绝，美不胜收。

在此醉人的美景前，一向喧闹的沈飞此刻也安静了下来，他凝目看着窗外，竟似有些神不守舍。徐丽婕更是沉醉其中，有时经过湖道细幽的秀丽之处，连眼睛也舍不得眨一下。良久之后，才听得她轻轻地赞叹：“太美了！”

“阳春三月，月圆之夜。瘦西湖上一年中，也就这几个小时是最让人心醉的。”沈飞顿了一顿，似乎在回忆些什么，然后又说道，

“这样的良辰美景，我也只经历过一次，那已经是好多年之前了。”

姜山微微一笑：“如果我没有猜错，应该是和某个女孩一块吧？”

听到这话，徐丽婕饶有兴趣地移目看向沈飞，沈飞仍然全神贯注地盯着窗外，笑而不答。

此刻夜色苍茫，船头“哗哗”的打水声隐隐传来，间或夹着一两声虫鸣鸟语。三人默默地倾听，那声音传入耳中后，如同有一种清泉般的感觉流遍全身，所有的疲倦和浮躁在这一刻似乎都被洗去了。

画舫从五亭桥往东行了里许地，拐过一个湖道岔口，前方的水域豁然开朗。瘦西湖以“瘦”闻名天下，说是湖，其实大部分水域体形狭长，倒更像是河流，唯有此处水面广阔，确实有了“湖”的感觉。画舫到了湖面中心，风明显大了起来，吹得船舱两侧的舷窗“沙沙”作响。

沈飞自斟自饮，算起来已有二三两白酒进了腹中，此时面孔微微发红，已经有了些醉意。听到风声作响，一时性起，口中嚷着：“好风，好风！”站起身来，向着船舱外走去。

姜山笑着看了徐丽婕一眼：“我们也出去透透气吧？”

徐丽婕欣然点头，两人跟在沈飞身后，也来到了船头。只见四周的湖面与月光相映，泛起一片粼粼的银色。三人静静伫立，衣襟被清风带起，轻轻摩挲着肌肤，耳畔则是水声潺潺，幽绵不绝，霎时间只觉得神清气爽，疑似到了仙境龙宫一般。

忽然间徐丽婕手指着左侧前方的不远处，“咦”了一声，问道：“你们看，那是什么地方？”

沈飞和姜山顺势看去，只见一条三米多宽的石廊从岸边延伸出

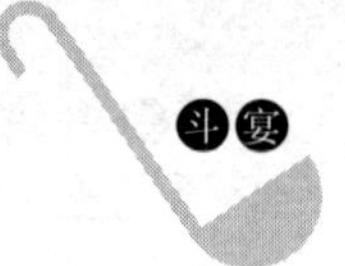

来，插入湖心四五十米。石廊尽头是一座精致的小亭，黑顶黄墙，窈窈临水而立，透出一股奇妙的韵味。

“哦，那是瘦西湖上的一处名景，叫作钓鱼台。”姜山向徐丽婕解释道。

“钓鱼台？为了钓鱼，专门到湖中心建起这么个亭子，可真够有闲心的。”

“这座亭子可小看不得。第一，当初它是为了供乾隆皇帝休息和垂钓所建；第二，它还是中国古典建筑中极具成就的一个典范之作。”

“是吗？”徐丽婕瞪着眼睛对着那亭子又端详了片刻，只是远远看去，亭子虽然漂亮，但比起一路看来的那些楼榭水阁，似乎也没有什么特别之处。

“你把眼睛瞪破了也没有用。”沈飞笑嘻嘻地说，“只有站在亭中，你才能发现它巧妙的地方。”

“不错，徐小姐如果有兴趣，我们不妨停船靠岸，到那亭子里小坐片刻。”

“好啊。”徐丽婕被勾起了兴趣，立刻对姜山的提议表示赞同。

画舫悠悠，在石廊边靠岸停下，一行人下了船，信步来到亭中。那亭呈四方形，重檐斗角黄墙，面东装木刻镂空落地罩阁门，濒湖的三面则各开有圆形的门洞。此时随行的女子从船上搬下了瓷凳，供三人坐下休息。徐丽婕刚才听了沈飞的话，原以为亭中的构筑一定会有什么非同寻常的地方，谁知这里面竟是空空如也，连石桌石凳也没有一个。

姜山看出徐丽婕心中的疑惑，冲沈飞笑了笑，说道：“飞哥，你

是土生土长的扬州人，这亭中的奥妙就由你来解释吧。”

“那好吧。”沈飞也不推辞，直咧咧地说，“大小姐，你坐在这里，分别从西侧和南侧的门洞往外看，看看能发现什么。”

徐丽婕依言而行，只分别看了一眼，便兴奋地说道：“啊，刚才的五亭桥正好出现在西侧门洞的正中，南侧的门洞里则可以看见一座高塔。”

“那座塔也是瘦西湖畔一个著名的景点，叫作白塔。”

虽然是夜晚，但在明媚的月色下依稀可以看得出，那塔果然是通身一片洁白。

等徐丽婕把目光收回，沈飞又继续说道：“五亭桥、白塔、钓鱼台。关于这三个景点，有一个有趣的故事。相传当年乾隆皇帝南巡时，要来瘦西湖观景，扬州的盐商们当然就绞尽脑汁，想要拍一拍乾隆爷的马屁。其中两个最有钱的盐商就分别修建了这白塔和五亭桥，希望能以此博得乾隆爷的青睐。还有一个盐商呢，他没那么多的钱。于是就在这里建了一座钓鱼台，然后领着乾隆爷到亭中休息。乾隆爷往这儿一坐：哇，这边能看见白塔，这边能看见五亭桥，两处美景统统收入眼底。妙！来人哪，赏！于是这个盐商从此发达了。所以说，这座小亭子本身并不出奇，奇的是它能够以门借景，成为我国造园技艺中运用借景的杰出范例。”

“原来是这样，有意思！”徐丽婕高兴地拍着手，“最后的这个盐商才是真正的构思精巧，摸透了乾隆爷的心。”

“不错，这就是所谓的匠心了。这样的道理其实同样也可以用在做菜中，比如姜先生刚才的那桌‘春江花月宴’，借景入菜，也称得

上烹饪技艺中的典范了。”

“‘典范’两个字不敢当。不过这桌‘春江花月宴’确实是我最得意的作品。”姜山与沈飞虽然地位悬殊，相处时间也不长，但几番交流之后，却大有知己的感觉。距离拉近了之后，说起话来也就没有多余的客套和顾虑：“你们知道吗，在北京，如果想要吃我做的这桌菜，那可得提前一个月预订。”

“是吗？嘿嘿，那我可真有口福啊。”沈飞摸着下巴，一副心满意足的表情，似乎还在回味不久前的那顿大餐，“不过我也不能白吃，得回请你。”

“哦，我猜猜，飞哥要请客，自然是用名满扬州的炸臭豆腐干了？”

徐丽婕笑嘻嘻地插话：“沈飞炸的臭豆腐干我吃过，味道棒极了！”

沈飞冲徐丽婕竖起了大拇指，一本正经地点着头：“有品位！”

“好！那我明天就去尝尝飞哥的炸臭豆腐干！”

三人相视而笑，小亭内一派其乐融融的祥和气氛，那个关系到“一笑天”乃至整个扬州厨界命运的赌局在这一刻似乎真的与他们无关了。

此时在另一处的几个人，满脑子想的却是这个赌局。

“一笑天”酒楼的大堂内，“烟花三月”牌匾高高悬挂，如果它有灵性，此刻是否也在为自己未来的命运担心呢？

掌握它命运的，看来便是下面圆桌前围坐着的那几个人。

徐叔、马山、陈春生、凌永生、孙友峰、彭辉，这几个昔日在扬州厨界叱咤风云的人物，现在却全都紧锁着眉头，脸上写满了忧虑。

如果你现在也坐在这个大堂里，你一定会很想逃出去。因为这里的气氛，凝重得几乎要让人窒息！

厨界本来就是一个小小的江湖，刀客间互相挑战，原本是一件稀松平常的事情。作为淮扬名楼之首的“一笑天”，每年都会接到这样的挑战不下十次。每当面临这样的挑战，徐叔都会带领所有的后厨刀客认真准备，商量对策，因为他知道，敢来挑战“一笑天”的，绝不会是泛泛之辈。正因为始终保持着这样的良好心态，所以“一笑天”的招牌才会历经风雨，却始终屹立不倒。

当然，那些从“一笑天”铩羽而归的刀客，无一不承认：“一笑天”酒楼确实具有强不可撼的后厨实力！

可这一次，形势却好像完全倒转了过来。

作为总领御厨之后的姜山，不仅在厨艺上令人感到难以逾越，更可怕的是，他显然为这次比试已做好极为充分的准备。面对这样一个对手，你几乎没有战胜他的可能。

好在几乎没有，并不代表绝对没有。

“除非当年的‘一刀鲜’出山，我想不出扬州城内还有谁能有战胜姜山的把握。”

说这句话的人是马山，他是扬州厨界里人人尊敬的元老名宿。可即使是他，在提到“一刀鲜”这个名字时，脸上也充满了景仰和尊敬。

可以用山峰做如下的比喻。有些山峰虽然高耸，但你在感慨其雄伟的同时，也会被激发起往上攀登的豪气，你梦想着有一天站在这座山峰之巅的时候，那会是一种多么美妙的感觉！

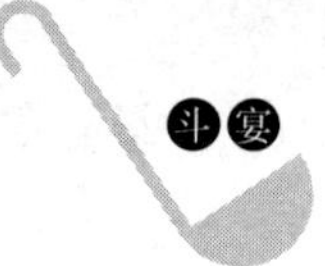

可另有一些山峰，它峭壁巍峨，直插云霄，甚至你把头仰到最大的角度，也无法看到其顶端究竟在何处。面对这样的山峰，你根本无法也不敢想象那种伫立山巅的感觉，在它的脚下，你能体会到的只有崇拜！

在厨界中，“一刀鲜”三个字，便是这样的一座高不可攀的山峰，是两百多年来流传的一个神话。所有的刀客都只能用尊敬的眼神远远地看着他的背影，不敢有任何追赶和超越的野心。

即使在见识了姜山的巅妙厨艺之后，仍然不会有人怀疑：只要“一刀鲜”能够出马，姜山也只能败下阵来。

“可是‘一刀鲜’已经销声匿迹三十多年了，现在上哪里去找他？”徐叔叹着气说道。

一个人如果三十多年都没有消息，那他是否仍在人世只怕都要打上一个大大的问号。

陈春生忽然冒出一句：“不是三十多年，是八年。”

“什么？”众人立刻都把疑惑的目光投到他的身上。

“我最近在北京认识了一些烹饪界的朋友。据他们说，‘一刀鲜’曾在八年前出现在北京，而且他当时在北京所做的事情，比现在姜山在扬州还要风光十倍。”

“那他都做了些什么？”凌永生久在“一笑天”，以前便经常听徐叔讲述“一刀鲜”当年的种种传闻逸事，早已把对方当作了自己崇拜的偶像，此时听说有“一刀鲜”最近的消息，立刻满脸神往，迫不及待地追问。

“八年前，‘一刀鲜’独身一人来到京城，浑身上下除了一柄

厨刀外，别无他物。他就凭着这柄厨刀，一个月内足迹遍布京城所有知名酒楼的后厨，在与近百名成名刀客的较量中，无一败绩。据说，当时所有的比试都是一边倒的局势，偌大的北京城，竟无人可与他真正一战。最多的时候，他一天就横扫了十一家酒楼；而最快的一场比试，他只挥动了一下厨刀，便让对方主动认输。”陈春生说这些话的时候，满脸都发着红光，似乎这些辉煌的业绩都是自己完成的一样。

在场的众人想象着“一刀鲜”横扫京城的那种豪气，无不如醉如痴。要知道，能在北京的大酒楼里混饭吃的刀客，无一不是技艺超群的实力派人物，“一刀鲜”能在其中叱咤纵横，如入无人之境，他在烹饪上的造诣，只能用“深不可测”四个字来形容了。而在这种顶尖的较量之中，只挥一刀便决出胜负，更是让人匪夷所思。

马山忽然想到了一个问题，不解地问道：“可他做了这么大的事情，怎么会没有传开呢？”

“那是因为他在大获全胜之后，忽然间音信全无，因此此事也就在北京城里闹腾了一阵，后来也就慢慢平息了。”

“出手一击便势如破竹，却又在最高峰时悄然隐退，果然是高人风采啊。”马山情不自禁地赞叹着。

“那后来他去了哪里？”徐叔倒是对现实的问题最为关心。

“据说是回到了扬州，但具体的行踪没有人知道。”

“只要他还在扬州，那事情就好办了。”马山一边思索，一边说道，“只要多派人手，把今天打赌的事情在市井闲人中广为传播，如果他听说了，应该自己就会出来。”

“不错，这倒是个方法。”有了寻找“一刀鲜”的希望，徐叔

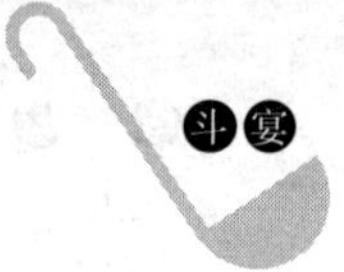

脸上的愁云立刻扫却了很多，心里似乎也有了底。他想了一会儿，又说，“赌局的时间是一个星期，我们也不能把希望都押在一个地方，自己也得有所准备。姜山虽然厉害，但也不至于就到了无法战胜的地步。他毕竟是一个人，不可能面面俱到，如果能找到他的弱点，就不怕没有对付他的方法。”

马山听了徐叔的这番话，捋着胡须，轻轻点了点头，然后笑着说：“徐老板这么一说，我倒忽然想起三个人来，也许这次能够派上用场。”

“哦？哪三个人？”徐叔往前探了探身子，目不转睛地看着马山。

“城南‘妙味居’的朱晓华，城北‘福寿楼’的李冬，城西‘水华轩’的金宜英。”

听马山说出这三个人的名字，徐叔和陈春生对看了一眼，忽然间目光都是为之一亮。

/ 第四章 /

Chapter 4

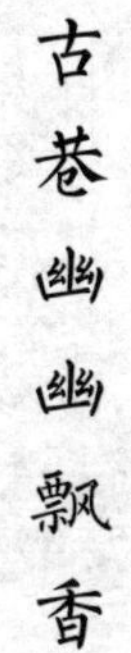

古巷幽幽飘香

臭豆腐干被炸得金黄，配以银白的豆芽、翠绿的香菜、鲜红的辣酱，普普通通的小碗中竟也是色彩纷呈。姜山还没有动筷子，已经忍不住赞了一句：“好！”

臭豆腐

烟花三月，正是古城扬州最美丽的时节。空气中到处飘散着一股淡淡的青草气息，你就是闭上眼睛，也能感受到一片盎然的绿意；微风轻轻拂动，迎面吹在脸上，带给人的却是一种暖暖的感觉；阳光明媚而不耀眼，照得天地间似乎没有一丝阴霾。人在这样的环境中，不想要个好心情都难。

“妙味居”酒楼的主厨朱晓华此时的心情却偏偏不好。他坐在后院的一张靠背椅上，耷拉着眼睛看着脚下摆放着的一只大水盆，显得非常失望。

一条鲜活的大黑鱼在满盆的清水中来回翻腾搅动，看起来一心想要脱困而出。盆中“哗哗”作响，不时有水花飞溅而起，在阳光下熠熠生辉。

一个十七八岁的半大小伙子垂首站在盆边，看穿着似乎是个打杂的伙计。他时不时地抬眼偷偷瞟一下朱晓华，一副挨了训斥但又不太服气的样子。

“你说说看，出门之前，我是怎么吩咐你的？”朱晓华腆着胖胖的肚子，慢条斯理地问道。

小伙子老老实实地回答："您说让我去买条乌鱼，回来剐鱼片。"

"那你给我买回什么来了？"

"我买的就是乌鱼啊。"小伙子显得既不解又委屈。

"你这哪是乌鱼？"朱晓华不悦地挪了挪身体，用手指着水盆说道，"这分明是条黑鱼嘛。"

"黑鱼不就是乌鱼吗，叫法不同罢了……"小伙子嘀咕着。

"黑鱼就是乌鱼？"朱晓华哼了一声，正想说些什么，忽听得院外前厅有人接口道："这种说法大错特错！"

伴随着话音，一个青年男子已经走进院子，笑嘻嘻地打招呼说："朱大厨，你好！让我来帮你教训一下这个小家伙，怎么样？"说完，也不等朱晓华答话，便自顾自地来到小伙子身边，摇头晃脑地说道，"黑鱼和乌鱼确实都是同一个品种，不过又有所区别。只有生长期达到八个月以上，色泽纯黑的成年个体，才能被称为黑鱼。在此之前，这种鱼身上的鳞片颜色还达不到真正的黑色，只是呈现出深浅不同的乌色，所以这时便叫作乌鱼。'妙味居'后厨下购料单的时候，黑鱼乌鱼从不混淆，你怎么会连这些都不知道呢？"

小伙子听了这番话，愣在原地，一时无言以对。

"唉，他刚来两个星期，还有很多东西得学啊。如果能有你那两下子，我得少操多少心。"朱晓华感慨了两句，又对着小伙子说，"我说了要剐鱼片，自然是生长期在五个月，色泽六分乌的半成年鱼最为合适，肉质嫩而不散。你却给我买回这么条大黑鱼来。"说到这里，他站起身，绕着水盆踱了两步，"瞧这颜色，这条鱼已有一年半的生长龄，唉，一会儿把它拿到后厨氽汤去吧。"

“朱大厨选料苛刻精细，果然名不虚传。这目测鱼龄的功夫，我在菜场上混了十年，也从来没见识过呢。”青年人恭恭敬敬地说道。

“哎，客气了，客气了。”朱晓华受到恭维，脸上泛着红光，刚才的不快一扫而尽，转头吩咐一旁的小伙子，“去给这位先生倒杯茶来。”

那男子嘻嘻一笑：“不用了，我是替徐叔带个口信，请朱大厨今天中午到‘一笑天’酒楼聚一聚。”

“好，一定准时前往！”朱晓华痛快地答应了下来。

任务完成，年轻人也不多待，客套了两句后，告辞而去。小伙子看着他的背影，好奇地问：“师父，这个人是谁呀？”

“他就是‘一笑天’的菜头，沈飞。你什么时候买菜能有他一半的本事，我也就知足了。”说完这些，朱晓华低着头，自言自语地念叨，“急匆匆地请我到‘一笑天’相聚，看来那些传闻都是真的了。”

沈飞从“妙味居”出来，径直来到城北的“福寿楼”。他来这里的目的，自然是要拜会“福寿楼”的主厨——李冬。

沈飞见到李冬的时候，这个一身腱子肉的家伙正闭着眼睛，在后厨内的一张躺椅上小憩。扬州厨界的人都知道，李冬的脾气并不太好，尤其当他休息的时候是最烦别人打搅的。所以沈飞只好苦笑着站在一旁，耐心地等待着。

这后厨中除了李冬之外，还另有一个长得眉清目秀的年轻人。他没有休息，眼睛更是睁得老大，但沈飞进来足有五分钟了，他连瞟也不瞟沈飞一眼，这么一个大活人在他看来竟像完全不存在一样。

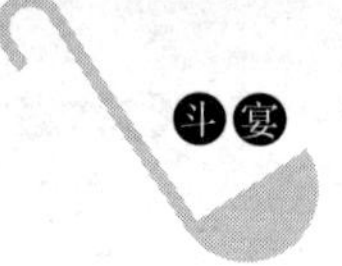

他的眼睛始终盯着一样东西——案板上一条青翠碧绿的黄瓜。

忽然，他的身形微微一晃，随即一片刀光跃上了案板。在“笃笃笃”的走刀声中，似乎只是一眨眼的工夫，那根黄瓜已经成了一堆薄薄的黄瓜片。

就连见多识广的沈飞，也禁不住轻轻赞叹了一声：“好刀功。”

沈飞的话似乎惊扰了李冬，他的眉头微微跳了一下，但没有睁眼，然后冷冷地说了句：“阿俊，你今天上午的任务是什么？”

“切一百根黄瓜，要求每根都要切到两百片以上，并且厚薄均匀。”那个叫阿俊的年轻人细声细气地说着，倒有几分像个女孩。

“这是第几根了？”

“师父，已经是第一百根了。”

“好。”李冬点了点头，“从现在开始，再切一百根吧。”

“知道了，师父。”阿俊说这句话的时候，委屈得眼圈都有些红了。

“知道为什么要罚你这一百根吗？”

“不知道。”阿俊老老实实地回答。

“你最后这根黄瓜切了多少片？”

“两百一十八片。”

“很好。”李冬沉默片刻，吩咐道，“你把最开头的四十片竖起来摞在一块，再把最后的四十片也竖起来摞在一块。”

阿俊依言，认认真真地从头尾各数出四十片黄瓜，整齐地摞成了两堆。看着这两堆黄瓜，他的脸色变了，额头上也沁出了汗珠。

“现在知道为什么罚你了吗？”李冬仍然闭着眼睛，面无表情。

“知道了……”阿俊的声音小得像是蚊子在哼哼，眼泪都快掉下来了。

沈飞终于忍不住叹了口气，因为他觉得这个阿俊实在是很可怜。他受罚的原因，只是因为四十片黄瓜摞在一起后，尾巴上的那堆比开头的那堆要高出了一毫米左右。

四十片黄瓜一共高出了一毫米，这样的差距平均到每片黄瓜上，实在是微乎其微。可就是因为这种几乎可以忽略不计的失误，小伙子一个上午都白忙活了。

“你叹什么气？你知不知道就是你害了他。”说这句话的时候，李冬终于睁开了眼睛，毫不客气地盯着沈飞。

沈飞愁眉苦脸地摇着头，那神情简直比刚才阿俊的样子还要委屈。

李冬哼了一声，说道：“你刚才进来的时候，他虽然没有看你，但心情已经有了变化。刚开始动刀的那阵，他还能压住心神，可越到后来，他的心情便越浮躁，总想着早点完工，看看到底是谁来了。这个念头在他的脑子里虽然极为微弱，但终究还是分了心神，刀速自然也就慢了。所以我虽然一直闭着眼睛，但只要一听刀声，就知道那些黄瓜片肯定会越切越厚。”

“嘿嘿。”沈飞自嘲地笑笑，“你说得确实有道理，可如果这么一点细微的差别便要受罚，我担心扬州城的黄瓜都要被你们‘福寿楼’买光了。”

李冬翻了翻眼睛，傲然地说：“如果不是练习时就精益求精，我‘福寿楼’怎么能在高手如云的扬州城里独占刀功第一的称号？”

“不错。”沈飞躬身行了个礼，“‘福寿楼’的刀功享誉全城，

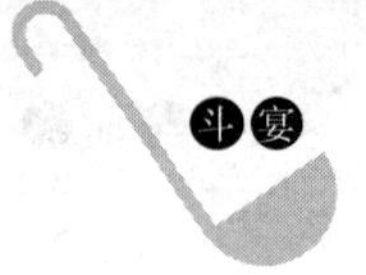

李大厨确实是功不可没。”

“嗯。”李冬听了这话，脸色稍微缓和了一些，“好了，闲话少说，你‘一笑天’的菜头，跑到我‘福寿楼’的后厨干什么来了？”

“听了徐叔的吩咐，来请李大厨今天中午到‘一笑天’商量事情。”

“哦？既然是商量事情，只怕不止是请我一个吧？”

沈飞微微一笑：“李大厨猜得好准，今天下午已经确定会在‘一笑天’出现的，还有‘镜月轩’的陈总、‘天香阁’的马老师、‘妙味居’的朱大厨。我随后还要到城西‘水华轩’，去请那里的金宜英金大厨。”

李冬再是傲慢无礼，听到这几个名字后，也禁不住肃然正色。他从躺椅上站起身，拱了拱手，说道：“好！你带个回信给徐老板，我一定准时赴约！”

扬州城西，“水华轩”酒楼。

还没到上客的时间，所以酒楼大厅里空荡荡的，只有一个白白净净、戴着眼镜的中年男子坐在角落里的一张餐桌前。当沈飞走进大厅的时候，他们立刻便互相看到了对方。

阵阵扑鼻的香味从后厨飘了出来，沈飞忍不住深深吸着鼻子，一副陶醉的表情。

“‘西塞山前白鹭飞，桃花流水鳜鱼肥。’哈哈，沈飞啊，你该不是闻着这股香味，一路寻来的吧？”那中年男子笑呵呵地说着，亲切可掬。

“金大厨又拿我玩笑了。”沈飞走到桌前，“我是专门来找你

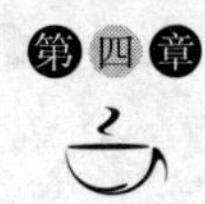

的，有正事。”

原来这男子不是客人，他正是“水华轩”的主厨金宜英。只见他摆了摆手，说道：“哎，正事暂时放在一边，哥哥和你有些日子没见了。正好坐下来，尝一尝我徒弟做的红烧鳜鱼。”

沈飞也不推辞，在金宜英对面坐下，然后嘻嘻一笑，说：“这可正中了我的下怀。我在外面跑了一上午，最后才来到你这里，就是要留下时间和你喝两杯。你看，这是什么？”

说着，沈飞一抬手，把一个小瓷坛摆到了桌上。金宜英把瓷坛揽在手里，迫不及待地旋下塞子，一股浓烈的酒香立刻弥漫开来。金宜英眉开眼笑，点着头连连称赞：“好东西！好东西！”

“这可是四十多年的陈年佳酿，是‘一笑天’酒窖中压箱底的东西，我每年也就偷偷地能搞出这么一小坛。”沈飞得意扬扬地晃着脑袋。

“好！好！”金宜英兴奋得似乎只会说“好”了，他把鼻子深深地凑在瓷坛，简直恨不得把脑袋也钻进去。

好酒自然要配以佳肴，就这一点来说，只要沈飞来“水华轩”做客，金宜英就从来没让他失望过。

不一会儿，一条热气腾腾、鲜嫩肥美的鳜鱼便端上了桌。

扬州城河网密布，水产丰富，各种各样的鱼类难以计数，不过今天的这条鳜鱼却不是产于扬州。

鳜鱼体态肥硕，因此又有“肥鳜”的称号。眼前的这条鳜鱼，与一般的鳜鱼相比，体形却显得要瘦长一些。

“这是产自安徽黄山的桃花鳜。它平时多栖息在山间的溪流石缝中，因此形态偏瘦。每年到了春天桃花盛开时，黄山中雨水连绵，溪流上涨，这‘桃花鳜’便会跃出石隙，随溪流追食水中丰盛的小鱼小虾，这个时候的‘桃花鳜’是天下所有鳜鱼中最为鲜美的。”金宜英兴致勃勃地介绍着这条鳜鱼的来历和特点，说得沈飞已经情不自禁地咽起了口水。

这么好的鱼，做鱼的当然也得是出色的刀客。

张晓东虽然才十八岁，但已经被公认为扬州厨界最有希望的新星之一。有人说，最近“水华轩”每天打理出的主菜中，至少有一半其实都是出自张晓东的手笔，而这些菜肴的水准几乎已不在其师父金宜英之下。

现在张晓东正站在餐桌旁，恭恭敬敬地等待师父和沈飞对自己做的这道红烧桃花鳜进行品尝和点评。

和酒友在一起的时候，沈飞从来不懂得什么叫客气，他拿起筷子，从鱼腹上夹下最肥的一块鱼肉，蘸满汤汁，淋淋漓漓地送入口中，一阵大嚼大咽之后，这才腾出口来，感慨了一句：“唉，能吃上一口这么肥美的鳜鱼，奔波了一上午，总算是不虚此行了。”

金宜英看着沈飞，轻轻叹了口气：“唉，像你这般的狼吞虎咽，吃大块的东坡肘子合适，用来吃鱼，真是暴殄天物了。”

沈飞哈哈大笑：“吃得痛快就行，何必管那么多。”

金宜英无可奈何地摇摇头，不再理他，用筷子夹下少许鱼肉，细细地品尝起来。张晓东用期待的目光看着他，对这个小伙子来说，再怎么忙碌，只要能换来师父的一句赞赏，那也就心满意足了。

可金宜英却偏偏皱起眉头，有些失望地“嗯”了一声，说道：

“口味还不错，只是火候略有些过，失了些细嫩。”

“不可能啊。”张晓东毕竟年轻，立刻沉不住气地嘟囔起来，“不瞒您说，我起锅前夹了一小片鱼肉尝过，确定火候正好才端上来的。”

“什么？居然被你吃了第一口？可这鱼刚才分明很完整啊，根本没有被吃过的痕迹。”沈飞一边诧异地说着，一边把盘中的鱼翻了个个儿，鱼身的另一侧也看不出缺损。

张晓东犹豫片刻，拿起一双筷子，轻轻挑起鱼鳃，扁了扁嘴，说：“喏，是这里了。”

果然，鱼颈最靠近头部的位置少了一小块鱼肉，但正好被鳜鱼厚大的鳃盖挡住，从表面一点也看不出来。沈飞禁不住哑然失笑，打趣说：“好家伙，可真有你的。我在‘一笑天’后厨混了十年，也没想出这么个偷吃鱼肉的方法，佩服佩服。”

金宜英哭笑不得地摇了摇头：“这对火候的掌握，全靠眼力和感觉来判断，哪有像你这样的。你这条鱼刚出锅的时候火候可能确实正好，但你装盘后，鱼和汤汁都还是热的，从装盘到最后客人食用的这段时间内，鱼肉仍在受热变化，所以最终还是有些过了。”

张晓东挠着头，脸上却露出喜色：“师父说得果然有道理，我今天又是大有收获！”

金宜英怡然自得地抿了口酒，笑呵呵地说：“这火候掌握上的学问，博大精深，你现在所学，只不过是九牛一毛而已。”

沈飞呵呵一笑，说道：“金大厨的火候功夫，早已名扬全城。只可惜遇上我这样粗鲁的食客，哪里能辨得这么分明，那不是有点白费

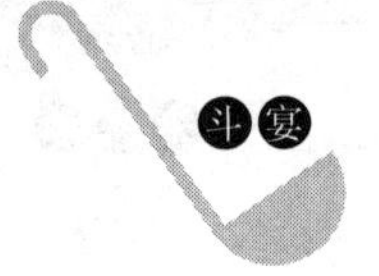

功夫了？”

“‘水华轩’能在淮扬数百家酒楼中占有一席之地，靠的就是这首屈一指的火候掌握能力。我们的目标就是要让最挑剔的食客也无法在火候这一环节上挑出一丝毛病来。”金宜英一边说，一边得意地微微晃着脑袋。

鱼已吃完，酒已喝尽，几盘衬佐的小菜碟也吃了个底朝天。

金宜英放下筷子，看了看沈飞：“我们走吧。”

“哦，你知道我们要去哪里？”沈飞笑吟吟地摸着下巴。

“姜山和徐叔打赌的事情，我已经有所耳闻。你现在跑到我这里，有什么目的，不用说，我也能猜出个三四分。”

“好。”沈飞痛快地一拍巴掌，“既然这样，我也不用多说。时间差不多了，我们这就走吧。”

平日里的正午时分，“一笑天”酒楼内总是宾客满座，热闹非凡。可今天，酒楼门口早早便挂出了暂停营业的牌子，令得不少食客乘兴而来，沮丧而归。

马山昨天晚上提到的三个人——朱晓华、李冬、金宜英先后来到“一笑天”酒楼。此后的整个下午，“一笑天”大门紧闭。

这情况从一个角度印证了市井中关于那个赌局的传言，人们的情绪因此被牵动了起来，有人关心，有人担忧，当然也免不了有一些人在暗地里幸灾乐祸。

不管怎样，从午后开始，传言以更加迅猛的速度在扬州城的大街小巷内四散传播，成了酒楼茶肆、街头巷尾人们讨论的最热话题。

只是不知道，那个难觅行踪的“一刀鲜”，是否也已经听闻了这个消息？

一般每天下午四五点钟才出摊的沈飞，今天因为酒楼停业而落了个清闲。把三位大厨请到“一笑天”之后，他的任务就完成了。他回到家中惬意地睡了个午觉，然后早早地来到巷口，支起了油锅。不一会儿，那股独特的臭味便在巷子里悠悠地飘散开来。

因为时辰还早，那些老主顾都还没有出现，摊点上显出少有的冷清，只有一张小桌前坐着两位客人。

客人虽然不多，沈飞却一点都不敢怠慢，他抓着竹筷的手上下挥动，油锅中同时炸着的十块臭豆腐干也随之不断地跳跃翻滚，几乎没有一块会出现片刻的停歇。

只有这样，炸出的臭豆腐干才能受热均匀，外酥内嫩，达到最佳的口感。也只有这样的臭豆腐干才能配得上坐在桌前的两位客人。

这男女二人，一个是“一笑天”老板徐叔的千金，另一个便是这两天来搅得扬州厨界风起云涌的京城御厨之后——姜山。

两碗热气腾腾的炸臭豆腐干摆在了桌上。沈飞笑嘻嘻地招呼着：“来，两位，请品尝吧，不用客气。”

臭豆腐干被炸得金黄，配以银白的豆芽、翠绿的香菜、鲜红的辣酱，普普通通的小碗中竟也是色彩纷呈。姜山还没有动筷子，已经忍不住赞了一句：“好！”

徐丽婕却瞟了沈飞一眼，话里有话地说：“好是好，但我不大敢吃呢。”

沈飞立刻明白了她的意思，嘿嘿笑着说：“放心吧，今天算我请

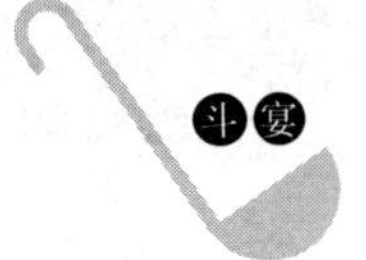

客，不收钱。”

“这可是你自愿的啊，回头可别赖我欺负你小本经营。”徐丽婕说完，冲姜山吟吟一笑，“来，尝尝吧，味道确实不错的。”

“好，都是朋友，就不用见外了。”姜山一边说一边夹起一块豆腐干，放进嘴里咀嚼了起来。

沈飞一脸期待地看着姜山：“味道怎么样？”

姜山竖起了大拇指：“好！外酥内嫩，口感极佳，既有豆腐的原味，又有特殊的‘异香’，而且……”

“而且什么？”看着姜山欲言又止的样子，沈飞忍不住探过身子，迫不及待地追问着。

姜山又夹起一块豆腐干，在唇边轻轻一抿，但并不嚼动，豆腐干中吸入的卤汁立刻渗入了他的唇齿之间。只见他略略品味片刻，说道：“你这卤料里有一种奇妙的鲜味，肯定有什么名堂！”

沈飞哈哈大笑：“高手就是高手，什么也瞒不过你。”说着，他用调羹舀起一勺卤汁，然后把调羹边缘靠在碗壁，把里面的卤汁缓缓倒净。只见调羹的底部沾着些极其微小的棕褐色圆粒。

沈飞把调羹递到姜山眼前：“请看！”

姜山微笑着点了点头：“原来如此。”

徐丽婕把脑袋凑过来，好奇地问道：“你们俩别打哑谜了，这是什么东西呀？”

“没见过吧？”沈飞把调羹递到徐丽婕手中，“这是虾子。”

“虾子？”徐丽婕瞪大眼睛看着那些小圆粒，似乎还不是特别明白。

“对，说白了，就是河虾的卵。”姜山解释道，“每年三四月间，是江浙一带河虾产卵的季节。把这时候捕到的母虾在清水中反复淘洗，然后滤去清水，便可以得到这个好东西。”

“不错。”沈飞笑嘻嘻地看着姜山，“你是北方人，没想到也知道这个奥妙。”

姜山谦虚地摆了摆手：“说起来也是偶然。我去年来扬州的时候，曾在一个不起眼的小面馆里吃到过一碗面条，味道鲜美，让我至今难忘。”

“哦？一碗面条能博得姜先生的称赞，那可真不容易，不知道这面条有什么特殊的地方？”徐丽婕闪着大眼睛，一脸好奇。

“那碗面叫作‘三虾面’。面条筋道，汤汁清鲜那是不必说了。难得的是面条上一层白、一层红、一层褐，堆着三样令人垂涎的美味。”

“等等，你先别说是什么，让我猜猜看。”沈飞阻住姜山的话头，饶有兴趣地想了想，说，“既然叫作‘三虾面’，那肯定和虾有关。嗯，白色的应该是虾仁，红色的……多半是虾膏，褐色的嘛，当然就是虾子了。”

姜山拍了拍巴掌：“一点不错！把这三样美味拌入面汤后，这碗面条的滋味可想而知。尤其是最上层的虾子，更是在汤汁中吊鲜的极品。我见识了一次后便一直难忘。飞哥把它加到炸臭豆腐的卤汁中，以极鲜衬极臭，却调出如此的美味，真是匠心独具，有意思，有意思。”

沈飞听了姜山的赞美，很是得意，乐呵呵地说：“哈哈，怎么样，我用这碗油炸臭豆腐干回请你的‘春江花月宴’，也算相配吧？”

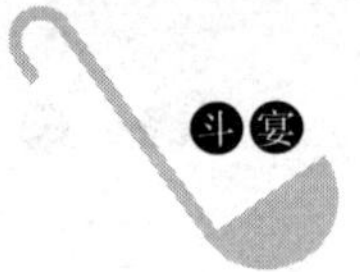

徐丽婕不客气地白了他一眼："得了吧，别在这儿大言不惭的，你这个臭烘烘的东西怎么上得了大雅之堂？"

"不能这么说。大俗大雅，本来就是相融相通的事情。"姜山虽然是在反驳徐丽婕的观点，但柔和的语气听起来仍十分悦耳。他停顿了片刻，忽然问沈飞，"你有没有兴趣到北京发展？"

沈飞愕然一怔："干什么？"

"是这样，我在北京经营了一家星级酒楼，顶层专营风味小吃。"姜山不紧不慢地说道，"那里的东西我全尝了个遍，说实话，没有一样能比得上你的油炸臭豆腐。"

"哦？"徐丽婕挑了挑眉毛，似乎有些意外，"难道你想把沈飞挖过去？"

姜山点点头，看着沈飞："如果你愿意过去，我可以保证你能有一份相当理想的收入。"

沈飞淡然一笑，说道："我不去。"

徐丽婕倒有些皇上不急太监急的意思，抢着插话说："为什么？你不该这么快做决定的。你应该好好考虑一下，也许是个好机会呢。"

沈飞摸着下巴上的胡子茬，认真地说："我在这里摆摊，每天来的顾客都在上百人，吃掉近千块臭豆腐。如果我去你的酒店，一天可以卖出多少块臭豆腐呢？"

"这个……在数量上肯定会有所下降，但是在那里，你每块臭豆腐的价格可以翻到十倍。"姜山想了想，又补充道，"而且，你的臭豆腐如果成为一个品牌，对酒店来说是一个无形的资产。到时候，即使你盈利不多，我们也会花高薪来聘用你。"

沈飞把身体往椅背上一靠，呵呵地笑了起来："不，你没明白我的意思。我是想说，现在每天有上百人吃到我做的炸臭豆腐，他们喜欢吃我做的炸臭豆腐，他们因此而感到开心。每天我能让上百人开心，我自己也很高兴，很有成就感。我为什么要离开这里呢？"

沈飞这番话虽然没有任何拒绝的词语，但姜山心中清楚，要想说服他改变主意基本是不可能的了。这个看似对什么都满不在乎的男人，其实却有着非常清晰的处事态度，这样的人往往是非常有主见，难以被人改变的。况且，一个人如果活得很开心，你为什么要去说服他改变现有的生活呢？

姜山摇摇头，做了个放弃的表情："你的这种思考角度我以前从来没有想过，但是我得承认，这听起来很有道理。"

徐丽婕沉默了片刻，似乎也在琢磨沈飞刚才的话语，然后她总结道："你们是两种不同性格的人。沈飞看来偏爱简单快乐的生活，而姜山你，则喜欢挑战和刺激。"

"哦？我喜欢挑战和刺激？"姜山不置可否地笑着询问，"你是怎么看出来的？"

"从你昨天的表现啊。"徐丽婕不假思索地说道，"你和我爸打那个赌，不就是为了力挫群雄，证明自己的厨艺是天下第一吗？"

"天下第一，天下第一。"姜山喃喃念叨了两句，然后苦笑着说，"你错了，我就是因为知道自己的厨艺不是天下第一，才会和你父亲打那个赌的。"

"什么？"徐丽婕挠了挠头，一脸莫名其妙的表情。

此刻的姜山已经完全把徐丽婕和沈飞当成了自己的朋友，于是也

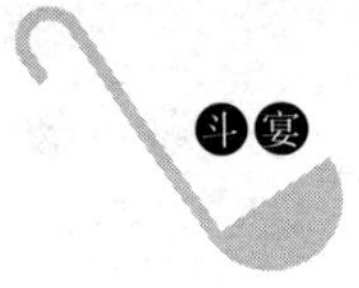

不再隐瞒，说出了自己此行的真正目的："我这次之所以来到扬州，并且提出让徐叔用'烟花三月'的牌匾和我打赌，其实都是为了逼一个人出来。"

徐丽婕是越听越糊涂了："逼一个人？什么人啊？"

沈飞用提示的眼神看着她，说道："哎，你也不想想看，在扬州城里，对'烟花三月'的牌匾看得最重的人，会是谁呢？"

徐丽婕蹙起眉头想了一会儿，恍然大悟地叫了起来："一刀鲜！"

姜山和沈飞同时点了点头。徐丽婕见自己猜对了，兴奋地拍起了手。"一刀鲜"以前的故事就已经让她神往不已了，没想到姜山此行居然也和这个人有关。她瞪大眼睛看着姜山，迫不及待地追问："你为什么要找他？是要和他比试厨艺吗？可是他已经三十年没有出现过了呀。"

"不。"姜山开口纠正徐丽婕话中的谬误，"八年前，'一刀鲜'曾经到过北京。"

"哦？"这下连沈飞也被勾起了兴趣，"这么说你见过'一刀鲜'？"

"不，我没见过他。"姜山摇摇头，说道，"八年前，我还是个中学生呢，而且那时候，我对烹饪一点兴趣也没有。"

徐丽婕露出诧异的表情："你不是烹饪世家，御厨的后代吗？怎么会这样呢？"

"因为我的父亲太出色了。"说到这里，姜山自己也笑了起来，"这个理由是不是有点奇怪？不过我确实就是这么想的。当时我父亲在北京厨界，不论技艺或者身份地位都是首屈一指。我如果进入这行，那肯定是一马平川，到时候子承父业，继承他的那些荣耀和光

环。而这绝对不是我想要的生活。”

“嗯。”徐丽婕想了一会儿，说，“这倒是符合你的性格，你的生活必须有挑战性，必须有一个难度很大的目标等着你去征服。”

“不错。那时我父亲经营着北京最好的酒楼。他几乎已经拥有一个厨师所能拥有的一切，而我又是他的儿子，只能去继承他，无法去击败他。所以无论我父亲怎么引导，我始终对这一行提不起兴趣来。直到八年前，‘一刀鲜’来到北京，彻底颠覆了我的想法。”

“你不是没见过他吗？”沈飞好奇地问道，“他怎么能改变你？”

“我不仅没见过他，在他来北京之前，我甚至都没听过这个名字。我说过，那时我对烹饪界的事情一点都不感兴趣。”姜山目光看向远处，似乎开始沉浸在回忆中。

“我第一次对‘一刀鲜’这三个字有印象，是在八年前的一天晚上。那天我从学校上完自习回家，发现我父亲正坐在客厅中，神态与平日里大不一样。若是以前，见到我回家，他总是乐呵呵地上前嘘寒问暖，可那天晚上，他却一脸郑重地盯着茶几上的一张信笺，似乎根本没发现我进门一样。一直等我走到他身边，他才抬头看了我一眼，然后问了句：‘小山，你觉得爸爸的厨艺怎么样？’

“我父亲是一个自信的人，自信得甚至有点骄傲，他以前也常问类似的问题，那都是带着一种炫耀的语气，我也会毫不犹豫地回答：‘爸爸，您当然是最棒的。’可那天，我父亲说话时的表情却充满了疑虑，似乎真的是对自己的厨艺产生了怀疑。

“他的表现让我一时有些不知所措，随即我意识到这可能与茶几上的那张信笺有关，于是我拿起信笺，只见上面写着短短的一行字：

明日中午前来拜会。署名便是‘一刀鲜’。

“我父亲名声在外，常常接到各地厨师的挑战，每一次都是轻松获胜。所以我当时看到那个帖子，不以为意地说了句：‘爸爸，又有人来挑战了？那不是自讨苦吃吗？’

“我父亲却摇了摇头，说：‘你不知道的，这可不是普通角色。近一个月来，他已经挑遍了京城所有的知名酒楼，近百的成名大厨在他手下无一胜绩，我要想赢他只怕不容易啊。’说完这些，他便不再理我，一副心事重重的模样。

“我也没多问，只是觉得这一切都理所当然：如果这个‘一刀鲜’连北京的其他厨师都赢不了，那还有什么资格和我父亲比？不过第一次看见父亲怯场，我心中竟隐隐有些兴奋，也许在潜意识里，我一直在等待着出现可以战胜他的人。

“第二天，我人在学校，心里却一直惦记着父亲和‘一刀鲜’的那场比试。课上老师讲的内容，竟然什么也没听进去。后来我想，我的血液里还是融着祖传的烹饪天性，只要有了适当的刺激，它迟早会在我的身体中燃烧起来。

“放学后，我一刻不停地往家中赶，急切地想知道比试的结果。当我推门走进屋后，立刻被一种沉重的气氛压得喘不过气来。

“只见我父亲坐在客厅中央，脸色惨白。他的周围站着一圈人，全都是他的朋友和徒弟。这些人无一不是厨界赫赫有名的人物，平日里神采飞扬，不可一世。可现在，他们全都沉着脸，一副垂头丧气的样子。客厅中挤满了人，但静悄悄的，没有一点声音。”

说到这里，姜山停了下来。虽然事隔多年，回想起当时的场面，

他的心中仍会觉得压抑。

“是你父亲输了吧？”徐丽婕有些同情地说，“他那么骄傲，对胜负肯定看得比较重。”

“不仅是输了，而且输得很惨。”姜山苦笑了一下，继续说道，“我父亲有个叫王浪的徒弟，比我大不了几岁，性格开朗，和我关系很好。我悄悄把他拉到一边，询问情况。王浪哭丧着脸说：‘师父输了，要封刀，退出厨界。’

“我对比试的结果虽然已经猜到了几分，但听了这话，心中一沉，忍不住说道：‘输了就输了，大不了再赢回来。如果输了就封刀，那北京早就没有厨子了。’”

“说得好！”沈飞喝了一声彩，“你父亲有什么反应？”

“他摇了摇头，黯然地看了我一眼，说：‘你没有见到那个人，你不明白的。他今天只出了一刀，就令我一败涂地。遭受这样的惨败，我还有什么脸在厨界混下去？而且我这辈子，也不可能在厨艺上胜过他了。’

“看着一向崇拜的父亲竟如此落魄，我心里既惊讶，又难受，当时也没有多想，脱口而出：‘您赢不了，那还有我呢，我从明天开始就学习厨艺。我们姜家不是御厨的后代吗，难道就这样一直抬不起头吗？’

“听了我这番话，父亲的双眼为之一亮。他站起身，一言不发地拉着我的手，把我带进了里屋。我预感到有什么事情要发生，心中既兴奋又忐忑。

“进屋后，父亲和我面对面坐下，然后看着我的眼睛，严肃地

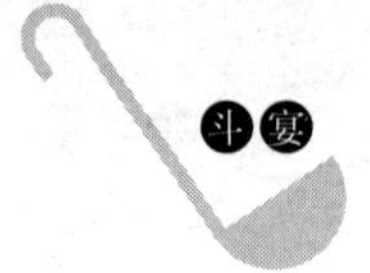

问：‘小山，你刚才说的话是认真的吗？’

“我少年人的血性一上来，再加上血液中世代相传的烹饪天性也被激起，当下不再犹豫，坚定地点了点头。

“我父亲非常兴奋，说：‘我姜家传了两百多年的厨艺，博大精深。以前你不愿意学，我也不想勉强你。今天你主动提了出来，我比什么都高兴。从明天开始，我就正式封刀，专心调教你。我们姜家和‘一刀鲜’两百多年的恩怨，要想咸鱼翻身，就全靠你了！’”

“两百多年的恩怨？这怎么讲？”徐丽婕诧异地看着姜山。

“我当时也很奇怪。后来听我父亲慢慢讲述，这才明白了其中的原委。原来两百多年前，‘一刀鲜’进宫给乾隆爷奉上‘烟花三月’的时候，我姜家的先祖就在宫中担任御厨总领。清宫一百零八名御厨，在乾隆爷胃口不佳时却全都无能为力，被一个淮扬民间的厨子抢走了风头，脸面上未免都有些挂不住。本来大内总领御厨自然就是‘天下第一名厨’的代名词，但这件事过后，民间纷纷传言，姜家‘天下第一名厨’的称号应该让给‘一刀鲜’才对。

“我的先祖听到这样的话，心里当然不太痛快。但他作为一代厨界宗师，也不是心胸狭隘之人。半年后，他辞去了御厨总领的职务，专程来到扬州城，向‘一刀鲜’讨教‘烟花三月’这道菜的做法。

“我先祖以堂堂总领御厨的身份，能做出这样的举动，可谓给足了‘一刀鲜’面子。可没想到‘一刀鲜’竟然闭门不见，还传出话来，说我先祖是无法体会‘烟花三月’的真谛的。”

“那这个‘一刀鲜’做得就有些过分了。”徐丽婕看看沈飞，“你说是不是？”

沈飞却是一副“事不关己，高高挂起”的姿态，大大咧咧地说：“嗨，这种胜负名利的事情，何必那么在意呢？”

“你说得倒是轻松。”徐丽婕白了他一眼，“有几个人像你这样的，一点儿追求都没有。”

“飞哥生性淡然，我倒是十分佩服。”姜山的语气颇为诚恳，“不过我姜家世代性格中都带有一种天生的傲气。‘一刀鲜’如此做法，我先祖心中极为愤懑，两家从此便结下了梁子。

“后来我先祖好几次来到‘一笑天’酒楼，向‘一刀鲜’提出挑战。无奈终究技差一筹，始终无法获胜。此后两家的后人分别繁衍，这段恩怨也代代相传，纠缠不息。”

“难道两百多年来，你们姜家就从来没有赢过‘一刀鲜’的传人吗？”虽然知道很不礼貌，但徐丽婕还是忍不住问了一句。

“那当然不会。”姜山微微一笑，看似并不介意，“两百多年的时间，两家的后人天资都是有慧有钝，努力程度也是或勤或惰，虽说大部分的情况我姜家都处于下风，但其中也不免会间或出一两个奇才，在那一代的争斗中领得先机。可是不管怎样，我先祖的一个遗愿却始终都没有实现。”

“两百多年的遗愿？”沈飞也忍不住好奇地问道，“是什么？”

“就是关于‘烟花三月’的奥秘。自从乾隆爷御赐菜名之后，它便成了厨界传说中的‘天下第一名菜’。我们两家的恩怨也是因此而起，可奇怪的是，‘一刀鲜’和他的传人以后却再也没有做过这道菜。甚至有几次我们姜家比试获胜，对他们百般羞辱，他们也一直隐忍不发，始终保守着这道菜的秘密。这件事便成了我们姜家两百多年

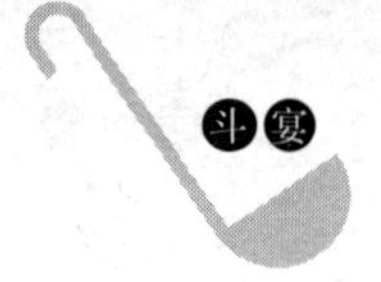

来最大的遗憾。”

徐丽婕点点头：“不错。这就好比两支球队比赛，你不仅输多胜少，而且在所有的比赛中，对方都一直雪藏着队中的头号主力，使你仅有的那几次胜利也显得成色不足。”

“这个比喻有点意思……”沈飞好像突然想到什么，嘻嘻一笑，又说，“也许这道菜根本就不存在，只是一个虚名而已。”

姜山断然摇了摇头：“不可能。乾隆爷御笔的‘烟花三月’牌匾两百多年来一直悬挂在‘一笑天’酒楼的大堂中，那是绝对假不了的。”

徐丽婕“嗯”了一声，对姜山的观点表示赞同，然后又问道：“八年前那个‘一刀鲜’胜了你父亲之后，去了哪里呢？”

“他的消失比他的出现更加突然。有人说，他在当天晚上就上了回扬州的汽车，从此就再也没有出现过。”

“真是一个奇怪的人，这样来去匆匆，那他此行的目的又是什么呢？难道就仅仅是要让北京厨界难堪吗？”

“那恐怕只有他自己才知道了。”面对徐丽婕的这个问题，姜山也只能两手一摊，做了个无可奈何的表情。

“嗯……”沈飞摸着下巴，沉吟了片刻，问姜山，“你这次到扬州，就是为了找到这个‘一刀鲜’的传人，为你父亲报仇？”

“报仇也谈不上。只是按我父亲的说法，我们俩都是各自家族中百年难遇的烹饪天才，既然生活在同一个时代，如果不分出个胜负，实在是太可惜了。”

“那你有把握赢他吗？”徐丽婕问道。

姜山没有正面回答，只是淡淡说了句：“越没有把握的事情，我做起来就越有兴趣。”

“你们之间的这场比试，可真是让人期待啊。我简直恨不能现在就把‘一刀鲜’找来，和你决个胜负。对了，照我看，你在这里干等并不是好办法，你应该主动去找他。”徐丽婕越说越兴奋，帮姜山出起了主意。

姜山无奈地笑笑：“我在扬州人生地不熟的，上哪里去找？”

“我可以帮你啊。还有沈飞，他可是个扬州通。沈飞，你一定会帮忙的吧，对不对？”徐丽婕闪着大眼睛看着沈飞，那神情分明让人无法拒绝。

沈飞做出一副无奈的表情，深深叹了口气，说道：“好吧。我只有一个条件。”

“哦？什么条件？”姜山立刻追问。他深知，在扬州找人，如果能得到沈飞的帮助，绝对能起到事半功倍的效果。

沈飞嘿嘿一笑：“你们俩比试时做的菜，都要让我带回家去下酒。”

“好的，一言为定！”姜山一边说，一边伸出了右手。沈飞和徐丽婕对看了一眼，也各自伸出一只手来，随着“啪啪”两声清响，三只手掌叠在了一起。

暮色渐临，在“一笑天”酒楼内聚集了一下午的诸多扬州名厨终于散去。偌大的酒楼厅堂内，就只剩下了徐叔和凌永生师徒二人。

“师父，您觉得那个办法可行吗？”凌永生见徐叔总是沉默不语，忍不住开口问道。他所说的办法，就是众人商讨了好几个小时，最后定下来的挑战姜山的计策。

徐叔缓缓地摇了摇头，说：“我不知道。”

“您是对朱大厨、李大厨或者金大厨的技艺不放心吗？”

“不。”徐叔毫不犹豫地说道，“朱晓华的选料本事、李冬的刀功、金宜英的火候掌控能力均已登峰造极，不仅在扬州城内首屈一指，即便是放眼天下，相信也没人能在这几个单项技艺中战胜他们。”

“您是觉得选定的菜肴不理想，无法同时发挥这三个人的特长？”

“也不是。‘大煮干丝’不仅是淮扬名菜，而且在烹制时，对选料、刀功和火候的要求都非常高，用这道菜和姜山比试，再合适不过了。”

“那您在担心什么呢？”凌永生看起来是非得打破砂锅问到底了。

徐叔再次摇了摇头，他也不知道自己在担心什么，这个计划至少从表面上看起来是无懈可击的。

姜山向扬州厨界下了战书，其中并没有限定要一对一单挑。朱晓华、李冬、金宜英，他们的综合厨艺与姜山相比虽然相差甚远，但在各自擅长的技艺上，却绝对是厨界顶尖的水平。如果他们联手，在烹饪一道菜肴时分别操作自己最拿手的环节，以此方法与姜山一搏，会是怎样的结果呢？

这就好比学生高考，最终的状元自然是总分最高的那位。但各门的单科第一往往另有他人。把各门的单科最高分相加，这样的总分只怕是高考状元也会觉得高不可攀。

用这种方法对付姜山虽然有些胜之不武，但对于一个赌局来说，获胜才是最重要的。

不知为什么，徐叔心中却总觉得有些不妥。他隐隐感到，这方法中有个大大的漏洞，可漏洞到底在哪里，他又说不上来。

但至少有一点是可以肯定的：要对付姜山，绝不能仅仅依靠这一个方法。

在经营“一笑天”酒楼的二十多年中，徐叔早已明白：不要把所有的鸡蛋都放在同一个篮子里。所以，在下午和众多名厨商量的同时，他已在心中盘算好了后备的方案。

总之，面对姜山这个可怕的对手，不管结果如何，他都会用尽所有的能量和办法去最大可能地争取胜利。这样即使失败，他也能问心无愧，不留遗憾。

失败并不可怕。谁都会有失败的时候，谁也都有机会在失败后重新站起来。至于那块牌匾，在以前，徐叔会把它视作自己的生命。可经历了二十多年的风雨之后，他已经明白，那对自己来说，并不是最重要的。

在一个人的生命中，有一些东西，要远比事业、荣誉、地位和财富重要得多。所以，当徐叔看见徐丽婕从外面进来的时候，他立刻笑容满面，把那些所谓的烦恼都抛在了脑后。

“别多想了。”他拍了拍凌永生的肩膀，“我们做晚饭去。”

小炒仔鸡、冬笋肉片、清炒莴苣、三鲜汤，虽然都是些普普通通的家常菜肴，但每一道都是色形兼备，香气扑鼻。

沈飞吃得酣畅淋漓，嘴里还不停地感慨：“一顿家常便饭，却能吃到徐叔和小凌子做的菜，真是口福不浅哪。大小姐，这可都是托了你的福，你怎么不早点回来呢？”

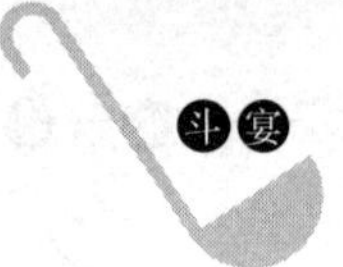

徐丽婕甜甜一笑，对徐叔说："爸，您每天都做这么好吃的菜肴，把我的嘴吃馋了，您可得负责。"

"负责，负责。"徐叔此时的样子完全是个疼爱女儿的憨厚长者，"只要你喜欢，我就顿顿做给你吃。"

徐丽婕想到下午和姜山的交谈，趁着父亲心情不错，试探着询问："爸，您知道姜山为什么要让您用'烟花三月'的牌匾来打赌吗？"

徐叔愣了一下："我不是很清楚……年轻人，也许是为了出名吧。"

"不对，他是想逼'一刀鲜'出现。"

徐叔和凌永生诧异地对看一眼，都停下了手中的筷子。

见到自己的话题很受关注，徐丽婕略感得意，接着，她便把姜山和"一刀鲜"家族之间的恩恩怨怨向徐叔师徒复述了一遍。

凌永生想象着两大烹饪世家延续了两百多年的争斗，不禁有些心驰神往。同时，他也认为这是一个不错的消息："这么说来，姜山并不是刻意要找我们'一笑天'的麻烦了？"

徐叔沉吟了片刻，说："是不是要找'一笑天'的麻烦，这倒并不重要。毕竟赌局已经定下了，如果我们赢不了姜山，'一刀鲜'又始终不出现，那块牌匾还是要输给人家的。"

"'一刀鲜'不出现，我们可以去找他呀。"徐丽婕提议道，然后她看着徐叔说，"爸，至少他以前住在什么地方，您应该知道的吧？"

"那已经是三十年前的事情了。"徐叔回忆着，"那时候，'一刀鲜'好像是住在城东的彩衣巷附近。"

"彩衣巷？这名字倒有点意思。这个地方现在还在吗？"

“在倒是在……”沈飞意识到徐丽婕的意思，犹豫地挠挠脑袋，“不过这么多年过去了，肯定早已物是人非呀……”

“去看看又不会损失什么。”徐丽婕用筷子尾巴在沈飞脑袋上敲了一下，“别那么懒，我们明天上午就去。”

原以为第二天不用早起买菜，可以睡个懒觉的，现在看来是泡了汤。沈飞叹了口气，一副受了委屈的样子，那饭菜吃在口中似乎也不那么香甜了。

改革开放以来，经过二十多年的建设，扬州在各方面都取得了长足的发展。尤其是近几年市政府大力推行旨在彻底改善扬州市容市貌的“亮化工程”，更是如同给美丽的古城又穿上了一件华丽的外衣。走在宽敞的街头，看着车来人往，两侧商家高楼林立，不由得让人感慨古城正在大步地迈向又一个繁华盛世。

不过扬州变化的速度虽然很快，一些古老的、承载着某段历史的东西却被小心地保留了下来，使你在享受新都市完美的现代生活的同时，仍能感受到这座城市中无处不在的历史底蕴。在热闹的大街上，你便时常能够看到两幢高耸的大厦间夹着一个小小的路口，一眼望去，曲折无尽，不知通往何处。

走进路口，再拐上一两个弯，这时，你会发现自己仿佛到了另外一个世界中。

刚才的喧嚣和繁华全都消失得无影无踪了，你眼前只有狭长的巷道，光光的石板路，以及两侧青砖黛瓦的民屋。

这，便是扬州城的古巷。

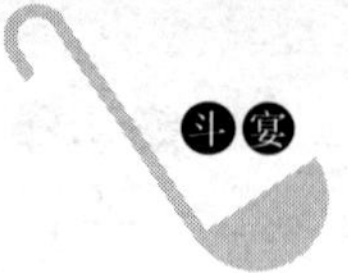

住在这里的，都是地地道道的扬州人。他们说着如爆谷声般清脆硬朗的扬州方言，过着悠然自得的传统生活。他们喝扬州的老白干，吃扬州的盐水鹅，并且像祖祖辈辈一样，享受着走街串坊的邻里乐趣。

当然，享受这种生活的都是一些年纪较大的人。年轻的人们有了家业以后多半都搬了出去，住进了宽敞明亮的楼房中。也许等他们老去的时候，会再次怀恋起这片带给他们安逸童年的地方。

彩衣巷位于扬州城东，距离“一笑天”酒楼并不是很远。徐丽婕提前通知了姜山，三人会合后，在沈飞的带领下来到了目的地。此时已是上午九点多钟，但天色阴沉沉的，空气中也弥漫着一种浓厚的湿气，更给小巷增添了一种深幽的气氛。

由于事隔久远，又不知道具体的地址，三人的寻找多少带有一点盲目性。好在沈飞有着自来熟的本领，遇见在巷子里遛弯的大爷大妈，没两句话便能和人攀谈起来。不过接连问了好几个人，却都说不知道“一刀鲜”这个名字，不免让人有些沮丧。

最后的一个大妈颇为热心，帮沈飞等人出起了主意：“你们可以到43号的王老太太那里问一下，老太太在这儿住了一辈子，附近的事情没她不晓得的。”

王老太太今年已经快九十岁了，但身体仍然很好。沈飞三人找到她的时候，她正坐在门口的藤椅上，全神贯注地倾听身旁收音机里咿咿呀呀播放的评剧。

“老太太！”沈飞走上前，大着嗓门嚷了句。

王老太太把收音机的音量调小，上下打量了沈飞一通，问道：“做甚呢，黠仔？”

“黠仔”是地道的扬州话，意思便是“小孩”。的确，在她的眼里，年近而立的沈飞也不过是个小孩。

“老太太，跟你问个人！”

“哪一个？”老太太虽然牙齿有些不关风，但说起扬州话来仍然简洁利落。

“‘一刀鲜’！”

“哪个？”老太太眯起眼睛，又问了一遍。

“‘一刀鲜’！做菜做得不丑！”沈飞又加大些音量，听起来语气有些生硬。其实这只是扬州方言的特点，抑扬顿挫，节奏感很强。江苏一带民间有句俗语“宁听苏州人吵架，不听扬州人说话”，便是用苏州的轻柔吴语来对比扬州的方言，即使两个苏州人吵架，那语气声调也比扬州人平常说话要好听得多。

老太太这回似乎听清楚了，她扁着嘴摇摇头，很肯定地说了一句：“没得这个人。”

沈飞回过头来，对着姜山和徐丽婕做了个无奈的表情。就在这时，忽听得一个脆生生的童音说道：“你们要找‘一刀鲜’呀？”

众人循声看了过去，说话的是一个六七岁大的小男孩。脑袋大身子小，乌黑的头发如锅盖似的扣着，圆圆的脸蛋上一双大眼睛忽闪不停，一副古灵精怪的模样。

这男孩之前一直蹲在巷边玩耍，三人也没有在意，此时见他突然跳出来插话，都不免有些暗自奇怪。

徐丽婕看他生得机灵可爱，一边笑吟吟地走过去，一边说道：“是啊。小朋友，你知道这个人在哪里吗？”

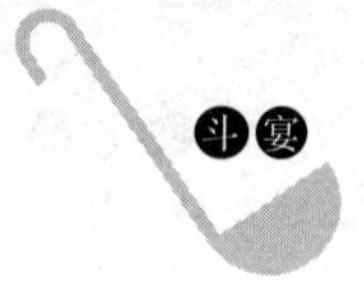

“哈哈哈，不知道。”小孩顽皮地大笑起来，眼睛眯成了一条细缝，似乎对自己这个小小的恶作剧颇感得意。然后转身蹲下，又开始自顾自地翻动巷边的石块玩耍。

徐丽婕走到他身边，也蹲了下来，摸着他的大脑袋，好奇地问：“小朋友，你翻石头找什么呢？蟋蟀得到秋天才会有呀？”

小孩得意地歪着脖子：“找好东西，不能告诉你。”说完，他一撅屁股，站起身跑开了。

徐丽婕看他拐进了不远处的一条巷口，向姜山等人笑着说道：“你们看这个小家伙，真有意思。”

“哪儿跑来的小促狭鬼！”连王老太太也感慨了一句。

“噢？”沈飞皱了皱眉头，“老太太，你之前没看到过这个黠仔？”

王老太太摇摇头：“没见过，是外头跑过来玩的。”

“有意思。”沈飞摸着下巴，冲姜山和徐丽婕会了个意，“走！我们去那边看看。”

扬州古巷的一大特点便是阡陌纵横，四通八达。不熟悉道路的人，进了巷区便如同走进迷宫一般。

当沈飞三人走进小男孩刚才消失的那个巷口时，小家伙早已跑得无影无踪了，在他们面前又出现了三四条巷子，通往巷区的更深处。

“现在怎么办？往哪边走？”徐丽婕一边问沈飞，一边看了看手表，快十一点了，他们已经在这小巷里转了一个多小时，对于“一刀鲜”的下落却还是一点消息都没有。

沈飞没有回答她的问题，他好像突然被施了什么魔法，一动不动地站在那里，如同定住了一般。

“你怎么了？”徐丽婕诧异地问着，一转头，却发现姜山也是一副怔怔的表情，似乎突然发现了什么奇怪的事情。

徐丽婕莫名其妙地看着这两个人，可随即她也明白了怎么回事，使劲地吸了吸鼻子，赞叹道：“好香！”

一股奇妙的香味，正从巷子深处幽幽地飘了出来。

这香味纯正无比，让人浑身上下涌起一股说不出的舒适感觉，同时又朴实无华，不带一点的媚气，吸入鼻中，让人不由自主地回想起童年放学后，饥肠辘辘地推开家门时，从厨房间飘出的那股暖暖的饭香。

姜山和沈飞都是见多识广的人，刚才默不作声，便是在对这香味进行细细分辨。奇怪的是，他们竟丝毫闻不出这香味是出自何种原料，那感觉就像面对着一张纯净白洁的绢布，虽看不到一丝色彩，却给人一种掩盖不住的美感。

姜山和沈飞对看了一眼，不约而同地指着右手边的第二个巷口，说道：“这边！”

那股神奇的香味，正是从这巷子中飘出来的。

这是一条死巷。死巷的意思就是这条巷子只有一个出口，另一头却是封闭不通的。巷道极窄，只有一米来宽，头顶的天空也变成了细细的一条，使巷道显得有些阴暗。

可小巷里面却有一片较大的空地，给人一种豁然开朗、别有洞天的感觉。空地两侧被修成了小小的花台，种着些月季之类的花草，品种虽然普通，但出现在这小巷深处却别有一番韵味。

花台后是一座独门小院，离小院越近，那股香味便越发浓郁。

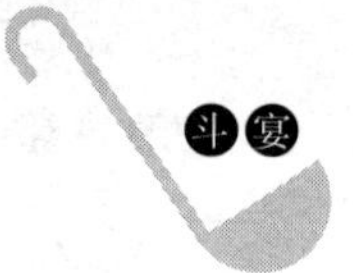

院门虚掩着，沈飞走上前，正要伸手去敲，只听得一个苍老的声音在院内说道：“门没锁，几位请进来吧。”

既然主人相邀，沈飞也就不再客气，他推开门，大大咧咧地走进了院子。

院落不大，但收拾得整洁利落。院门左边有一口小小的水井，青石井沿内侧被桶绳磨出了深深的凹槽，显示出院落存在的历史。院中散养着几只老母鸡，正“咯咯咯”地四下闲逛觅食。

正对院门的是两间小小的平房，可能是因为屋内空间狭小，一张八仙桌被搬到了院子中央，四把椅子围成一圈。桌上摆着一堆碗筷，看起来，这里的主人已经准备要吃午饭了。

一名老者站在东首小屋的门口，只见他身形高瘦，一身布衫，虽然须发都已有些见白，但是腰挺腿直，脸上的神情也矍铄得很。

姜山对着老者行了个礼，很有礼貌地问：“老先生，看起来您知道我们要来？”

老者中气十足地说道：“这位就是姜先生吧？你挑战扬州厨界的事情昨天一早便已传遍了全城。我虽然足不出户，但从我小孙子的口中也了解了一二。我这个地方嘛，你们当然是迟早都会找来的。”

小孙子？姜山心中一动，莫非就是刚才的那个小男孩？他正要详细询问时，却见那老者挥了挥手，说道：“桌椅已经备好，几位请随便坐吧。我这锅里的午饭可停不得，先失陪了。”

说完，老者一转身，自顾自走进了屋内。小屋的窗户上隐隐映出些火光，看起来像是灶间，那一直飘至巷口的奇妙香味也正是从这里发源而出。

三人互相看看，沈飞微微点了点头，众人会意，走到桌前各自坐下，静观其变。

不一会儿，院中突然香气大盛。只见那老者双手端着一只大汤盆，从屋内走了出来。三人眼鼻的焦点立刻都集中在了这只汤盆上。老者走向桌边，每近一步，那扑鼻的香气便浓郁一分。

“敝舍寒陋，准备又仓促，没有什么好东西招待诸位，希望不要介意。用‘神仙汤’宴客，按理说实在是端不出手……唉，昨夜还剩了些冷饭，加上今早母鸡刚下的几个鸡蛋，勉强再给大家做一锅蛋炒饭吧。”老者一边说，一边把汤盆摆上桌，然后调过头，又向着小屋内走去。

“神仙汤”这个名字吊足了徐丽婕的胃口，待老者一进屋，她便迫不及待地伸长了脖子，要一览这盆汤的庐山真面目。

只见盆中的汤汁褐中带红，除了表面上漂着些亮晶晶的油花外，竟看不到任何菜料。

“这么香，这汤到底是用什么做的呀？”徐丽婕拿起搁在盆沿上的汤勺，不甘心地在盆底搅了两下，让她既惊讶又失望的是，那汤中仍然是什么都没有。

“你就是把盆底搅破，也别想找到任何东西。”沈飞苦笑着说，“‘神仙汤’是扬州普通市民对‘酱油汤’的昵称。这汤说白了，就是用酱油和香油加上沸水冲调出来的。”

“酱油汤？那怎么可能这么香呢？”徐丽婕难以置信地嘟起了嘴，但那盆汤又确确实实在她的面前，不会有半分虚假。

姜山盯着汤盆沉默了片刻，真心感叹道：“我曾经听说过，以前扬州的市井百姓生活艰难，吃饭时常常不备菜肴，仅以酱油冲调成汤汁佐餐，还美其名曰‘神仙汤’，意思是说汤汁鲜美，天上的神仙闻见香味，也会忍不住下到人间尝一尝。我一直以为这是生性乐观的扬州人做出的调侃之言，今天才知道，这普普通通的酱油经高人之手，竟真能冲调出如此纯正扑鼻的美味来，这等手艺，只怕真是神仙也自叹弗如啊。”

徐丽婕还想说些什么，却见沈飞把食指比在唇边，做了个“嘘”的样子，然后抬手指了指小屋的窗口。

徐丽婕和姜山顺着沈飞手指的方向看过去，隔窗可见屋中的老者左手端着一只海碗，右手捏着双竹筷在碗中搅动，料想正在打鸡蛋。

老者右手的手腕发力，筷子头随之在碗中划着圆圈。那动作越来越快，到后来筷子晃动的影子已连成了一片，无从分辨。但筷子头始终只在蛋液中搅动，听不见一点筷子与碗壁碰撞的声音。

忽见老者右手迅速抬起，一缕金黄色的蛋液随之被长长地拉出了碗口。随即老者右手轻抖而下，那蛋液却余势未歇，足足蹿到一米多高，在空中略作停顿后，这才倏然落回碗中。几乎在同时，另一缕蛋液又随竹筷从碗口跃起，如此往复，连绵不绝。

三人正看得入神，老者左手一翻，满碗的蛋液如同散花般洒出，却又全都准确地收于窗前的一口铁锅内。锅中的油早已烧得滚热，一遇蛋液，立刻“刺啦”一声大响，热气和香味同时四溢而出。

老者双手毫不停歇，左手扔掉海碗，拿起案台上的一口饭锅，把半锅隔夜的冷饭一股脑儿倾入了铁锅内。那热气和香味尚未散开，又被这冷饭逼回了铁锅内。随即老者右手持铲，左手翻动铁锅，将米

饭混在蛋液中一通狂炒，动作迅捷有力，浑不似一个垂垂老矣的人。但见银白色的饭粒和金黄色的蛋液有节奏地上下翻飞，渐渐融为了一体。待得火候一到，老者左手抄着铁锅一撩，将做好的蛋炒饭装回了饭锅中。

这番操作说起来复杂，可实际上却是迅捷无比。仅仅片刻的工夫，从打蛋、入锅，到翻炒、起锅，整套步骤已是一气呵成。

老者把饭锅端到桌上，自己也找了张椅子坐下，说道："一点粗茶淡饭，三位客人如果不嫌弃的话，就请随便用吧。"

"老伯你太客气了。这'神仙汤'和蛋炒饭香气扑鼻，谁闻见了不想尝一尝啊。怎么会嫌弃呢？来来来，我来帮大家盛上。"沈飞一边说一边站起身，拿过一只空碗就要盛饭。当看到锅内的情形时，他却一下子愣住了，张口结舌道："这，这是……"

徐丽婕探身向锅内张望了一眼，只见里面的饭粒颗颗分开，饱满剔透，每一颗表面都均匀地裹着一层薄薄的金黄色蛋浆。扬州蛋炒饭驰名海内外，徐丽婕在美国的时候也常常能够吃到，但这样的却从没见过。她禁不住惊讶地问道："这是蛋炒饭吗？怎么和我以前吃过的都不一样啊？"

"你吃过的蛋炒饭都是鸡蛋和饭粒分开的吧？那叫作'碎金饭'。"姜山向徐丽婕解释着其中的奥妙，"这种蛋浆均匀裹在饭粒上的，叫作'金裹银'。我也只是在传说中听闻有这样的做法，没想到今天在这里开了眼界。老先生的厨艺，令人佩服。"

老者客气地摆了摆手："哎，一点雕虫小技，让诸位见笑了。"

"'金裹银'，好，这名字起得好，既大气富贵，又生动形

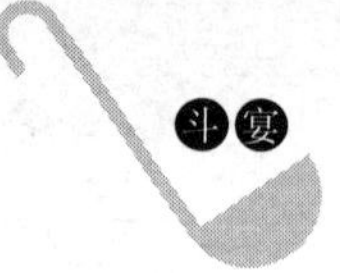

象。”沈飞一本正经地评论着，“可名字再好，也不如这锅饭实际炒得好！色泽艳丽，香气逼人，让人一看，就忍不住……”

徐丽婕笑着打断他：“好了好了，你想吃就吃吧，拍那么多马屁干什么。”

沈飞不屑地撇撇嘴：“瞧你说的。我再馋，尊老爱幼还是懂得的嘛。”说着，他盛起一碗“金裹银”，恭恭敬敬地放在老者面前，“老伯，您先请。”

老者颔首看着沈飞：“你就是‘一笑天’的沈飞？果然机灵懂事，是块材料。徐老板眼光不错，只可惜你不务正业，枉费了他的一片苦心。”

老者的语气温和，略含责备，但更多的是带有规劝和勉励之意。沈飞有些尴尬地挠着脑袋，似乎一时不知该如何回答。

“老先生，他们俩您都认识。我刚回扬州，又不是厨界的人，您应该不知道我是谁吧？”徐丽婕恰如其分地接过话茬，算是帮沈飞解了围。

老者微微一笑：“徐老板的千金，虽然没有见过，但也是早有耳闻的。”

徐丽婕听了这话，心中暗自高兴。这老者和蔼儒雅，言谈举止都颇有长者风范，让人情不自禁地产生一种亲近的感觉。

这边沈飞继续盛饭，依次端给徐丽婕、姜山，最后才给自己盛了一碗。然后他笑呵呵地招呼着：“来，大家都动筷子吧。”那架势倒似他成了主人一般。

那“金裹银”蛋酥米韧，味道妙极，不用多说。众人吃了几口

后，都止不住地连声赞叹。老者面色祥和，一副宠辱不惊的模样。

姜山见时机已合适，放下碗筷，试着把话头引向今天的正题："老先生既然知道我们三人是谁，那也应该知道我们是为何而来吧？"

"你们为'一刀鲜'而来。"老者直言不讳地说道，"只可惜，他早已不住在这里了。"

徐丽婕在一旁"哦"了一声，显得既诧异又失望。本来在心中，她已有七八分认定这个老者就是传说中的"一刀鲜"，谁知并非如此。看对方的风度和神态，说的应该不是假话，但如果他不是"一刀鲜"，怎么会有这么好的厨艺呢？

姜山倒是不动声色，继续追问道："这么说，您认识'一刀鲜'？"

老者点点头："当初我和'一刀鲜'做了三年的邻居。这三年里，我每日勤学苦练，终于从他手中学会了这一汤一饭的做法。"

沈飞咂着舌头，惊讶地说："什么？就只是这'神仙汤'和'金裹银'，您便花了三年时间才学会？"

"不错。"老者的语气像是在说一件极为平常的事情，"这还得归功于'一刀鲜'传授有方，而我烹饪的天分也不算很差。"

"啧啧啧……"沈飞自嘲地感慨道，"看来我后来没去做大厨，还真是一个正确的选择。"

姜山正色道："飞哥太自谦了。以你的天赋，只要用心去学三年，便可以成为烹饪界数得上的顶尖高手。在这一点上，老先生和徐老板想必也和我看法一致。以我们三人的眼光，应当不会看走眼吧？"

见姜山言辞恳切，沈飞也收起了嬉笑的表情，认真地说："多谢姜先生的夸奖。只是我在好几年前就已拿定了主意，顶尖名厨也好，

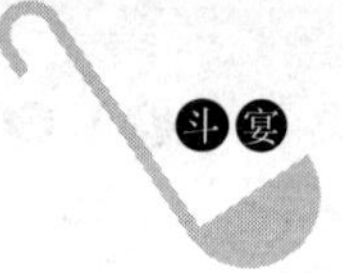

天下第一也好，都不如我快快活活地炸臭豆腐来得实在。"

姜山知道自己和沈飞在某些观念上相差太大，也不强求，转过话题，又去问那老者："老先生，那您和'一刀鲜'应该很熟悉啰？"

老者明白姜山的言下之意，不待他细问，笑着说道："就是现在，也仍然常有联系。"

姜山等的就是他这句话，当下便站起身，向老者行了个礼，用诚挚的语气说："麻烦老先生帮忙引见。"

老者还没来得及答话，院门外忽然传来一个清脆的童声："爷爷，您平时常训斥我，吃饭时不准说话。你们倒好，不光说个没完，连屁股都不在凳子上了。"

伴着这声音，一个男孩蹦蹦跳跳地走进院子。只见他浓眉大眼，一脸精怪的表情，正是不久前三人在巷口遇见的那个大脑袋小身子的淘气鬼。

"没大没小！你跑哪儿去了？一没人管你就疯玩，到点也不知道回来吃饭。"老者言语虽然是在斥责，脸上却乐呵呵地充满疼爱，随即，他向那孩子招了招手，说道，"浪浪，过来见过这几位客人。"

浪浪答应了一声，撒娇似的扑过来，一头扎在老者的怀里，然后瞪着眼睛，目光从姜山三人身上依次扫过，神情极为专注，连眼皮都不眨一下。

徐丽婕也看着他，笑吟吟地说："小朋友，我们又见面啰。"

浪浪嘟着嘴："刚才本来能逮着一个大家伙的，却被你吓跑了。"

徐丽婕一愣，随即想起他在巷子里翻石头的情形，不禁好奇地问道："你还没告诉我呢，你刚才在找什么呀？"

“就不告诉你。”浪浪顽皮地歪歪脑袋，然后转过目光打量着姜山和沈飞，一本正经却又稚声稚气地问，“你们俩哪一个是北京来的姜山姜先生呀？”

沈飞见他有趣，忍不住要逗逗他：“我就是啊，你找我有事吗？”

浪浪眨了眨眼睛，说：“你骗我，你才不是呢。你向老太太问路的时候，扬州话说得那么好，怎么会是北京来的？”

沈飞哈哈大笑了起来：“好小子，真是机灵，有出息，有出息！”

浪浪不再理他，转头对姜山说：“刚才巷子里有人给我一封信，说如果看到一个叫姜山姜先生的，就转交给他。”

“哦？”姜山此时已经坐下，他饶有兴趣地看着对面的小孩，“信在哪儿呢。”

“这里呀？”浪浪挥了挥右手，果然拿着一封信，随即他手一扬，把那封信丢在了桌子上。

众人原以为信到了这个古灵精怪的小孩手中，只怕不那么容易拿到，谁知他却痛痛快快地交了出来，反而都有些诧异。只见那信封并未封口，落款写着“一笑天酒楼”。徐丽婕轻轻地“咦”了一声，伸手便想把那信封捡起。

指尖刚刚碰到信封，还未及使力，忽见那信封微微一颤，竟跳动起来。徐丽婕吓得“啊”的一声，触电似的缩回了手。

信封仍在桌面上不停地抖动，里面传出窸窸窣窣的摩擦声，竟似关着活物，受到惊吓后，拼命地想要脱困而出。

老者脸稍稍一沉，责备道：“浪浪，你又淘气了！这是不是你搞的鬼？”

浪浪也不否认，眯起眼嘻嘻一笑："他们都说姜先生厨艺了不起，我就想看看，他认不认识我这个东西。"

姜山眉头一皱。这彩衣巷作为"一刀鲜"的故地，果然藏龙卧虎，不仅这老者有一手绝活，连这个小小的顽童也给他出起了难题。

一旁的沈飞和徐丽婕也禁不住替姜山捏了把汗。一个人再有本领，也练不出透视观物的功夫。这隔着信封让人猜测，实在有些强人所难。但对方是个小孩，你如果和他较真，又未免失了风度。

院子里的几只母鸡似乎与浪浪颇为熟悉，从他一进院子便前簇后拥地围在他身边，此时更是"咯咯咯"地欢叫着，甚是兴奋。浪浪却不领情，两只脚不耐烦地踢来踢去，嘴里吆赶着："去，去！"

姜山看看那些母鸡，眼中一亮，似乎已有了眉目。他微微一笑，说道："没想到小浪浪给我找来如此珍奇的美味，那我就不客气了。老先生，还烦请您给我调些酱醋和姜末来。"

老者应声离去，不一会儿，一碗用酱油、香醋和姜末调成的佐汁便放在了姜山面前。徐丽婕隐隐猜到会发生什么，既兴奋又惊奇，瞪大眼睛一眨不眨地看着姜山。

只见姜山伸出两个手指夹住封口，把信封轻轻拈到自己面前。封套内的活物似乎预感到了自己的命运，不停地扭曲挣扎，甩得皮纸"啪啪"作响。

姜山用双手的食指和拇指按住信封中部，然后分别往两端一顺，已将那活物摆直在封套内。随即他右手拇指按住一头，食指则轻轻一捻一转，活物立刻停止了挣扎，料是被折断头颈，一命呜呼了。

姜山用拇指的指甲在原处来回划动，不一会儿，已在信封上拉出

了一道两三厘米长的豁口。然后他把拇指和食指的指尖伸入豁口内，轻轻一拉，从信封内扯出一条十多厘米长的肉来。

只见这条肉亮白晶莹，质地与剥了壳的鲜虾仿佛。姜山把肉浸了作料，连着姜末一同吃进了口中。

沈飞在一旁看得目瞪口呆，半晌才咽咽口水，问了句："味道怎么样？"

姜山赞叹道："鲜滑细嫩，美味异常。"

徐丽婕仍是一头雾水："你吃的这到底是什么呀？"

姜山笑而不答，只是举着信封对浪浪说："怎么样，我现在可以看信了吧？"

"嗯……"浪浪扭着身体，一副不服气但又无可奈何的样子，哼哼了半天，最后仍只得说了句，"看吧。"

姜山取出信笺，然后把信封口冲下轻轻一抖，只见一物轻飘飘地落在了地上。

徐丽婕定睛一看，那东西细细长长，青体赤足，赫然是一条四五寸长的大蜈蚣！

一直围着桌边打转的母鸡们此刻一窝蜂地冲过来，你争我夺，顷刻间把可怜的蜈蚣啄了个七零八落。徐丽婕这才发现，蜈蚣体内空空荡荡，竟只剩下了一层空壳。她立刻明白姜山刚才吃的是什么了，不由得头皮一阵发麻。

老者拍着浪浪的脑袋，笑着说："你看看人家这隔封取肉的手法，比你平时生吞活剥的吃相可文雅多了。"

浪浪毕竟年幼，嘟着嘴哼了两声后，又涎着脸求起了姜山："叔

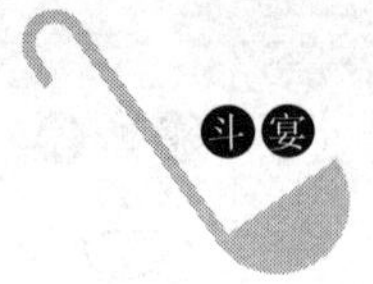

叔，这招，你以后得教教我。”

“没问题。”姜山爽快地回答。

小家伙的脸上立刻多云转晴，眼睛也眯成了一条缝。

“那东西也能吃吗？好恶心哪。”徐丽婕还没有缓过劲来，咧着嘴连连摇头。

沈飞倒是不仅不排斥，反而有些羡慕地说道：“不仅能吃，而且有息风镇痉，祛风攻毒、散结、通络止痛的药用功能，味道又那么好……可惜啊，只有一条……”

此时姜山已经看完了信笺，面色有些凝重。

“那信上说什么？”徐丽婕关心地询问。

姜山沉默片刻后，淡然说道：“你父亲约我今晚在‘一笑天’酒楼斗菜。”

“嗯。”老者听到这个消息，似乎颇为满意。他点着头说：“我就知道，徐老板不会轻易认输的。姜先生，你想见‘一刀鲜’，还是先赢了今晚的比试再说吧！”

/ 第五章 /

Chapter 5

车轮战

“扬州好，茶社客堪邀。加料干丝堆细缕，熟铜烟袋卧长苗，烧酒水晶肴。”这是清代惺庵居士所作的《望江南》，这首词描绘了旧日扬州的食客在茶社中一边抽烟、喝酒、吃肴肉，一边品尝“加料干丝”的情景。这“加料干丝”即是今日淮扬菜中的“大煮干丝”。

大煮干丝

虽然“暂停营业”的告示早已挂出，但从傍晚时分开始，来到“一笑天”酒楼的人便络绎不绝。与往常不同，他们今天来此的目的不是为了一享口福，而是为了观看姜山与扬州名厨在晚上的那场会斗。

遗憾的是，他们当中的大部分人都只能失望而归了。同几天前声势浩大、来者不拒的“名楼会”不同，今天的比试只有收到徐叔邀请的人才能入内观看，这些人为数不多，都是扬州厨界的成名人物。

被拒之门外的看客多少有些不满，不过一向乐谦好客的徐叔做出这样得罪人的决定也是不得已之举。姜山与扬州厨界的赌局已成了全城近日来最热的话题，如果对入场者不加限制，小小的“一笑天”酒楼只怕届时会挤成一锅粥。此次比试关系着扬州厨界的脸面，一切当然以慎重为上，绝对不能出现混乱的局面。

这可苦了当天负责接待客人的凌永生。名为接待，他的主要任务其实就是为了在门口拦下那些没有接到请柬的来客。大部分人倒还通情达理，听两句解释，也就回去了，可一些性子躁的免不了心有不甘，口出怨言，或说徐叔不通人情，或云“一笑天”店大摆谱，更有甚者言语不敬，直言徐叔莫非心知技不如人，所以不敢公开比试？多

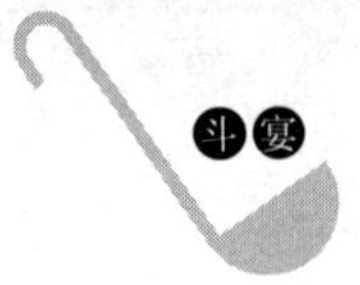

亏凌永生个性憨厚实在，即使受了些委屈，仍是心平气和，笑着解劝，这反而让对方抬不起劲来，愤懑几句后，也就散了。

可现在出现在门口的这个人，却让凌永生头痛不已。

“为什么刚才那个人可以进去，我却不可以呢？”这已经是他一分钟之内，第三次问同样的问题了。

凌永生弯下腰，又解释了一遍：“因为他有请柬，而你没有。”

“请柬是什么？”来人眨了眨眼睛，“是和门票一样的东西吗？”

“对对对。”凌永生连忙点点头，如果不是对方自己提出来，他一时还真不知该如何回答这个问题。

来人高兴地拍起了巴掌：“那我是可以进去的呀，我去哪里都不需要门票，因为我还不够一米二呢。”

凌永生愣住了，站在他面前的，确实是一个到哪里去都不需要买门票的小孩。他挠了挠头，费力地解释说：“这，这是不一样的……门票是花钱买的，请柬不是，请柬是送给好朋友的。”

“为什么不送给我呢？我也可以和你们做好朋友啊。”小孩汪着眼睛，似乎委屈极了。

“可是……我们还不认识你啊。”凌永生看着小家伙可怜兮兮的样子，说话的底气弱了很多，倒似自己理亏一般。

“我的朋友都叫我大头。”小孩晃着他的大脑袋，“你叫什么名字？”

“我？我叫凌永生。”

“我们现在认识了，可以做朋友了吧？”

“可……可以。”凌永生发现自己已经不知不觉地绕进了小孩的

言语圈子里。

小孩咧嘴笑了起来，显得甚是得意："那我现在可以进去了吗？"

"这个……"凌永生无奈地苦笑着，看着眼前的这个"大头"，他觉得自己的头也在越变越大。

"唉。"有个人在他身后叹了一口气，说，"你还是让他进来吧，否则你整个晚上都不会清净的。"

凌永生转过头，正看见沈飞那张戏谑的笑脸，他像是看到了救星，忙不迭地说："让他进去可以，但是你得帮我看好他，不能让他调皮捣蛋。"

"嘿嘿，交给我吧。"沈飞走上前，把那个小孩抱在怀里，一边向大厅走，一边捏着他的鼻子说道，"你小子要敢在这里捣乱，我就打你的屁股。你怎么一个人跑来了，你爷爷没来吗？"

这个大脑袋的小家伙正是彩衣巷中的浪浪。他不安分地扭着身体，嘴里嘟囔着："我爷爷来就不好玩了。哎呀，你放我下来，我自己会走。"

"你自己走？嘿嘿，你这一撒丫子，不定跑哪儿惹祸去了，等你爷爷来了我再放开你。"沈飞得意扬扬地用胡子茬儿去扎浪浪的脸蛋，逗得小家伙一边大笑一边躲闪。

徐丽婕早已坐在大厅中等候，见到两人过来，笑吟吟地迎上前，说道："沈飞，你怎么欺负起小孩来了？"

浪浪眼珠骨碌碌一转，立刻冲着徐丽婕伸出双手，嚷嚷着："徐阿姨，我要你抱，我不要飞哥抱。"

徐丽婕脸上乐开了花，冲着沈飞一挑眉毛："你看看，我多有亲和力。来，浪浪，到阿姨这儿来。”

沈飞无奈地咽了口唾沫，把浪浪交到徐丽婕怀中，口中不满地嘀咕着：“徐阿姨？飞哥？你这都是什么辈分？”

浪浪冲沈飞做了个鬼脸，挑衅似的又连叫了几声“飞哥”，沈飞作势要打他的屁股，徐丽婕却一转身，用身体挡住了他。

大厅中间设了一个小小的擂台，正对擂台空着三个主座。此时受邀前来的客人已陆续到达，各自入座。沈飞和徐丽婕也在紧靠擂台的两个位置上坐好，浪浪伸长了脖子，东瞄西看，甚是兴奋。

“时间差不多了，我爸和姜山他们怎么还不来啊？”徐丽婕看看空荡荡的擂台，有些奇怪地问道。

沈飞却不着急，把身体往椅背上一靠，悠闲地摸着下巴：“他们应该还在后厨。这样重要的比试，保持平和的心态是非常关键的。所以不到最后一刻，他们绝不会出现在擂台上。”

浪浪突然把嘴凑在徐丽婕耳边，轻轻地说了几个字。徐丽婕脸一红，把他放在了地上，还没等沈飞反应过来，小家伙已经在座位间泥鳅般地穿了几下，向着大厅另一侧跑去了。

“哎，你怎么放他一个人走了？”沈飞睁大眼睛看着徐丽婕。

“他说要撒尿，我又不能跟着他去。”徐丽婕白了沈飞一眼，“反正现在比赛还没开始，你就先让他玩会儿吧，等姜山他们出场了再把他看好。”

沈飞看着浪浪离去的方向，倒的确是冲着卫生间而去。他正在犹豫是不是要跟过去，忽听得人群中起了一阵骚动，转头一看，却见徐叔、马山和陈春生三人鱼贯从后堂走了出来。

三人都是表情严肃，一言不发地来到正对擂台的主座前。徐叔身为东道主，自然在中间一张椅子上坐下，马山和陈春生分居两侧，一旁自有服务员奉上上好的绿茶。三人坐定后，徐叔挥了挥手，五六个小伙计走上擂台，搬的搬，扛的扛，七手八脚地在中央位置搭起了两个炉灶。

几个小伙计年岁不大，动作却利落得很，十分钟不到，不仅炉灶搭得整整齐齐，锅碗瓢盆、油盐酱醋等一应用具作料也都摆放妥当。此刻大厅内的众人全都自觉地安静了下来，场内的气氛亦随之凝重，近百双眼睛全都齐刷刷地盯着后厨通往擂台的出口，一场激烈的名厨对决呼之欲出！

不多久，从后厨方向依稀传来“踢踏”的脚步声。只是这脚步听起来又急又浮，片刻便已到了出口处，全然没有顶尖刀客的沉稳气派。就在众人微微有些诧异的时候，只见一个小小的身影一晃，浪浪从后厨跑了出来。他一边“咯咯”地笑着，一边不时回头观望，似乎身后跟着什么非常有趣的东西。

这突如其来的一幕令场内紧张的气氛霎时间荡然无存，众人发出一阵轻松的笑声。沈飞和徐丽婕对看了一眼，不约而同地摇了摇头，一脸的无奈。

擂台上的好戏还只是刚刚开始。浪浪跑出几步后，出口处摇摇晃晃，竟跟出了一只大白鹅。那白鹅膘肥体硕，昂起头比浪浪还要高大一些。它扑棱着翅膀，“呱呱”叫着追在浪浪身后，绕着擂台兜起了圈子。

“一笑天”作为淮扬名楼，用料自然求鲜求新，从后厨跑出只白

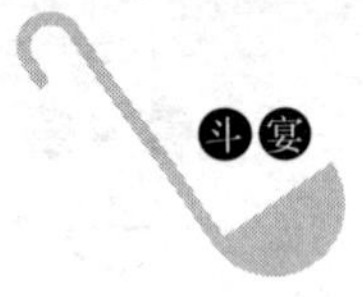

鹅本不是什么奇怪的事情。只是在这紧要的关头，突然出现白鹅追顽童的一幕，令人在莞尔之余，不免感到有些不可思议。

徐叔皱起眉头，看了看不远处的沈飞，带着三分责备的语气问道："怎么回事？"

"这小家伙，看我一会儿怎么收拾你。"沈飞一边板起脸吓唬浪浪，一边跑上擂台，伸开双臂去逮那只白鹅。白鹅左右闪了两下，突然一个踉跄，倒在地上，挣扎了两下，竟起不来了。

"哈哈哈……"浪浪用手捂着肚子，笑得都直不起腰了，"它喝醉了！"

"什么？"沈飞俯身凑近白鹅，果然闻到一股浓烈的酒香，那香味还非常熟悉。沈飞忽然想起一件事情，伸手在口袋中一摸，自己中午和金宜英对饮的那一小坛陈年佳酿果然已不见了踪影。

那白鹅虽然已经醉倒在地上，但两眼仍睁得老大，紧盯着浪浪的腹部，那里隆起一个小包，似乎藏着东西。沈飞略一思索，心中已明白了七八分，呵呵一笑，说道："好调皮的小孩，偷了我的酒不够，是不是又去后厨偷了大白鹅下的蛋？"

沈飞的猜测一点不错，刚才浪浪被他抱在怀里的时候，便偷偷拿走了他藏在口袋中的小酒坛子，本来是想躲在厕所里尝一尝，谁知喝了一口，又呛又辣，那滋味比起自己平时爱喝的酸奶简直是天差地别。沮丧之余，他又想起沈飞说过姜山等人都在后厨，于是决定去窥探窥探。

到了后厨，几位名厨没有找到，却发现了一只关在笼中的大白鹅。小家伙玩心大起，捏住白鹅的脖子，把坛中剩下的酒都给它灌了

下去。这还不算完，看着白鹅摇摇晃晃地折腾了一阵后，他又打开笼子，抱走了笼中的一只大鹅蛋。白鹅虽然酒醉，但天性护犊，于是便跟着他一路追到了擂台上。

浪浪被沈飞识破了把戏，眼睛眨了两下，辩道："你的酒难喝死了，我才不要呢。鹅蛋嘛……我可没见过。"

沈飞用手指着他的肚子，笑问："你那里鼓鼓囊囊的，是什么东西呀？"

浪浪见抵赖不过，索性撇了撇嘴，大大咧咧地说："这大鹅蛋留在这里也没有用，你们又不会做，还不如给我带回去，让爷爷做成几样小菜呢。"

台下众人本来都在笑嘻嘻地看热闹，此刻却心中愕然，面面相觑：这小孩好大的口气，敢在扬州名厨会集之地说出这样的话来，不知道是什么来头？

沈飞仍是一副笑嘻嘻的模样，逗着浪浪的话头继续说道："哦，那你说说看，你爷爷都能做成哪几个小菜啊？"

浪浪也不客气，神气地一扬脖子，说："太厉害的你们也不懂，我就说几个简单的吧。这蛋白做一道'玉树琼花'，蛋黄做一道'长河落日'，蛋壳嘛，做一道'银碗莼菜羹'好了。"

这下连坐在主座上的三位名楼老板都禁不住微微变了脸色。要知道，鹅蛋质粗而味腥，素来极少入菜。这"玉树琼花"和"长河落日"相传是清代扬州八怪之首郑板桥所创。其时郑板桥处世清贫，一日朋友拜会，家中除了一只鹅蛋外，别无他物。郑板桥无奈之下，灵机一动，将蛋白和蛋黄分开，配以少量新摘的野菜，做了这两道菜

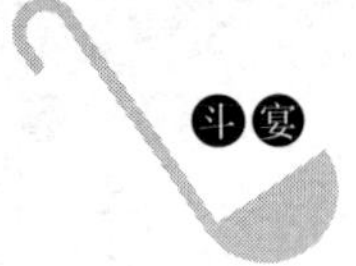

肴。虽然简陋了些，但意境优雅，朋友大加赞赏。郑板桥自己也颇为得意，便把这件事写入了文记中。这两道菜并未流传于菜谱，所以厨界知道的人并不多，现在却被一个乳臭未干的小孩信口说来，自然令人侧目。

更奇的是，听这小孩所言，这只鹅蛋的蛋壳也可入菜，一蛋三吃，竟比当年的郑板桥更胜了一筹。这种做法，便是博学多识的马山也没有听说过，他捋了捋长须，饶有兴趣地问道："小朋友，你倒说说看，这银碗莼菜羹该怎么做啊？"

"也没什么难的。"浪浪晃着大脑袋，大大方方地说道，"将那鹅蛋的上端去除，倒出蛋液，然后将蛋壳边缘磨光，这样就做成了一个小小的'蛋壳碗'。然后将莼菜和配料放入碗中，加入少许汤液，隔水蒸熟，蛋壳中的微量元素和特殊清香就融入了汤羹，你如果没有吃过，下次我让爷爷做一个给你尝尝吧。"

"是吗？好，好！"马山哈哈大笑了两声，然后看着这个机灵可爱的小家伙，亲切地问道，"你爷爷是谁呀？"

不光是马山，现在几乎所有在场的人都在想着同样的问题。这小孩谈吐不俗，尤其是刚才谈到银碗莼菜羹的做法，构思巧妙，令人赞叹，料想必定是出身不凡的名厨后代。甚至已有不少人在暗自猜测，他说的"爷爷"，是否就是三十年前一去无踪的"一刀鲜"呢？

浪浪对马山的提问却不正面回答，只是顽皮地一笑，说："我爷爷一会儿要来，你见到他，不就知道了吗？"

"嗯，那样最好。"徐叔此时点了点头，对沈飞说，"比试马上就要开始了，你先把这个小朋友带到台下玩一会儿吧。"

浪浪冲沈飞挤了个鬼脸："你老欺负我，我才不要你带呢。"说完自顾自地跑下擂台，扑到徐丽婕身边，歪着脑袋撒娇道，"阿姨，你陪我一块玩吧。"

徐丽婕摸摸他的头："好啊，不过待会儿比赛的时候，你可得乖乖的，不许捣乱。"

沈飞此时也跟了过来，在徐丽婕身边坐下，叹了口气："唉，你想让他乖乖的，除非能把他的两只脚捆起来。"说完这话，他似乎突然想起什么，把嘴凑到浪浪耳朵边，压低声音说道，"你知道刚才那只大白鹅为什么玩命似的追你吗？"

浪浪看到沈飞神秘的样子，禁不住好奇心大起，睁大眼睛反问："为什么呀？"

沈飞一本正经地回答："因为你刚才拿的那只鹅蛋，马上就快孵出小鹅了。"

"真的吗？"浪浪把鹅蛋从怀里拿出来，惋惜地说，"早知道我就不拿它了，看老鹅孵出小鹅多好玩啊。"

沈飞叹了口气，看起来比浪浪还要遗憾："我本来有一个更好玩的计划，可惜被你破坏了。"

"什么好玩的计划啊？快告诉我。"浪浪迫不及待地追问。

"根据我的计算和观察，今天应该是这只鹅蛋孵化期的最后一天。我本来准备趁母鹅不注意，悄悄地把鹅蛋偷走，然后自己孵最后的一两个小时，这样小鹅出世以后，就会把我当成它的妈妈，整天跟着我跑，你说好玩不好玩？"沈飞一边说，一边用眼睛不时地瞟一瞟那只鹅蛋，一副心有不甘的样子。

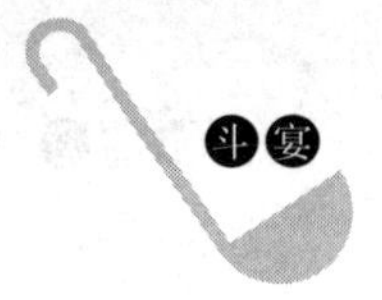

“真的假的？”浪浪将信将疑地看着手中的鹅蛋，“人怎么孵蛋啊？”

“只要盘腿坐在地上，把蛋压在屁股和腿下面就可以了。”沈飞比划了两下，又说，“你想，刚出生的小鹅怎么会知道它妈妈长什么样子呢？当然是第一眼看见谁就把谁当成它的妈妈了。你要是不相信，让我孵给你看。”

“不行不行。”浪浪立刻叫了起来，“我自己来孵，我要做小鹅的妈妈。”

“你不会孵，还是我来吧。”沈飞说着，伸出手，作势要去夺那只鹅蛋。

“我会的！”浪浪大急，连忙找了张椅子，在上面盘腿坐好，然后把鹅蛋塞到屁股下面，得意地说道，“不就是这样吗。”

沈飞看着他咽了咽口水，做出一副羡慕无比的表情，然后用恳求的口吻说道：“好浪浪，你如果坐累了，就换我来孵一会儿好不好？”

“不行。”浪浪把头摇得像个拨浪鼓一样，“万一你孵的时候，小鹅出来了，那我就当不成鹅妈妈了。”

沈飞愁眉苦脸地叹了口气：“唉，我这么好的计划，却被你抢了去。没指望，我只好去看无聊的比赛了。浪浪，等你孵出小鹅，一定要叫我来看啊。”

“知道了，知道了。”浪浪生怕沈飞惦记自己屁股下的鹅蛋，满口应承，“你专心看比赛吧，到时候我会叫你的。”

沈飞点点头，然后转身看着徐丽婕，压低声音说：“这下我们可以安生一阵了。”

徐丽婕强忍着笑："骗小孩子，真没出息。"

沈飞"嘿嘿"地轻笑两声："不是这样，他怎么能老实呢。快看台上，姜山他们出来了。"

徐丽婕抬眼望去，果然看见姜山和一个胖胖的中年男子从后厨出口走上了擂台。场内立刻安静了下来，刚才的那一幕插曲已被众人抛于脑后，大家都拭目等待着这场名厨对决。

徐叔抿了口茶，润润喉咙，然后朗声说道："诸位，今天的比试即刻开始。这两位我想大家都认识了，这个年轻人便是与淮扬厨界定下赌局的姜山姜先生，另一位更不用多说，是城南'妙味居'的朱晓华朱师傅，他素来以选料精细闻名于扬州厨界。"

姜山和朱晓华均微微欠身点头，向众人致意。

徐叔略作停顿后，继续说道："今天双方比试的菜目是：大煮干丝！"

"扬州好，茶社客堪邀。加料千丝堆细缕，熟铜烟袋卧长苗，烧酒水晶肴。"

这是清代惺庵居士所作的《望江南》，这首词描绘了旧日扬州的食客在茶社中一边抽烟、喝酒、吃肴肉，一边品尝"加料干丝"的情景。这"加料干丝"即是今日淮扬菜中的"大煮干丝"。

这道菜相传原为乾隆皇帝下江南途经扬州时御宴上的一味菜肴，当时叫作"九丝细缕汤"，即用豆干丝、火腿丝、鸡丝、笋丝、木耳丝、口蘑丝、紫菜丝、银鱼丝、肉丝烩制而成的汤。后来传到民间，又经过了一系列变化和改进。现在的做法是将豆腐干批片后切丝，先

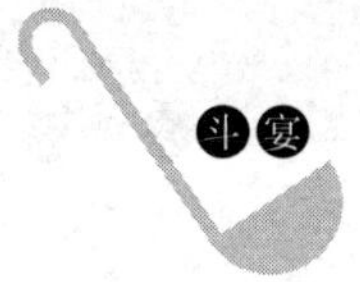

在清水中烹过，沥去卤水，然后在鸡汤中煮过，沥去鸡汤，再倒入新鸡汤重煮，并加入配料如虾仁、火腿丝、海参丝、肫肝丝、鸡脯丝等，入味后拌好香油、淮盐，装盘上桌，其特点是干丝高垒、入口绵软、清鲜爽口，荤素相得益彰，历来是淮扬菜系的看家名菜。

擂台之上，比试已经开始。

做大煮干丝所用的豆腐干，俗称“方干”，高七分，长宽各两寸有余。虽然看起来不大，但切成细细的干丝后，能垒起高高的一盘。所以要做一道大份的大煮干丝，其主料用两份豆腐干也就足够了。

可现在姜山和朱晓华的面前，却各摆着一只大大的竹篮，篮中整整齐齐地码满了层叠的方干，有上百块之多。一名小伙计垂手站在一旁，恭恭敬敬地说道：“这些都是产自七里乡的上好新鲜豆干，请两位选用。若不合适，后厨尚有足量的方干备选。”

台下徐丽婕好奇地问道：“七里乡在什么地方，那里的方干很有名吗？”

“这你可算问对人了。”沈飞抱着胳膊说，“要做一份出色的大煮干丝，普通的豆腐干可不行，一定要用长江下游一带出产的豆腐干，其中又以扬州南界七里乡地区的为最佳。”

“可是豆腐干和豆腐干之间会有什么区别呢？”

“那区别可大了，最重要的原因就是由于水土间的差别造成的。首先，只有长江下游肥沃的土地才能够长出肥大细腻的上好黄豆；其次，在制作豆腐干的过程中，对水质的要求非常高。北方的水硬度大，制出的豆腐干不仅僵硬，而且色泽发黄，这样的品色，江淮一带的厨子只怕都不屑去看上一眼。而七里乡毗邻邵伯湖，水质清澈柔和，那

里出产的豆腐干总是又白又嫩，惹人喜爱。”沈飞说得兴起，舔了舔嘴唇，又继续侃侃而谈，“即使是同一个地方出产的豆腐干，品质也不尽相同，有的质紧细腻，有的则粗糙疏松，这和制作时所用黄豆的老嫩、点卤时配料的构成，以及加水量的多少都有关系。所以要想做一道令人叫绝的大煮干丝，首先你得知道怎么挑选上乘的豆腐干。”

徐丽婕吐了吐舌头，赞叹道：“没想到一块小小的豆腐干，竟也藏着这么大的名堂。”

“那当然。这烹饪中方方面面的学问可谓博大精深，我虽然只是一个菜头，嘿嘿，所知所学也是小看不得的。”沈飞开始略带陶醉地扬扬自得起来。

徐丽婕笑了笑，不再搭他的话茬，转过头，且看擂台上的两位如何选料。

姜山就像在市场上买菜一样，伸手在竹篮中翻看两下，然后拣了一块豆腐干，在眼前仔细端详片刻后，觉得不太合适，便又放回了篮中，同时抬起眼睛，好整以暇地瞅了瞅身旁的朱晓华，可这一看，他的眼神就像被定住了一样，一时竟无法离开。

不仅是姜山，在场所有人的目光，现在都被这个貌不惊人的朱晓华吸引了过去。只见他闭着眼睛，右手伸入竹篮中，几根胖胖的手指上下翻动，每动一次，便用食指和中指夹起一块豆腐干，然后几不停顿，两指一弹，那豆腐干便从篮中飞出，稳稳地落在小伙计脚下的一只阔口大盆中。他手上的动作甚是迅捷，豆腐干一块接着一块，接连不断地被抛了出来，划出道道白色的弧线，煞是好看。也就仅仅两三分钟的工夫，原先满满一篮的豆腐干便全都转到了大盆之中。朱晓华

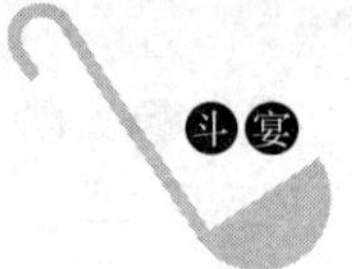

睁开眼睛，轻轻摇摇头，显得非常失望，对小伙计说道：“去后厨，重新换一篮。”小伙计答应一声，拎起空篮直奔后厨，片刻后，又提回一满篮的方干。

台下众人开始还有些摸不着头脑，听了朱晓华这话，才回过味来。原来这短短的几分钟内，朱晓华仅凭两根手指，就已经把满篮的豆腐干挑了个遍，而结果竟是没有一块能让他满意。

姜山心中了然，不免有些暗暗吃惊。朱晓华两指一夹，便可了解豆腐干的品质，已是神乎其技，令人自叹弗如。这一篮子的豆腐干，无一不是平常难得一见的上品，而对方却全都看不上眼，其选料时的精细苛刻，更是闻所未闻。此人在厨界中尚算不上响当当的人物，却有如此本领，这烟雨淮扬，果然是藏龙卧虎之地。

不过对手越强，姜山越是兴奋，当下他便凝住心神，在自己的那篮豆腐干中细细挑选。反复斟酌之后，终于选定了色泽最为洁白，质地细腻又不失韧性的两块方干，轻轻地放在了案板上。

不远处的徐丽婕却在暗自为姜山着急。这当口，朱晓华已经挑完了三篮豆腐干，才选定了其中的一块，而姜山却如此草率，只在一篮中挑选，豆腐干的质地自然会处于下风。如果姜山此战失利，虽然父亲可赢得赌局，但“一刀鲜”的风采恐怕就无缘见识了，那可是一个大大的遗憾。

不过徐丽婕有所不知，姜山这么做其实也是无奈之举。他所挑出的两块豆腐干，从品质上来说已是自己所识的极限，再多做选择，也没有太大的意义。便如同两人同游，能看见一千米外景色的人，自然不会在五百米处止目；而另一人视力有限，只能看到五百米内的景

色，五百米外的风景即使再美，对其来说也是枉然无用。

那边朱晓华毫不停歇，一口气又挑了四篮，最后终于在第七篮中找到了另一块令自己满意的豆腐干。两块豆腐干都选好后，他长长地吁了口气，用手擦了擦额头，那里已沁出一层细小的汗珠。他的那番动作，别人看似轻松悠闲，但其实要分辨那么多豆腐干中的细微差别，精神状态需要高度集中，极费心力。朱晓华休息了片刻，待气息略定后，冲姜山抱拳行了个礼，说道：“姜先生，这次比试，在下的任务已算完成，下面由‘福寿楼’的李冬李师傅向姜先生讨教刀法上的造诣。”

立时，场下的看客间起了一阵小小的骚动，众人交头接耳，一片讶然。扬州城酒楼林立，刀客如云，大大小小的厨艺比试数不胜数。今天能有幸受邀前来的，无一不是身经百战的高手，可这种中途换人的做法，众人都是闻所未闻。

厨艺上的学问，虽然纷繁复杂，一道菜的出炉，中间也要经过诸多工序。但对某人技艺高低的评价，最终还是要落在菜肴的“色、香、味、意、形”五个字上，仅在制作时的某道工序上判定优劣，并无太大的意义。这朱晓华只不过刚刚在选料上占得先机，便要退场换人，确实令人有些不解。

姜山初时也是一愣，但随即便明白了其中奥妙，淡淡一笑，说道：“我与徐叔定下的赌局，是要挑战整个扬州厨界。你们即使是合多人之力，只要最后做出的菜肴能胜过在下，我也一样愿赌服输。”

姜山的一席话点醒了台下众人，两三个年少浮躁的看客更是不约而同地脱口而出：“车轮战！”

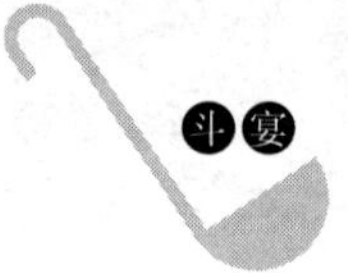

今天到场观战的客人，虽然都是受邀前来，但先前并不知晓徐叔等人的计划。刚才看到朱晓华出战姜山，不少人还心存疑虑：这朱晓华选料虽是一绝，但烹饪上的综合造诣并不突出，姜山的厨艺令三大名楼都束手无策，朱晓华又怎会是他的对手？现在其中的原委终于揭开，原来徐叔已安排好“车轮战”的方式，把多人的所长综合起来与姜山一搏。这种方法在个人的比试间当然不可能出现，但姜山言明挑战的是整个扬州厨界，出现此局面，倒也算是意料之外，情理之中。

这种比试的方式不仅新颖，而且大大增加了扬州厨界获胜的可能，众人的情绪和好奇心都被调动了起来，大家拭目以待，且看姜山会如何应付。

这边朱晓华不再多言，退后几步。一旁早有小伙计准备好座椅，朱晓华在椅子上坐好，目光看向后厨的出口处。只见一个身材高大健硕的男子稳步走出，正是“福寿楼”的主厨李冬。

李冬沉着脸走到案台前，上下打量了姜山两眼，瓮声瓮气地问道：“你就是姜山？”

“不错。”与李冬倨傲的态度不同，姜山的回话显得谦谦有礼，“早就听说李师傅的刀功造诣不凡，本该专程登门拜访，可惜行程仓促，未能如愿。没想到今天却有机会同台竞技，必定会让姜某人受益匪浅。”

李冬从鼻子里哼出一声，说了句：“好！”然后从案板上拿起一块豆腐干，端详片刻，又赞了一句：“好！”这两句“好”一前一后，语气神态大有分别。说第一个“好”时李冬神情严峻，算是对姜山言辞简短而强势的回应；说第二个“好”时则脸露喜色，却是对朱

晓华所选方干品质的由衷赞美。

两句“好”说完，李冬右手手腕一翻，掌中已握着一口厨刀。只见这口刀刃体极薄，虽然通身乌黑，但远远看去，却是寒光闪闪，刀柄是用红木包固，露出掌外的一小段柄头已被磨得精光锃亮，显示出这口厨刀的历史。

看台上的沈飞轻声赞了句：“好刀！”

徐丽婕好奇地问：“这刀黑不溜秋的，其中有什么名堂吗？”

“当然有名堂。”沈飞侃侃说道，“这把刀是用玄铁制成的。对于厨刀的制作来说，有两个矛盾看起来是很难协调的，即刀刃的厚度和厨刀的质感。刀刃越薄，厨刀使用起来就越灵动，但此时刀的重量不够，在进行快切和劈斩的时候难以发力。所以一般来说，厨刀会分为轻刀和重刀两种，用处各不相同。而玄铁的比重比普通精钢要大了很多，用它为原料制刀，可以将刃薄和质沉两大优点融为一体，达到一刀多用的功效。”

“什么玄铁刀呀？我还没见过呢。”不远处的浪浪坐在椅子上，伸长脖子往擂台方向张望，无奈身形矮小，除非跑到擂台边，否则只能看见前排看客的背影。

沈飞看着他，笑嘻嘻地说：“那你快到前面去看吧，这只鹅蛋让我来替你孵一会儿。”

浪浪赶紧盘腿坐好，撇了撇嘴说道：“我才不上当呢，一柄厨刀有什么好看的。”

徐丽婕抿嘴暗笑，心想：沈飞这一招还真是管用，否则浪浪见到这么稀奇的厨刀，不定又会做出什么顽皮捣蛋的事情来。

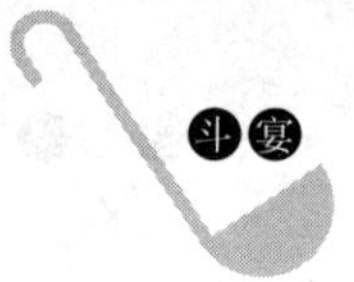

擂台上的李冬轻抚刀刃，看着姜山说道："我虽然不是什么名门的后代，但这口刀代代相传，也有了上百年的历史。这上百年来，我们李家就凭着这口刀，在扬州厨界混口饭吃。今天姜先生如此看轻扬州厨界，还得先看看它答不答应。"

姜山来扬州之后，对各个酒楼的知名大厨都略有了解，知道李冬素来倨傲耿直，颇难相处。因此对方虽然言辞不善，他倒也不以为意，淡然地挥了挥手，说："既然如此，李师傅，你先请！"

李冬不再多言，拿过一块豆腐干置于案板正中，左手手掌平摊，按在豆腐干的顶部，右手微微一翻，手中刀面与案板水平，然后缓缓平推，刀刃紧贴着左手手掌的下沿切了进去。

只见那刀刃从手掌下平平地划过，去势极稳极缓，但绝无一丝停顿。李冬右手手腕发力，推着刀身而动，除此之外，全身上下就像入定了一样，甚至连眼睛也不眨一下。

这时场内一片寂静，众人全都屏息凝视，目光随着那黑黝黝的刀锋移动，在座的都是内行，知道这刀法上的比试，在这一刀下去后，便可见了分晓。

厨艺中的刀法，可分为切、劈、斩三大类，其中以切法最为精细复杂，也最能显出技艺的高下。从运刀的手法上说，切法可分为推切、拉切和锯切；从运刀的方向，则可分为直刀切和横刀切。

横刀推切，俗称"片"，是所有刀法中最难的一种，而这正是把豆腐干切成干丝时必需的第一步。这一步能否成功，除了要看右手推刀时的力量和稳定性外，左手手掌上的配合也至关重要。进行横刀切时，豆腐干全靠左手上的压力被固定在案板上，这压力小了，豆腐

干会在刀刃的推力下移动，压力大了，又会阻碍刀刃的推入，这就要求施力手能随刀刃的推进程度灵活控制力量的变化。两手配合稍有不谐，便有可能发生顿刀或者移料的现象，自然也就切不出完整均匀的方干片来。

在诸多目光的注视中，李冬手中的刀终于稳稳地划过了整块方干，当锋利的刃口从豆腐干的另一侧冒出头之后，李冬收住刀势，然后移开左手，把厨刀直直地举了起来。

只见乌黑发亮的刀面上，紧贴着一片极薄的豆腐干，虽然刀体已成垂直，但那片豆腐干仍能粘在刀面上，可见其不仅又轻又薄，而且刀口必然是异常平整光滑。

李冬似乎有心卖弄，把厨刀举得老高，待众人全都看清楚之后，这才将右手手腕轻轻一抖，那方干片受了震动，脱离刀面后，竟如一页白纸般从高处飘然而下，悠悠荡荡，煞是好看。快飘落至案板时，李冬伸出左手，将方干片平平稳稳地接在了手心。众人看得如醉如痴，到此刻才回过味来，齐齐赞了声：“好！”

沈飞见徐丽婕一副专注的样子，在她耳旁解释道：“大煮干丝是非常考验刀功的一个菜，一块方干，能切成多少片，直接反映了操作者的刀功水准。能把方干切到三十片以上的，就算达到了特级大厨的标准。照李冬的切法，这块方干只怕能到四十片以上！”

“啊，他真是好厉害！”徐丽婕感慨地说，心中暗想：却不知道姜山又能切出多少片来？

此时姜山也已经持刀在手，他所用的是一口崭新的上好钢刀，刃口处寒光闪闪，一看便是出自老字号的精品，但和李冬所持的那口传

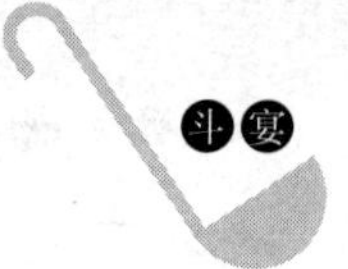

世玄铁刀相比，终究是差了一筹。

同样是稳稳的一刀之后，姜山切出的方干片却明显比李冬切出的要厚了一些，他自己似乎也不甚满意，轻轻地摇了摇头，不知是在懊恼刀具不佳，还是在叹息确实技不如人呢？

随后两人各不停歇，擂台上刀光闪动，直到每人案板上的豆腐干都成了一堆薄薄的方干片。

“这两块豆腐干，李冬一块切出了四十五片，一块切出了四十四片，姜山则是两块都切出了三十六片。”徐丽婕认认真真地说道，言语中对姜山的技逊一筹多少有些失望。周围的看客听到她的话，有好几个都轻轻地点着头，看来像她一样数出每块方干所切片数的人还不在少数。

切片完成之后，紧接着便是切丝。这一步所用的刀法属于直刀推切，难度比切片时的横刀推切要小了很多。两人都完成得干净利索，只听得刀刃与案板相碰发出的“笃笃”声此起彼伏，连绵不断，不消片刻，他们面前的案板上便都耸起了一堆小山包似的方干丝。从台下看去，李冬案上的干丝堆明显比姜山的要大了一号，众人心中都清楚，这正是因为李冬切出的干丝更为纤细，所以堆在一起时，能显出更大的体积。

擂台上二人互相比对，心中更是如明镜一般。姜山放下手中的厨刀，诚挚地说道：“李师傅刀功精湛，确实名不虚传。在这一点上，我心服口服。”

李冬翻了翻眼睛，仍是一副冷冷的表情：“不必客气。你的言下之意我明白。我也承认，我只是在刀法上能胜过你，说到综合厨艺，

今天在座的能胜过我的只怕就有不少。我不管你这次来扬州究竟有什么目的，不过你得明白，天外有天，人外有人，凭一个人就想撼动整个扬州厨界，哼，可不是那么容易。”说完，他往下退了几步，坐在朱晓华身边的一张空椅上。

不远处的徐叔冲台上的小伙计点点头，小伙计会意，来到后厨出口处，朗声说道：“请‘水华轩’金宜英金师傅上台！”

话音甫落，一个四十岁上下的中年男子已从后厨走出，他身材不高，圆圆的脸庞上戴着一副黑框的近视眼镜，一眼看去，不像个大厨，倒更像是个读书人。

众人认得此人正是城西“水华轩”的主厨金宜英。大家心中都很明了，素来以火候掌控能力闻名扬州厨界的金宜英此时上擂台，显然是作为车轮战中的一环，来完成这道大煮干丝最后的烹饪步骤。

金宜英不紧不慢地走到灶台前，看了一眼案板上高高耸起的那堆干丝，脱口称赞道：“好！这干丝的质地好，切得也好！”

一旁的姜山接口说：“‘妙味居’朱晓华和‘福寿楼’李冬的手笔，自然不会差的。我来到扬州的时间虽然不长，但也听说金大厨对菜品火候妙至毫巅的掌控，同朱大厨的选料能力，李大厨的刀功并称扬州烹饪界的‘三绝’，今天三位齐聚‘一笑天’酒楼与在下共同切磋厨艺，必定会让我受益匪浅。”

“哎，今天高手云集，这样的谬赞怎么敢当。”金宜英笑眯眯地看了看姜山，“你就是从北京来的御厨后代？这两天淮扬厨界因为你的到来风起云涌啊，言语倒是谦虚得体。嗯，年轻有为，敢想敢做，不错，不错。”

金宜英素来雍容大度，是出了名的好脾气，因此他在擂台上公然称赞对手，大家倒也不以为意。只见他顿了一顿，话题一转，又继续说道：“这厨艺比试，向来是一对一地单挑，我们这次合三人的技艺与你比试，对你确实有些不公。不过听徐老板说，你的厨艺确实厉害，要单打独斗，现在扬州很难有人是你的对手，为了获胜，我们也只好这样了。你如果不服气，也没关系，那本菜谱，我们不要你的就是了。”

姜山见他如此坦荡，禁不住莞尔，不过口中却毫不示弱：“这厨艺上的比试，须到最后菜肴出锅才能分出胜负。最后若是我赢了，打赌时定下的条约你们可是不能抵赖的。”

“哦？好好好。”金宜英倒不着恼，仍是一副笑容可掬的模样，“那我们就先分出胜负再说。只是前两阵你已落了下风，在火候上想要扳回来只怕不容易啊。”

徐叔轻咳一声，插话道：“两位不用多说，胜败还得看手上的功夫。”说完，他冲那小伙计使了个眼色，小伙计对着后厨方向呼喝了一句：“上鸡汤！”

不一会儿，两名女服务员从后厨出口款款走上了擂台，把各自手中端着的一只大砂锅分别搁在姜山和金宜英面前的灶台上，随即又退了回去。

小伙计清了清喉咙，向众人解释说：“由于时间所限，这次比试所用的鸡汤，由‘一笑天’后厨为双方准备。这两只砂锅中的鸡汤源于同一锅，是用地道的农家老母鸡熬制而成，味道鲜香浓郁。各色辅料也已切好加入汤中，计有脆鳝丝、竹蛏丝、火腿丝、笋丝、木耳

丝、青椒丝、口蘑丝、海参丝、燕窝丝九味。这两只砂锅中的汤料完全一致，两位尽可放心，在烹饪技法上比个高下。”

这鸡汤若是凉了，再回热时便会失了鲜味，姜山和金宜英都把炉灶打起小火，维持着砂锅的温度，然后开始料理各自面前的那堆干丝。

两人分别拿了一口铁锅，加上清水，开大火加热。没几分钟，锅中的水已然沸腾。只见他们把干丝倒入锅中，略焯一下后，立刻又用漏勺捞出。

“这是在干什么？”徐丽婕不明就里，只好又去请教沈飞。

“干丝入锅之前，先要用沸水沥一遍，这是为了除去干丝中的土腥味。这是大煮干丝烹制时一个比较关键的步骤，在去除土腥味的同时，又要保留清新的豆香，所以一定要控制好过水的时间。”

徐丽婕若有所悟地点点头。只见台上的两人在干丝沥完水后，把锅中的沸水倒尽，却从砂锅内舀出少许鸡汤置于铁锅中，然后又将干丝倒了进去。

“知道这道工序是为什么吗？”沈飞有意考一考徐丽婕，“这里面的道理并不复杂，你猜猜看？”

徐丽婕歪着脑袋略想了会儿，一拍手说道：“我明白了。这干丝刚才沥水后，沾上了不少清水，直接下入锅中，自然会冲淡鸡汤的鲜味。所以要先在少量的鸡汤中过一遍，然后再下到锅中，就能够解决这个问题了，对吗？”

“不错不错。”沈飞笑着打趣，“这几天跟着我混，总算长了些知识。”

徐丽婕哼了一声，顾不上和他斗嘴，转过头来，继续关注擂台上

的比试。

此时两人都已将干丝下到了砂锅中，这意味着这场比试已经到了最后也是最关键的阶段：鸡汤余味。这个步骤对火候掌握的要求非常高，火小了辅料和鸡汤的鲜味难以浸入干丝，火大了会把干丝煮烂，失去口感。

这一点正是金宜英的强项。“水华轩”靠他打了十多年的招牌，自然也不是浪得虚名。只见他身体微微前倾，左手始终放在炉灶的火力控制开关上，右手则虚抬于腹前，与砂锅保持着约一寸的距离。

不久前那笑眯眯的表情在金宜英的脸上已经看不见了。他紧锁着眉头，面色凝重，虽然隔着厚厚的眼镜片，但他双目中的精光仍然犀利地射了出来，落在面前的那只砂锅上，似乎不会让其中每一分细小的温度变化逃过自己的监察。此时此刻，他全身上下的气质已经完全是一个刀客，一个聚集着一百分精神的顶尖刀客！

沈飞把嘴附到徐丽婕耳边，轻声提示道：“注意看他的右手。”

徐丽婕凝神仔细看了片刻，不禁轻轻地“咦”了一声。原来每隔几秒钟，金宜英右手的中指便会倏地弹出，与砂锅壁轻轻接触后旋即收回，动作极快，若不特意留神观察，很难发现。

“他这是在干什么？”徐丽婕好奇地询问。

“测试砂锅中的温度。”沈飞回答道，“每测一次，他就会相应地调整一下火力的大小。因为调整的幅度很细微，所以你看不出他右手上的动作。不过从火苗的变化上可以看出一些端倪。”

果然，如果认真观察可以发现，金宜英的右手手指每弹出一次，灶头上的火苗便会相应有些不易察觉的变化，徐丽婕在惊叹金宜英神

乎其技的同时，也暗暗佩服沈飞敏锐的观察力。

这一切当然也逃不过姜山的眼睛。这手触壁调温的功夫，没有对温差感觉上的过人天赋和二十年以上的经验积累，是绝对无法做到的。姜山心中惊异的同时，也只能自叹不如。每隔一段时间，他便会轻轻地揭开砂锅盖，根据目测的沸热状况来调节火力大小，从手法上来说，这自然逊色了许多。

时间一分一秒地过去，两人灶头上的火苗都是越来越小，后来仅是在送气口处微微可见一圈蓝光。台下众人屏气凝神，知道这意味着烹煮已到最后的关头，这场比试的结果也是呼之欲出！

果然，一直静若处子的金宜英突然双手齐动，左手彻底关了灶火，右手则揭开了砂锅盖，一股奇妙的鲜香立时随着热腾腾的蒸汽喷薄而出。那香味在大堂中迅速弥漫，似乎是一把把看不见的钩子，钩住所有人的鼻息。几个定力稍差的年轻人情不自禁地向着擂台方向倾过身体，那姿态动作就像要随着香气飘去一般。

台上金宜英的动作毫不停歇，他抓住砂锅的泥耳，双手迅捷无比地一翻，把满锅的干丝和汤汤水水全都倒入了一旁早已准备好的青花大瓷盆中，同时大喝一声："大煮干丝，出锅！"

砂锅中的热汤进了瓷盆，余热未歇，仍在发出"咕咕"的轻微沸声。只见盆中千万根银丝雪缕般的干丝蓬松高耸，如洁白的花团，簇簇喜人，其中更点缀着或黄或黑或青或红的各色辅料，同浸在一汪清澈浓郁的鸡汤中，鲜香四溢，霎时间将人的耳、鼻、眼、口、心全都抓了过去。

这一切完成之后，金宜英拍拍手，立在一旁，一身的锐气慢慢退

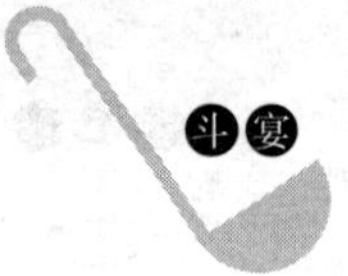

去。他笑呵呵地看着姜山，又变成了一个普普通通的和蔼中年人。

姜山不动声色，轻轻灭了灶火，把砂锅端到桌上，却不揭盖，只淡淡说了句：“我的也完成了。”

“嗯。”主座上的徐叔此时发话道，“既然双方都已经完成，那就该判出个高下。对于评判者的人选，不知姜先生有什么建议？”

徐叔这一问，姜山倒也踌躇起来。按理说，这种级别的比试，在座的众人中除了主座上的这三位名楼老板外，谁还有资格担任评判？不过自己的赌局就是和这三位定下的，自赌自评，实在是有违常理。

不仅是姜山，在场众人此时都被同样的问题所困扰：这比试已到最后时刻，却找不出一个合适的评判者。

就在此时，忽听得大厅外一人高声说道：“这次比试，就让我来做一回评判，不知诸位意下如何？”

这声音虽然苍老，但中气十足。众人纷纷循声看去，只见酒楼门口处身形一晃，走进一个须发斑白的老者。只见他身形又高又瘦，腰杆挺直，行走间步履沉稳，步伐开阔，一副精神矍铄的模样。

这老者手中并无请柬，但言谈神态间无不透露出一种儒雅尊贵的大家气质。当他长驱而入时，包括凌永生在内的所有人均未产生阻拦询问的想法，只是在心中猜测着他的来历。

姜山、沈飞和徐丽婕三人见到这个老者，眼中都是一亮，浪浪更是脆生生地叫了一句：“爷爷，您也来啦！”原来此人正是彩衣巷中的那位老先生。

老者循声看见浪浪，停下脚步，略带诧异地问道：“你什么时候跑来的，有没有调皮捣蛋？”

“嗯……没有，我来看他们比试的……”浪浪生怕被爷爷知道自己偷鹅蛋的事情，不安地挪了挪屁股，把鹅蛋在两腿间藏好。

沈飞有心逗他，凑过去说：“浪浪，你爷爷来了，你还不赶紧过去，这鹅蛋，让我帮你孵会儿。”

浪浪大急，连连摆手：“什么鹅蛋？哎呀，你们别和我说话了，快看比赛吧。”

老者见此情景，虽然不明就里，却也猜出了一两分。他一时无暇细问，微微笑着说：“沈飞，这孩子你先帮我照看着，别让他惹出什么乱子，我先去处理擂台上的事情。”

沈飞还未答话，徐丽婕眯眼一笑，已抢先说道：“老先生，您放心吧，他只会老老实实地坐在这里，撵都撵不走呢。”

老者与沈飞等人说话的同时，台下的其他看客亦在议论纷纷。先前浪浪在擂台上的那段插曲，已使大家对他爷爷的出现充满了期待。此刻见到真人，果然是气度不凡，颇具大家风范。只是一番交头接耳之后，几个资历颇深的年长者一致认定，此人并非三十年前失踪的“一刀鲜”，这多少让人有些失望，不过众人对其来历的好奇心却因此有增无减。

老者对耳旁的议论声却似充耳不闻，径直走上擂台，冲徐叔等人点头施礼，说道：“三位老板，我今天不请自来，失礼之处，还请多多包涵。”

三人各自回礼。马山捋着胡须，心中甚是诧异，以自己在扬州的资历和见识，竟也看不出这老者的来历，忍不住开口问道：“这位老先生不必客气。只不知你是从何处而来？”

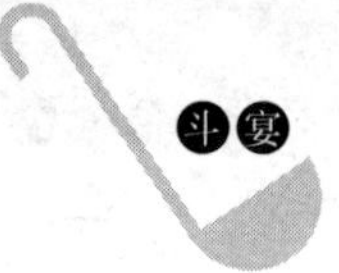

老者微微一笑，说："我早已淡出厨界，一点微名，无须再说出来了。只是前日受了一个好朋友所托，因此想来化解姜先生和扬州厨界之间的这段纠葛。姜先生，我虽然也是扬州人，但久居世外，早已没有了什么功利之心，由我来做评判，不知道你放不放心？"

"老先生不但厨艺精深，而且气度高雅，您若做这个评判，自然是再合适不过了。"姜山说到这里，转头看看徐叔等人，"只是不知道三位老板有没有什么异议？"

陈春生从姜山的话中听出一些端倪，询问道："听口气，你和这位老先生是认识的？"

"也是今天刚刚有过一面之缘，当时沈飞和徐丽婕徐小姐也都在场。老先生烹制的'神仙汤'和'蛋炒饭'技艺精巧，美味无穷，我们三个都是大开眼界。"

姜山此言一出，众人间又起了一阵骚动。要知道，这"神仙汤"和"蛋炒饭"都是扬州市井民间极为普通的食物，上至七八十岁的老妪，下至刚刚能够持锅端勺的少年，无一不会。越是普通的东西，要想做好，做出彩，那就越难，这个道理人人懂得。这老者凭借这一汤一饭，竟能得到姜山"技艺精巧，美味无穷"的八字评语，其在烹饪上的造诣，可见一斑。

主座上的三位名厨老板更是行家中的行家，先前浪浪描述鹅蛋三吃的做法时，他们也仅是略感惊讶而已，此刻却明白是碰上真正的高手了。徐叔不敢怠慢，恭敬地说道："既然老先生厨艺如此高深，又是为了扬州厨界而来，那就有劳老先生受累，做今天这场比试的评判。姜先生，请开锅吧。"

姜山却不慌不忙地用左手按在砂锅盖上，右手对老者做了个手势：“请您先品尝这几位大厨的手笔。”

“好！”老者走上两步，来到金宜英这边的案台前。此时朱晓华和李冬也都起身离座，围拢了过来。

老者从一旁服侍的小伙计手中接过筷子，从盆中夹起一撮干丝，只见根根银丝整齐完整，细如纤发，当下便赞了句：“好刀功！”

李冬自走上擂台后，一直板着脸庞，此时总算露出了一抹笑意。

老者微微扬首，手指轻挪，将那撮淋漓带汁的干丝送入了口中，细细品尝之后，评价说：“嗯，豆干细嫩爽滑却又不失韧性，火候的掌握妙到毫巅。这一份‘大煮干丝’，足以称得上是上上乘之作！”

老者的评价如此之高，不仅操作的三位大厨面露喜色，台下的众人也忍不住一阵窃窃私语：看来这场比试的胜券，已有七八分落在淮扬厨界的囊中了。

老者转过身，又来到姜山面前：“姜先生，现在可以了吗？”

姜山点点头，揭开砂锅盖，把干丝倒入盆中：“老先生，请！”

老者从盆中夹起一筷子干丝，在半空中晃了两晃，微微皱眉道：“从刀功上来看，姜先生似乎要逊色了一些，所用的方干似乎也不及对手的细嫩。”

这一下，连主座上的徐叔三人也都露出了喜色。老者并没有看到这道菜烹制的全过程，但一句话便点出了己方的两大优势所在，可谓目光犀利，见识老到，照此态势，己方几乎已是必胜无疑。

但既是斗菜，自然要等双方的作品都入口之后，才能得出最后的结论，众人眼看着老者将姜山所烹的那筷干丝也送入了口中，全都聚

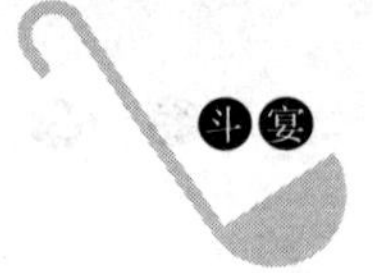

目凝神，静待他的下文。

老者品评良久，忽然摇了摇头，然后又轻轻叹息了一声，似乎甚是失望和惋惜。

等待中的众人全都一愣，不知他这声叹息是什么意思。徐叔和马山、陈春生面面相觑片刻后，终于忍不住问道：“怎么样，老先生？有结果了吗？”

“嗯……”老者略一沉吟，“三位也都是此道中的高手，这样吧，在我发表意见之前，你们不妨也尝一尝这两份大煮干丝。”

徐叔点点头：“也好。”机灵的小伙计立刻小跑着去了后厨。不一会儿，三个女服务员走出来，各自拿着托盘和小碟，从两份大煮干丝中分别夹出少许，送到了三位老板面前。

徐叔等人先后尝了两份干丝后，相互间交换了眼色，却都是默不作声。场内一时间静悄悄的，众人心中隐隐感觉到：这场比试的结果只怕是有了出人意料的变故。擂台上三位扬州大厨脸上先前的喜色此刻也消失了，代之以紧张焦急的表情。

果然，良久之后，徐叔不甘心却又无可奈何地叹了口气，黯然说道：“姜先生，是你赢了。”

大堂内顿时一片哗然，三位扬州大厨更是一副不可思议的表情，朱晓华不服气地喃喃说道：“不可能的……我的选料，李师傅的刀功，金师傅的火候，这都是最出色的，我们怎么会输呢？”

“你说得不错。我原先也希望你们能获胜的。”老者的目光从三人身上依次扫过，话锋一转，“可惜啊，在你们所做的这道大煮干丝中，无论是选料、刀功还是火候，都已经达到了极致，不过这也正是

你们落败的原因。”

“什么？”三位大厨你看看我，我看看你，一副茫然的神色，实在是想不通其中的道理。场下徐丽婕也像大多数人一样摸不着一丝头脑，她用手托着腮，嘟着嘴说：“什么啊？我怎么越听越糊涂了？”

沈飞做了个“嘘”的手势：“先别问，继续往下听。”

只见台上老者把目光转向李冬，说：“李师傅，你的刀功确实令人叹为观止，我活了七十多岁，也从未见过切得这么细的干丝。不过我想问问你，你为什么要把干丝切到这么细呢？”

李冬想也不想，脱口便答：“这干丝切得越细，烹制时便越容易着味。”

“嗯，你说得不错。”老者点了点头，“在淮扬菜中，干丝有两种做法，这两种做法对刀功都提出了很高的要求，但其中原因却并不相同。第一种做法叫作‘烫干丝’，这是一道凉菜，就是把切好的干丝用开水滚过，然后拌入香油、淮盐、姜丝、虾仁等配料食用。这‘烫干丝’吃的就是豆干的本味，因此过水的时间越短越好，自然，干丝也就是切得越细越好。第二种做法就是今天你们比试的这道大煮干丝。豆干自身的滋味很薄，用来制作凉菜，清爽怡口，自是上品，但要制作大菜，那就远远不够了。因此在大煮干丝制作过程中，并不讲究豆干的本味，这道菜的关键，是借用滋味鲜醇的鸡汤，将多种辅料的鲜香味通过煮制的过程复合到豆干丝中。古语云烹调之理，‘有味使之出，无味使之入’。这煮干丝的过程，说白了，就是一个入味的过程。干丝切得越细，便越易入味，这个道理也是显而易见的。”

老者这番话说得深入浅出，通俗易懂，就连徐丽婕这样的外行也听得连连点头，只是包括三位大厨在内的众人此时尚不明白：如果这样的话，那这次比试获胜的一方，更应该是扬州厨界才对呀？

那老者停顿片刻，似乎待大家有所思考之后，这才把话语切向正题：“不过姜先生这次之所以获胜，却恰恰是因为入味入得好。他做的这道菜，各种辅料的鲜香已完全渗入到干丝的最里层，吃来异常美味；相较之下，你们做的干丝，虽然切得纤细，但辅料的鲜香只是浮于表面，终究还是逊了一筹。为什么会出现这样的情况，究其浅层的原因，便是刚才在烹煮时，姜先生的干丝在砂锅中多焖了十分钟左右，这才揭盖装盘，因此能够入味更透。”

众人回想起刚才的情形，都暗暗点头，心想：照此看来，这次失利的责任却要算在最后负责烹煮的金宜英头上。脾气一向不太好的李冬更是斜斜地看了金宜英一眼，不满地说：“金师傅火候掌控的能力名声在外，不想到了关键场合，也不过如此！”金宜英憨着笑脸，颇有些尴尬，想要解释，却又不知该从何说起。

老者摇摇头，对李冬说道：“李师傅，如果你认为这是金师傅一个人的责任，那就大错特错了。如果金大厨像姜先生一样，在最后烹煮时多焖上几分钟，确实可以更加入味，但那时这份干丝恐怕连夹都夹不起来了，全都煮烂了。你们选用了质地最鲜嫩的方干，而干丝又切得如此纤细。金大厨能将这样的干丝煮得不腻不烂，恰到好处，对火候的掌握确实令人佩服。”

老者这几句话说得简短，但其中包含的烹饪道理并不简单。李冬三人乍听之下，似乎有些明白，又尚未完全想通，一时间都有些发愣。

却听那老者继续说道：“这大煮干丝能否很好地入味，取决于

两个因素：一是干丝是否切得够细，二是烹煮的时间是否够长。而这两点却又互相矛盾，干丝切得细，烹煮时间便不能长；想延长烹煮时间，干丝便不能细，这两者互相制约，其中自然会有一个最佳的平衡点，而这个平衡点位于何处，又同所选方干质地的鲜嫩程度大有关系。因此大煮干丝这道菜，虽然对选料、刀功和火候都有很高的要求，但必须是一个整体上的恰当把握，而绝非在每一个环节都做到极致这么简单。”

朱晓华苦笑了一下：“如此说来，我们确实是输了，而且三人都有责任。”

许久未曾开口的姜山此时露出胜利的微笑，说道：“做一道菜，所有的工序组合起来，形成的是一个不可分割的整体。一个出色的厨师，他在最初选料的时候，对后续的刀功、辅料、火候该是什么样都应该全部想好。你们三人在各自的环节上虽然做得无可挑剔，但因为想法并不一致，即使搭配在一起，也做不出上好的菜肴。踢足球时，十一个最好的球星并不见得就能组成一支最好的球队，这两件事虽然隔行甚远，但道理是一样的。”

此时不光是台上三位大厨，台下一众看客也是频频点头，自感受益匪浅。李冬三人虽然性格各不相同，但对自己的厨艺一向都颇为自负，认为凭借一门独学专长，完全可以在厨界中赢得一席之地，今天才知道这种想法是多么可笑，这烹饪中的学问，绝非一叶障目者所能吃透。

主座上的徐叔三人原以为胜券在握，没想到短短的几分钟内，形势却急转直下，且自己一方输得无话可说，究其最根本的原因，竟是

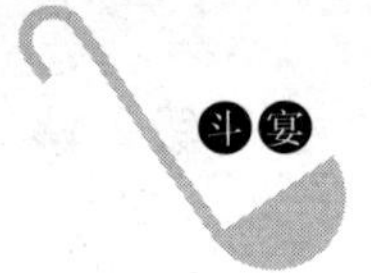

在“车轮战计划”出炉的那一刻起就已埋下了败根。

以三人合力出战本来就不光彩，现在又输得一败涂地，在场的淮扬众厨全都有些脸上无光。场内的气氛一时间也沉闷至极，就在这时，忽听得“哇”的一声，人群中响起一声响亮的号哭。

大家的注意力顿时全被转移了过去，只见浪浪盘坐在椅子上，摊开双手，绝望地看着自己的胯部，嘴张得老大，泪流满面，神情悲伤之极。

擂台上的老者心忧爱孙，连忙快步赶来，关切地询问：“浪浪，怎么了？”

浪浪哭得连连抽噎，泣不成声地说：“我……我把……鹅蛋坐……坐破了……”

不远处的沈飞和徐丽婕凑过去一看，果然，小家伙胯下的衣裤和座椅上淋淋漓漓，尽是破碎的蛋汁。两人对看了一眼，苦笑着摇了摇头。

原来浪浪见比试已快结束，可屁股下的鹅蛋还是毫无动静，不免心中焦急，便想着把鹅蛋往屁股下塞得更紧一些，或许能够加快速度。谁知一个不慎，用力过大，竟把鹅蛋给压破了。小家伙想着即将出生的小鹅被自己给一屁股坐死了，心中既惋惜又悲痛，忍不住号啕大哭起来。

老者不明就里，替孙子擦擦眼泪，劝解道：“一只鹅蛋破了就破了，你要是喜欢，明天爷爷就给你再买一只来。”

浪浪努力止住抽噎，抬头问老者：“买来的鹅蛋也能孵出小鹅，把我当成它妈妈吗？”

看着浪浪那天真的模样，周围不少人已忍俊不禁，哈哈地笑了起来。老者则甚是诧异：“孵出小鹅，这是谁告诉你的？”

浪浪抹了把眼泪，指着沈飞：“是……是飞哥说的。”

沈飞看着众人的目光，尴尬地摸摸下巴，嘿嘿笑了两声。浪浪虽然年幼，但聪明伶俐，见此情景，知道多半是上了沈飞的当，心中一酸，眼泪又奔涌而出，哭叫着说：“我……我要小鹅，我……我要……要做小鹅的……妈妈……”

老者对事情的原委已估了个八九不离十，无奈地看着沈飞：“你说吧，到哪里给他弄只小鹅？”

沈飞挠挠头，愁眉苦脸地思索片刻，走上前把浪浪从椅子上抱起：“好浪浪，乖浪浪，别哭了，小鹅有什么好玩的，整天跟着你要吃的，烦都烦死了。我告诉你一个又好玩又好吃的东西……”

沈飞在浪浪耳边低语一阵，浪浪止住哭声，汪着眼睛问：“是真的吗？”

“当然是真的，你爷爷在这儿，我还能骗你吗？”

浪浪破涕为笑：“那我们现在就去。”

“好。”沈飞爽快地答应了一声，然后转头看看老者，说道，“老先生，我带浪浪去外面玩会儿，回头把他送回家。”

老者深知自己的孙子一向顽皮难缠，没想到在沈飞手里却被治了个服服帖帖，心中既诧异又欣慰，当下便点点头说：“去吧，不要玩得太晚了。”

“等等。”徐丽婕见沈飞转身要走，忍不住问道，“你们是要去哪里玩？”

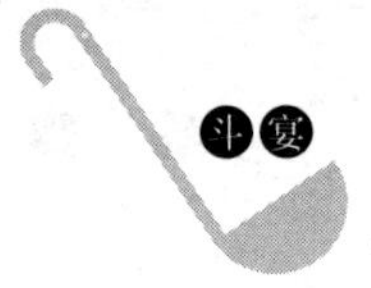

浪浪冲她扮了个鬼脸："保密！"沈飞也是嘿嘿一笑，并不正面回答，只是说了句："反正你是不会感兴趣的。"说完，便自顾自地抱着浪浪走出了酒楼。

"还挺神秘。"徐丽婕略带赌气地嘟囔了一句，心中却是更好奇了，暗想：等沈飞回来，一定要问个明白。

那老者见比试结果已见分晓，孙子也离开了，不再多说什么，微微一笑，转身便向酒楼外走去。他说来便来，说走便走，其间毫无征兆，徐叔一句"老先生请留步"尚未说完，他已经步入了门外的夜色中。

姜山心挂"一刀鲜"的下落，见老者离去，连忙冲徐叔等人拱手做了个礼，说道："徐老板，我们改日再来比试。"话毕，也不等对方回答，便急匆匆地追了出去。

那老者步伐非常矫健。姜山追出门口时，正好看见他的背影拐入了一条小巷。姜山疾跑几步，赶到小巷口，只见老者仍未停步，身形已在五十米开外。此时夜色已浓，小巷中寂寥无人，老者沉稳的脚步声清晰可辨。

眼见老者又要拐弯，姜山急忙大声呼喊："老先生，老先生，请停一停！"

老者停下脚步，负手而立，巷中虽无路灯，但月色皎洁，老者瘦削的身影长长地拉于地上，更显得飘逸脱俗。

等姜山离自己还有十多步时，老者才缓缓转过身来，问道："你是要打听'一刀鲜'的消息吗？"

姜山喘着气点了点头。

老者抬头看着天空中的一轮皓月，沉默片刻后，轻轻感叹道："万里无云，多美的月色啊。明天正午的时候，'一刀鲜'一定会出来赏月的。"说完这句话，他转身起步，拐入了一条更深的小巷中。

"赏月？明天正午？"姜山愣了一愣，又追上几步，"哎，老先生……"

老者这次却不再停留，边走边说："你不要追了，我只能说这么多。能不能找到他要看你的缘分。"

老者脚下甚快，不一会儿就消失在了小巷深处，只留下姜山有些茫然地站在原地，老者的余音似乎仍在耳边缭绕。

人去楼空。

虽然大堂中的灯光依然璀璨明亮，却无法驱散那一股寂寞冷清的气氛。这种气氛，对于"一笑天"酒楼来说，已经十多年未曾有过了。

十多年来，自"一笑天"重新崛起之后，在酒楼大堂内进行过的数百次大大小小的厨艺比拼中，徐叔从没体验过失败的滋味。

可今天，他不仅败了，而且这场比试关系着"一笑天"酒楼甚至整个扬州厨界的声誉。

看着高高悬挂的那块"烟花三月"牌匾，徐叔心中涌起一股无可奈何的沧桑感。难道这块经历了两百多年风雨的酒楼招牌，真的会在自己手中失去吗？

"老啰，现在是你们年轻人的天下了。"他转头看了看陪在自己身边的凌永生和徐丽婕，轻轻地念叨了一句。

"爸，您别这么说，我相信姜还是老的辣。"

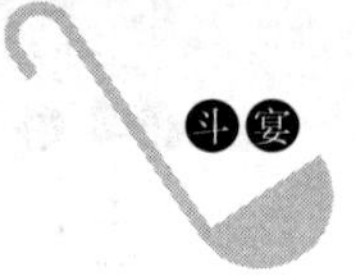

女儿的话让徐叔的心情好了很多，他宽慰地笑了笑，然后说道："你们俩先回去吧，我一个人静一静，想想下一步的对策。"

"好的。"凌永生对师父的话是从来不会违背的，他看了徐丽婕一眼，"我们走吧？"

徐丽婕点点头，向父亲道了别，然后和凌永生一同离去。

"小凌子，你怎么老苦着脸，是不是有什么心事？"见凌永生这两天来一直愁眉不展，徐丽婕忍不住在路上问道。

凌永生叹了口气："唉，你有没有觉得我很没用？"

"怎么了？"

"身为酒楼的总厨，在这样的事情面前却使不上一点力，我还不如像飞哥那样，当一个普普通通的菜头呢。"凌永生说的"这样的事情"，指的当然就是姜山的挑战。

"你不该灰心。"徐丽婕笑着鼓励他，"你那么年轻，还有很大的上升空间呢。而且你又那么用功，我相信总有一天，你会成为顶尖的名厨。"

"是吗？"凌永生的眼睛一亮，但随即又黯了下去，"可惜不管我怎么用功，也不可能战胜姜山的。"

"哦？对自己这么没信心吗？"

凌永生摇了摇头："这不是信心的问题。在烹饪上，姜山是一个天才，而我不是。"

有时候一辈子的努力也无法弥补出生那一刻所造成的差距，这就是普通人面对天才时的无奈和悲哀。

"姜山是你见过的最具烹饪天赋的人吗？"徐丽婕略带好奇地

询问。

“不。”凌永生立刻答道，“有一个人，或许会更厉害一些。”

“谁？我见过吗？”

“飞哥。”

“你说沈飞？”凌永生的答案颇出徐丽婕的意料，“可是他根本不会做菜呀。”

“他的确没学过做菜，但他绝对是这方面的天才。我和他相处了十年，对他太了解了。他只要好好地练上三五年，我相信就能够有和姜山一较高下的实力。”

“那又有什么用呢？”徐丽婕撇了撇嘴，“他天生是个懒散悠闲的家伙，整天只想着炸他的臭豆腐。”

“其实飞哥以前也很勤奋的，只不过后来变了。”

“是吗？”徐丽婕一挑眉毛，实在很难把“勤奋”两个字和沈飞联系在一起。

“那当然，他还曾许下誓言，说要成为天下第一名厨呢。”凌永生很认真地说道，一点也不像是在开玩笑。

“那后来呢？为什么他会变成现在这样？”

“因为一个叫‘小琼’的女孩。”

“哦？具体什么情况，能说说看吗？”这下徐丽婕的好奇心被彻底调起来了。

“那已经是十年前的事情了。”凌永生回忆道，“我刚刚来到‘一笑天’酒楼，跟在飞哥后面负责买菜。那时我们俩都是初出茅庐，雄心万丈。每天闲暇时就混在后厨中，观摩大厨们的厨艺。飞哥

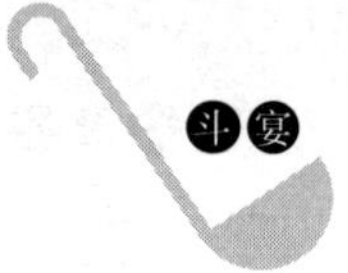

天赋极高，常常在看完之后对我说一些自己的看法，有时候甚至会指出大厨们的不足，而且说得都颇有道理。这样两个月之后，他对自己已经非常有信心，对我说：‘总有一天，我会成为天下第一名厨。’当时我很佩服他，就鼓励他去参加次月的后厨选拔。”

“后厨选拔？”徐丽婕似乎有些不太明了。

“这是‘一笑天’酒楼的传统，每半年一次。”凌永生解释说，“酒楼中所有的伙计菜工都可以参加。选拔时每人按要求做一个菜，只要能得到徐叔和诸多大厨的认可，就可以进入后厨学习掌勺。如果飞哥去参加的话，我想他一定能够入选的。”

“那他参加了吗？”

“本来已经报名了，可就在选拔的前几天，他遇见了那个女孩。”

“哦？听起来像是一次邂逅？”

凌永生点点头，继续说道：“那天下午，我们俩完成了买菜的任务，便一块去巷口的小摊上吃油炸臭豆腐干。那是一对老夫妻摆的摊点，味道还是不错的。我们像往常一样，各要了一碗臭豆腐，刚吃了两口，我突然发现身旁的飞哥抬着头愣愣地盯着正前方，像丢了魂一样。我顺着他的目光看过去，只见对面的一张桌子前坐着一个二十岁上下的女孩，让飞哥魂不守舍的正是她。”

“那个女孩一定很漂亮了？”

“非常漂亮。那天她穿着一身浅绿色的裙子，像荷花一样清爽怡人。我们看着她的时候，连吃在嘴里的臭豆腐干似乎都品出了一丝清香。那女孩已经吃完，发现我们在盯着她看，她善意地笑了一下，然后便起身离去了。我当时年纪还小，虽然也惊艳于女孩的清丽，但过

后也就忘了。可飞哥的心却随着她一块走了，当晚，他翻来覆去无法入眠，眼前始终浮现着那女孩最后离去时的笑脸。

“第二天下午，飞哥又拖着我去了巷口摊点。我知道他吃臭豆腐是假，目的是为了再遇见那个女孩，不巧的是，那对老夫妻却没有出现，一打听才知道，原来昨天是两个老人最后一次出摊，他们已经回家养老去了。

“飞哥当时非常沮丧，以为再也见不到那个女孩了，不过很快，他就想出了一个好方法。他在巷口自己支了个摊点，开始炸臭豆腐。”

“嗯，这个方法的确不错。”徐丽婕拍着手笑道，“那个女孩既然喜欢吃炸臭豆腐干，那她迟早会来光顾的。”

“可是飞哥一连等了好几天，那女孩却一直没来。很快到了后厨选拔的日子，试菜的时间也是下午，正好和飞哥出摊的时间撞上了。飞哥考虑再三，最后决定放弃这次选拔的机会，因为他知道，如果女孩来了却发现摊点已经不在，可能以后便再也不会过来，他宁可多等半年，也不愿意在这件事上有一点的疏忽。”

徐丽婕感慨道：“真看不出来，沈飞还是这么多情的人。”

凌永生继续说道：“也许就是天意吧，那天下午，那个女孩还真就来了。她认出了飞哥，微微有些诧异，不过在吃了飞哥炸的臭豆腐干后还是赞不绝口。当时我们三人坐在一起，边吃边聊，非常投机。那女孩吃完后，说了句：‘以前那对老夫妇炸得也很不错，可惜现在不做了。’女孩只是随意一说，飞哥却看着她的眼睛，很认真地答道：‘我不会不做的。如果你爱吃，我可以为你做一辈子。’

“女孩先是一愣，然后笑了起来，她笑得灿烂无比，眼中的感觉

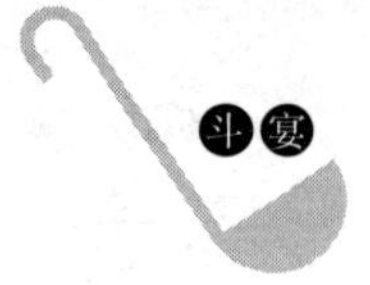

也起了微妙的变化。那时我就知道，她和飞哥之间一定会发生一段故事了。”

徐丽婕想象着当时的情形，不禁莞尔：“真是一个美丽的开始，后来呢？”

“后来这个叫小琼的女孩就成了飞哥的女朋友，炸臭豆腐干也成了飞哥每天固定的工作——因为小琼爱吃，而飞哥答应过她，会为她炸一辈子。从此以后，飞哥的那些雄心壮志似乎全都抛到了脑后，他再也不去观摩大厨们的手艺，每天以炸臭豆腐为乐。后来的后厨选拔，他也不去参加了，反倒是我半年后通过选拔，进入了后厨。”

“原来沈飞是为心爱的女人放弃了自己的事业。这个小琼，我怎么从来没见过呢？”徐丽婕颇为奇怪。

凌永生沉默片刻，低声说道：“她已经不在了……”

“啊？你是说……”徐丽婕从凌永生的神态中猜出些什么。

“她患有先天性的家族遗传病，两年后在一次风险极高的手术中去世了。”

徐丽婕愣住了，故事的美丽开端和悲惨结局之间如此巨大的落差使她一时难以接受。

“小琼的离去对飞哥的影响是巨大的。飞哥一直认为，他们俩在一起的那两年是他生命中最快乐、最有意义的一段时光，他现在仍然坚持每天炸臭豆腐，应该也算是对那段时光的一种留恋和追忆吧。”凌永生说完这些，轻轻地叹息了一声。

夜风温柔地掠过，似乎也在用自己的语言叙述着小巷中曾经发生的故事。

/ 第六章 /

C h a p t e r 6

谁人正午赏明月

“五品萝卜菊花羹”，五朵菊花，一千刀。

只要沾过厨刀的人，都知道这意味着什么。针对其所要求的工作量和精细程度来说，这一千刀已经不能叫作“切”，而应该叫作“雕”。

经过这一千刀后雕出的萝卜，显然也已经超越了烹饪的范畴，你几乎可以把它看作一件艺术品。

五品萝卜羹

“天下三分明月夜，二分无赖是扬州。”

这是唐代诗人徐凝的一首七绝中的两句，夸赞扬州城月色秀美，竟占据了天下三分月色中的两分，扬州城也因为这首名句而获得了“月亮城”的美誉。

由此可见，自古以来，扬州便是赏月的最佳去处。

今天是农历三月十八，已过了月圆之日，可这半盈的月亮，在很多人眼中却更具一种缺憾之美。因此“一刀鲜”说要在今天出来赏月，并不是一件奇怪的事情。

可他把赏月的时间选在正午，那就非常非常奇怪了。

从上午八点到现在，姜山、沈飞和徐丽婕三人已经在路边的这家茶馆里坐了两个小时，这两个小时中，他们想的全都是这件奇怪的事。

两个小时过去了，一提到这个话题，沈飞还是忍不住想笑：“正午赏月？哈哈，如果不是你听错了，那就是别人在遛你玩，哈哈哈……”

徐丽婕瞪了沈飞一眼：“哎呀，你别笑了，老先生既然这么说，其中肯定是有深意的。”

“嗯。”姜山点头沉吟着，“我觉得这句话中应该是暗示了一个

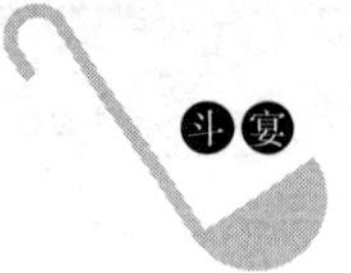

地点，我们只要把这个地方想出来，就可以在那里找到‘一刀鲜’。”

沈飞把身体往椅背上一靠，晃着脑袋说：“那你们倒说说看，有什么地方正午的时候能够赏月？”

徐丽婕突然眼睛一亮，脱口而出：“哎，这个‘一刀鲜’难道是在美国？”

“什么？”姜山和沈飞对看了一眼，都不明白她怎么会蹦出这么个奇怪的想法。

徐丽婕解释道：“我们这边的正午，不就是美国的半夜吗？出来赏月正合适啊。”

沈飞一口茶含在口中，憋了半天，还是忍不住喷了出来，笑道：“哈哈，大小姐，我真是越来越佩服你的想象力了。正午赏月……哈哈……还去美国……”

徐丽婕自己也觉得这个解释太牵强了，像西方人那样自嘲地耸了耸肩膀。

姜山看了眼手表，右手轻轻在桌子上一拍，似乎做了什么决定：“不能再耽误时间了，我们去问个清楚。服务员，结账！”

三人离开茶馆，一路又寻到了彩衣巷中。一拐进那条死巷，便远远看见浪浪正独自蹲在花坛边玩耍。见到三人走过来，浪浪扔掉手中的枯枝，兴奋地迎上前。

“浪浪，你爷爷在家吗？”徐丽婕摸着他的大脑袋问道。

“不在。”浪浪脆生生地回答，然后拉着沈飞的手问，“飞哥，你什么时候再带我出去玩啊？”

沈飞笑嘻嘻地把浪浪抱起来，一边用胡子茬儿把小家伙扎得“咯

咯”直笑，一边说道：“呵呵，带你玩还不容易。不过你要先回答我几个问题。”

浪浪歪着脑袋：“什么问题呀？”

“你爷爷上哪儿去了？”

“嗯……和朋友赏月去了。”

“乖。”沈飞捏捏他的脸蛋，“去哪里赏月，你知道吗？”

“不知道。”浪浪嘟起了嘴，“我要跟着去，爷爷不让。他还叫我在这里等你们，说如果你们能找到赏月的地方，就带我一起去。”

三人你看看我，我看看你，都不禁哑然失笑。原来那老者早就算准了他们要来，不仅提前离去，还把浪浪这个棘手的淘气包甩给了他们。

姜山微微蹙起眉头，说道：“看来这位老先生的确是和我们打了个哑谜，赏月的地点究竟是在哪里呢？”

“如果真是赏月，当然是我们前几天去过的五亭桥下最好啦，天上明月，水中月影，多美。可那也得晚上去才行啊，大中午的，哪能看到什么月亮？”徐丽婕一边说，一边抬头看看天空，蔚蓝的晴空下阳光明媚，在这种日光下，半个月亮的影子也不可能出现。

听了徐丽婕的话，沈飞却好像想起什么，口中念念有词：“水中月影？你说水中月影？”

徐丽婕不明所以地看着他：“是啊，怎么了？”

沈飞突然大叫一声：“哈哈，我知道了！”他兴奋地把浪浪抛到空中，然后又接住，得意扬扬地说道，“正午赏月，正午赏月，不错，肯定是那个地方！”

姜山和徐丽婕互看了一眼，都有些摸不着头脑。徐丽婕更是迫不及待地催问："知道什么？快说啊，别卖关子了！"

沈飞嘿嘿一笑："你们就跟我走吧，到了地方自然就明白了。浪浪，你也一块去吗？"

"去！"浪浪毫不犹豫地回答，完了还不忘拍两句马屁，"飞哥，你真厉害，什么都知道。"

看着两人的亲昵劲，徐丽婕忍不住瞪着眼睛问道："沈飞，你给孩子灌了什么迷魂汤？怎么一个晚上没见，态度就来了个180度大转弯？"

浪浪古灵精怪地眨着眼睛："嘻嘻，不能说，这是我们的秘密。"

"好，不说不说，你这个没出息的家伙，有好东西就想着一个人独吞。"沈飞一边逗着玩笑，一边把浪浪放到地上，"自己走，我可没力气一直抱着你。"

一行四人有说有笑，出了巷子，分乘两辆人力车，在沈飞的指引下一路而去。

人力车穿街走巷，大约二十分钟后，来到了城东的徐凝门街。这一带地处老城区，周围建筑都是以平房旧宅为主。行至街道南头的时候，众人眼前突然出现一个高墙大院，沈飞招呼大家下车，又往前走了十几步，来到了这座院落的大门前，只见门楣的横匾上写着四个苍劲的大字：寄啸山庄。

沈飞笑着问道："这个地方，你们以前来过没有？"

姜山看着门匾，点头说："寄啸山庄，虽然没有来过，但是早有耳闻。这座园子是清光绪九年由扬州道台何芷舠所建，所以也俗称为'何园'。园名中'寄啸'两个字取的是陶渊明《归去来辞》中'倚

南窗以寄傲’‘登东皋以舒啸’的句意。对了，现在国内著名的科学家何祚庥便是这园子里出来的后人。”

“哦？何祚庥是何芷舠的后人，这我倒是第一次听说。”沈飞摸了摸下巴，衷心赞道，“你果然是学识渊博呢。”

姜山谦然摆了摆手：“也是偶然间听朋友说过，便记在心里了。怎么，难道‘一刀鲜’就在这个园子里？”

沈飞笑而不答：“先别问了，进去看看再说吧。”

四人进入的是何家昔日的后门，因此一进山庄，首先便来到了后花园。其时正是春暖花开之时，但见一路姹紫嫣红，流水环绕，给人美不胜收的感觉。穿过后花园，便来到了东部的院落中，当先一座迎客厅，飞檐斗拱，建成了一艘旱船的形状。众人走到近前，果见厅堂的门匾上写着“船厅”两个大字，两侧的廊柱上则挂着一副对联：“月作主人梅作客，花为四壁船为家。”

姜山品味片刻后，说道：“这‘船厅’建造得倒是别具特色，对联上的文字也意境悠远，美中不足的是周围无水，在韵味上要差了很多。”

沈飞哈哈一笑：“这你可就错了。‘船厅’的韵味当然得上船以后才能品出，站在岸边是不行的。”说完，他抢上两步，来到厅堂中，然后招呼着，“你们到这里来看看，感觉有什么不同？”

姜山来到沈飞身边，四顾之下，竟真的有了一种身在碧水中央的感觉。凝神细看，原来这感觉却是来自‘船厅’四周地面上铺设的青瓦。那瓦片颜色青绿，全都竖插着嵌于地面中，只露出一层弧形的边缘，层层叠叠之下，便如同荡漾的碧波一般。

浪浪忽然欢快地叫了一声：“看，仙鹤。”

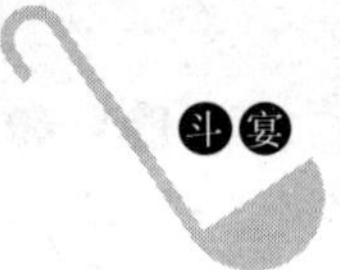

姜山顺着小家伙手指的方向看过去，只见层层青瓦之中，间杂着一片白色的鹅卵石，正好构成了一只仙鹤的形状，好像正在碧波中饮水嬉戏。

姜山在心中暗暗钦佩古代建园者的精妙构思。徐丽婕也陶醉地感叹道：“真漂亮！刚才我们站在厅外时，原来是把‘碧波’踩在脚下，难怪发现不了其中的奥妙。”

沈飞笑着说：“这园子里独具匠心的建筑还多着呢，回头再慢慢欣赏吧，先把正事办了要紧。”

姜山和徐丽婕点头认同，随着沈飞出了“船厅”，向园子深处走去。浪浪在地面上又发现了鹅卵石组成的野鸭、松柏等图案，一时间兴趣盎然，本来还想多玩一会儿，但又怕错过了“正午赏月”的稀奇事情，见三人都不等他，虽然有些嘟嘴憋气，却也只好跟着走了。

再往前走就到了园中昔日的住宅区。这一片大大小小数十间楼阁厢房全都连成了一片，迤逦的串楼复廊总长达到了四百米，绕园一周，形成了“园中有楼，楼中又有园”的如画美景。四人穿行于复廊中，粉墙幽幽，暗香浮动，就像是进入了一处闹市中的世外桃源。

“说到这何家，也曾有过一道独创的菜肴，在昔日扬州的市井闲人口中赫赫有名，不知道你们有没有听说过？”沈飞忽然想起什么，边走边问。

“何家独创的菜肴？”姜山默默想了会儿，毫无头绪，就笑着放弃了，“愿闻其详。”

沈飞嘴里很干脆地蹦出三个字来：“煮鸡蛋。”

“你骗人！煮鸡蛋谁不会呀？”浪浪性急地嚷嚷起来。姜山和徐

丽婕知道沈飞必有下文，一时都不吱声，只是用好奇的目光盯着他。

果然，沈飞紧接着说道："煮鸡蛋当然谁都会，可这鸡蛋却大不一般。当时何家小姐体弱，大夫开出方子，要进补人参。不过以小姐的体质，直接服用人参药性太冲，难以承受。后来何家的厨子就想了个办法，先将人参剁碎后掺于稻米中，让老母鸡食用。然后小姐每天煮食一只该母鸡产下的鸡蛋，这样药性经缓冲后，随鸡蛋进入小姐体内，强弱正好合适。"

"原来是这样的煮鸡蛋。"姜山哑然失笑，"不过昔日扬州富贾的奢华生活，却从中可见一斑。"

说笑间，一行人已过了串楼，只见前面又出现了一个小小的园林入口，门匾上写着"片石山房"四个字。沈飞转头看着姜山，问："你知不知道这个地方的来历？"

姜山微微一笑，说："这你可考不倒我。'片石山房'是明末八大山人的书房。最初的'寄啸山庄'就是以这个园子为基础扩建而成的。"

"啊？这八大山人都在一个地方学习呀？"浪浪仰起脖子，显得有些奇怪。

沈飞哈哈笑了起来："你这个小笨蛋，这八大山人是明代著名画家朱耷的雅号，并不是指八个人。"

浪浪"嗯"了一声，也不知有没有听在心里。他蹦蹦跳跳地抢着跑进了园子，然后兴奋地欢呼了起来。

徐丽婕正要跟上，却见沈飞突然停下脚步，对着门墙上悬挂的一幅字专心致志地观摩起来。一边看还一边摇头晃脑地念着："至于初学分布，务求平正，既能平正，务追险绝，既能险绝，复归平正，复归之际，人书俱老。”

“这是唐代书法家孙过庭在《书谱》中的一段话。”姜山解释说，“意思是练书法的人，一开始必须老老实实，写得工工整整，这一步练好了，才能追求一些笔法上的奇绝，最终奇绝达到极致，却又会回到平淡工整的意境中来，这时才算是书法中的最高境界。”

“哦。”沈飞像是恍然大悟，看着姜山拍手喝彩，“有意思！有道理！”

徐丽婕更是心中一动，低着头喃喃自语：“既能险绝，复归平正，复归之际，人书俱老。”她似乎悟到了些什么，但又看不明白。

“我们今天来可不是研究书法的。”姜山催促道，“还是快进园子吧！”

三人进了园子，只见园子南角有一间小小的书房。那书房不大，此时门窗紧闭。正对书房的是一汪十丈见方的水池，水池中立着一座五六丈高的假山，造型甚是奇俏。顽皮的浪浪立刻跑上前去，在假山的石洞中穿行了两圈后，开始往山顶攀登。

这园子不大，一眼扫过后，并不见有其他出口，姜山抬头看了看天空，略带忧虑地说道：“马上就要到正午了。”

沈飞不慌不忙地沿着池边踱了几步，然后找好一个位置站定，冲姜山和徐丽婕招了招手：“你们过来，看那里。”

两人来到沈飞身边，顺着沈飞手指的方向看过去，然后不约而同地“啊”了一声，语气又惊又喜——在那碧绿的池水中，真的出现了一轮明月的倒影！

那轮月影就位于假山脚下，不仅白亮，而且又圆又大，微风吹过

时亦会随着池水的荡漾而轻轻晃动，那副模样漂亮可爱至极，几乎让人忍不住想要弯腰将其掬在手中。

徐丽婕看了眼天空，朗朗晴日，哪里有半点月亮的影子？她心下大奇，问道："这到底是怎么回事呀？"

姜山也用询问的目光看着沈飞。

沈飞摸着自己的下巴，显得有些得意："这个石涛是叠石的高手，这座假山就是他选用上好的太湖石砌构而成的。水池中的这轮'人造月亮'称得上他叠石生涯中最出色的神来之笔。"

"人造月亮？"姜山和徐丽婕对看了一眼，似乎还是不太明白。

"嗯，你们跟我到近处看一看，就明白了。"沈飞一边说，一边向假山背后绕了过去，姜山两人连忙也跟了过来。

这一侧的假山紧贴池边而建。沈飞走到月亮不远处停下，用手指指头顶："你们看那里。"

姜山和徐丽婕抬头看去，只见上方是一块嶙峋的太湖石，与其他石头不同的是，这块太湖石的正中部位有一个天然的圆形孔洞，此时太阳正好位于孔洞的垂直上方，一缕刺眼的阳光透过孔洞直射入池中。

两人这才恍然大悟，原来那轮"月影"却是阳光穿过孔洞后在水面上的投影。由于太阳起落，日光投射的角度不同，这"月影"也会发生盈缺的变化，恰在每天正午时，能够出现"满月"的效果。

"原来是这样。"姜山叹服地摇了摇头，"原理虽然简单，但匠心独具，真是让人拍案叫绝。"

"那'一刀鲜'赏月的地方应该就是这里了？"

徐丽婕话音未落，忽听假山上的浪浪欢快地叫了一声："爷

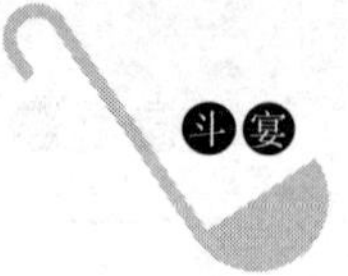

爷！”随即一个苍老的声音说道：“你什么时候到的？是沈飞他们带你来的吗？”

沈飞三人连忙从假山后面走出来，只见那老者不知何时已出现在书房门前，浪浪从假山上跑下来，一头扎进他的怀里，眨着眼调皮地说道：“爷爷，你不带我，我一样能来。”

姜山走上前，冲老者行了个礼，谦然说：“老先生，我已经应约前来，‘一刀鲜’在哪里，还有劳您引见。”

老者用目光扫了三人几眼，却不作声，只是用手朝着书房门口轻轻一指。

姜山三人同时顺着老者手指的方向看过去，书房的门虽然关着，但似乎只是虚掩，并未上锁。

姜山走到门前，正要伸手推门，忽听得一个声音从屋内传出：“你们已经搅了我的雅兴，现在又要不请而入吗？”那声音瓮声瓮气，又带着些沙哑，让人听起来很不舒服。

姜山回头看看沈飞和徐丽婕，三人都停下了脚步。犹豫片刻后，姜山隔着门向屋内说道：“请问屋中的先生，您就是‘一刀鲜’吗？”

屋中人“嗯”了一声：“听说你这几天一直在找我，有什么事情吗？”

姜山应道：“我叫姜山，从北京来，我的先人曾经在乾隆年间做过大内的总领御厨。”

听了他这话，屋中人沉默片刻后，方才开口：“那八年前我在北京遇见的那位……”

姜山直言不讳：“那是我的父亲。”

屋中人似乎并不惊讶，淡淡地问道：“你这次来扬州，是要找我比试厨艺了？”

“比试不敢说。不过我这八年来苦心钻研淮扬菜，自认为有些心得，想请前辈指点指点。”姜山言语虽然恭敬，但用词遣句中暗藏锋芒。

屋中人沙着嗓子“嘿嘿”一笑：“看来你是很有自信啊，比你父亲那会儿可强了不少。”

“不敢。比起前辈当初在北京的风采，我又差得远了。”

屋中人哼了一声，倨然道：“我当年在北京的事情，你又知道多少？”

面对对方咄咄逼人的言辞，姜山毫不怯场，不卑不亢地回答：“前辈的种种事迹，父亲常常向我提起，作为激励我刻苦钻研厨艺的动力。”

“好，好，看来你早已下定决心，要找我比个高下。”屋中人顿了一顿，话锋一转，“既然如此，我们两家几百年来的规矩，你还知道吗？”

屋中人所说的“规矩”，姜山自然知道。两百多年前，姜家先祖第一次挑战“一刀鲜”的时候，“一刀鲜”便出了个烹饪上的题目，意图让对方知难而退。姜家先祖完成了那个题目，才有了后来两人间的比试。从此后，被挑战者向挑战者出题，便成两家争斗中约定俗成的规矩，挑战者必须完成题目后，以此为“拜会礼”，才能使对方出战。

却见姜山眉毛一扬，问道：“请问前辈想要什么样的拜会礼？”

屋中人反问：“我当年给你父亲的拜会礼是什么？”

“您做了一道‘五品萝卜菊花羹’，一出手，便震动了京城。”

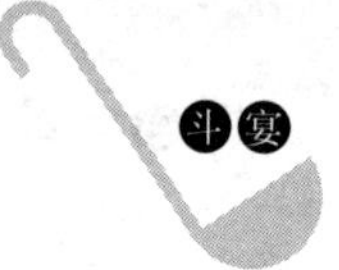

“不错。那道‘五品萝卜菊花羹’我花了一晚上的时间，整整切了一千刀方才完成，可没想到，嘿嘿，我和你父亲的比试，却是一刀就见了分晓。”

见对方提及父亲的狼狈往事，姜山不禁微微有些动容，只听那屋中人紧接着又说道：“你今天先回去吧，下次带着‘五品萝卜菊花羹’再来见我。”

“好！”姜山的语气坚决而自信，“我一定会再来的！”

屋中人似乎话已说完，沉默着不再开口。

徐丽婕看着姜山，心里微微有些失望，小声问道：“那我们今天不进去了吗？”

姜山“嗯”了一声算是回答，然后转头看着一旁的老者说：“老先生，今天多谢您的指点，我们改日再来拜访。”

老者微微颔首：“好。我和我的这位朋友还有几句话要说，就不远送了。浪浪，你是留下来和爷爷在一起，还是跟着叔叔阿姨一块走呀？”

浪浪的大眼睛骨碌碌转了两圈：“我要和飞哥一块玩。”

老者呵呵一笑：“沈飞，这小家伙可让你费心了。”

姜山和屋中人对话的过程中，沈飞一直紧盯着那扇虚掩的屋门，满脸好奇和诧异的神色，似乎恨不得立刻推门进去，看看这个盛名远播的“一刀鲜”到底是个什么模样。老者对他说话，他愣了片刻后，方才回过神来，笑着说：“没关系，现在浪浪在我面前可乖着呢。”说完，他把浪浪一把抱起，看了看姜山和徐丽婕，“我们走吧？”

三人向老者告辞后，不再多言，一同离去。老者背负双手，目送

他们的背影消失之后，这才轻轻推开屋门，走进了那间书房。

屋中人端坐在书桌前，桌上摆着一杯上好的清茶，看起来刚沏了不久，袅袅地冒着热气。

老者和他对视片刻后，轻轻叹了口气，说道：“你这样是难不住他的，他肯定可以做到。”

屋中人端起那杯清茶，小心地吹开杯口漂浮的茶叶，闭着眼睛浅浅地抿了一口，待一股清香顺着舌尖直入心脾之后，才睁开眼睛，悠悠地吐出三个字：“我知道。”

不知是否因为有香茶滋润了嗓子，他此时说话的声音听起来比刚才要悦耳了很多。

虽然今天的天气很好，但沈飞总觉得有些不自在。他自己知道，这当中的原因很简单：他已经整整一天没有炸过臭豆腐干了。

所以从“寄啸山庄”出来之后，沈飞立刻悠闲地伸了个懒腰，说道：“好啦，现在‘一刀鲜’找到了，我的任务完成了，你们可以放我回去炸臭豆腐了吧？”

可姜山看起来却不想这么快就放了他：“我还想请你帮个忙。”

“什么？说吧。”沈飞挠挠头皮，看着姜山。

“我需要找一个能做菜的地方，而且不想被别人打扰。”

沈飞瞪大眼睛看着姜山：“你的意思不就是想去我家，然后我自己还不能在家里待着？”

姜山开心地笑了起来：“飞哥真是善解人意，不过你也不用太苦恼，我只需要一天的时间。”

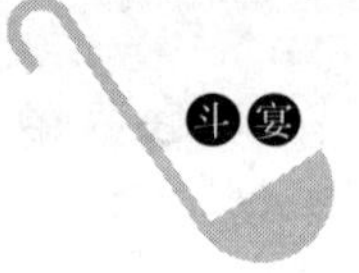

沈飞苦笑了一下："你就是要用一个月，我又有什么办法？谁让我嘴馋，交上了你这么个麻烦的朋友！"

"那你自己住哪儿呢？"徐丽婕有些幸灾乐祸地看着沈飞。

"在店里凑合凑合啰。"

沈飞刚说完，姜山又把目光转向了徐丽婕和浪浪："我还有一个忙，你们俩也得帮帮我。"

浪浪吐了吐舌头："什么呀？我和爷爷可没有别的地方住。"

"不用的，这个忙很简单。"姜山微微一笑，"我需要萝卜，很多很多的萝卜。"

沈飞的家离"一笑天"酒楼不远，是一套普普通通的一居室公寓。由于是在底层，所以屋外有一个独门独户的小院，院子的一大半都被砌作了花坛，花坛正中是一株一人多高的玉兰树，周围则是一圈各色各样的小型花草，姹紫嫣红的，开得倒也艳丽。

不过四人来到院子里，却无暇欣赏这满园的春色，他们全都急匆匆地迈步直奔厨房，忙着把手中拎的萝卜卸下，好让早已被勒得发疼的双手放松放松。

四个人，满满八袋大白萝卜，连浪浪也没闲着。这些萝卜在厨房中堆成了一座小山，足够沈飞吃上一个月了。

徐丽婕揉揉手掌，看着姜山："我们帮了你这么大的忙，现在大家都还没吃饭呢。是不是该你服务服务了呀？"

"那好啊，就地取材，来个'萝卜宴'怎么样？"姜山嘴里开着玩笑，顺手拉开了身旁的冰箱，只见里面有肉有蛋，还有一些菜蔬，做一餐四个人吃的便饭是绰绰有余了。

浪浪知道要来沈飞家之后，一路上都很兴奋，此时更是拉着沈飞的衣角，闹着说："飞哥，我还要吃昨天的东西。"

徐丽婕略带诧异地看着两人，打趣道："他能做什么吃的？臭豆腐吗？"

浪浪顾不上回答，拉着沈飞便往院子里走。沈飞回头看了徐丽婕一眼，笑着说："你过来看看就知道了。"

徐丽婕想到昨晚沈飞带浪浪出去玩过之后，浪浪便对他异常亲昵，多半是受了这神秘东西的收买。她心中好奇，跟着两人走了出去。

院子里的花坛边摆着几把除草用的小花铲，沈飞自己拿起两把，把其中一把交到浪浪手中，浪浪笑嘻嘻地接过，那神态便像战士第一次领到自己的新枪一样。

随即两人走出了院子。楼前是一片绿化地，种着许多郁郁葱葱的大槐树，两人在一棵树前蹲下，开始挖掘树下的泥土。

"难道他们是在挖花生或者马铃薯之类的东西？"徐丽婕在心中暗暗猜测，不过很快她就否定了自己的观点。因为那两样东西虽然是生在土壤中，但地面上也会有茎叶和枝干部分，可这两人下铲的地点附近却是空空如也，并没有任何植物。

忽听得浪浪高兴地叫了一声："哈哈，我找到一只！"同时小手伸进挖开的地表，拂去土壤，从里面捡起一件东西来。那东西沾着泥土，依稀可见内部褐黄的本色，从形状和大小上看倒的确像是一个大花生。

"这是什么呀？"徐丽婕凑到两人身后，一边问着，一边伸长脖子想看个究竟。

浪浪眼珠一转，把那东西递到徐丽婕眼前。徐丽婕刚刚定睛去

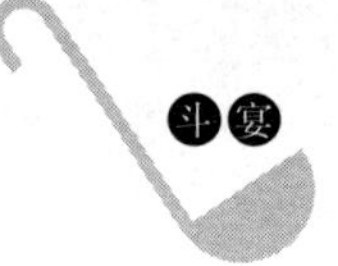

看，他突然两指使劲，暗暗一捏，那东西受了力，顶端的浮土松脱，从中竟伸出了两只镰刀似的小爪子，就在徐丽婕眼皮底下挥动着。

徐丽婕“啊”地惊叫一声，往后跳出一步：“什么东西？怎么还是活的？”

浪浪看着徐丽婕慌乱的样子，“咯咯”地笑个不停。沈飞挥手在他屁股上半玩笑半认真地打了一巴掌：“你这个家伙，又捣乱是不是？”

“哈哈，徐阿姨真胆小，不就是个知了吗，有什么好怕的。”浪浪满不在乎地眨眨眼睛，把手中的东西放在了地上。那东西缓缓地爬动了两下，身上的浮土渐渐落尽，露出了本来的面目。

只见它小小的脑袋，一双眼睛却是又黑又大，全身上下披着一层黄褐色的“盔甲”，除了头部的两只大爪外，胸腹处还有三对细足，由于身体肥胖，爬行时显得非常笨拙。

“这是还没蜕壳的知了吧？”徐丽婕认了出来，夏初时，花丛树干上常会有许多知了壳，外形上正与眼前的这个家伙一模一样。

“说对了。我们管它叫‘肉蝉’。”沈飞此时也挖出了一只，“这东西用油一炸，嘿嘿，那可香着呢！”

徐丽婕摇摇头：“你们怎么净爱吃些稀奇古怪的东西，我可不感兴趣。”

虽然肉蝉无法提起徐丽婕的食欲，但沈飞两人捕蝉的过程让她觉得颇为有趣。她在旁边看了不一会儿，两人已经有了十多只战利品。

“嗯，这儿差不多了，换个地方吧。”沈飞说完，带着浪浪又来到另一株树下。

“一定要在树下才能挖到吗？”徐丽婕有些好奇地问道。

“那当然，这东西是靠吸食树根中的汁液为生，离开树就得饿死了。”沈飞一边说，一边笑嘻嘻地挥着手中的花铲，问徐丽婕，“怎么样，想不想来试试？”

“好啊！”徐丽婕还真有些手痒，她蹲过去，接过花铲，也试着挖了起来。几铲子下去，泥土刨开了不少，却不见肉蝉的踪影。沈飞在一旁指点着说：“往左边挖挖看。”

徐丽婕依言挖了两下，泥土中出现了一个圆圆的孔洞，大约有一分硬币般大小。沈飞把右手食指伸进洞内探了探，然后笑着说：“有了。顺着洞口挖吧，注意下铲轻一些。”

果然，往洞口下没挖多远，一只肥肥的肉蝉便露出了脑袋。徐丽婕伸出手，轻轻地把它从安乐窝中逮了出来。看着手中的猎物徒劳地挥动着前爪，她觉得既好玩又有成就感，拿着花铲竟不愿撒手了。

一旁的浪浪也是干劲十足，挖得热火朝天。沈飞没了工具，索性抱着胳膊，悠闲地倚靠在槐树上，只是时不时地开口指点两下。

三人说说笑笑，半是捕猎，半是娱乐。一共挖了约半个小时，捉到的肉蝉已经装了半塑料袋。沈飞估摸着姜山午饭应该做得差不多了，便招呼两人歇手停工，回到了屋内。

屋中香味缭绕，姜山早已炒好了几样小菜。徐丽婕洗了手，便去客厅帮着搭桌摆筷，沈飞则拿着捉到的肉蝉去厨房炸制，浪浪自然像个跟屁虫一样紧随他的身后。

客厅中有一张小桌，上面堆着些杂物，徐丽婕一边收拾，一边高声问道：“沈飞，你都是一个人住吗？”

“嗯。”沈飞在厨房中答应了一声，“父母都在乡下呢。”他话音刚落，“噼噼啪啪”的爆油声便响了起来，随即一股异香飘入了客厅，料是沈飞已将那些肉蝉下入了油锅。

忽然，徐丽婕眼睛一亮，似乎发现了什么，在小桌的角落里立着一个精巧的相框，中间夹着一张两人的合影照片。徐丽婕把相框拿在手中，只见照片上的男子正是沈飞，但比现在要年轻很多，看起来精神抖擞，意气风发。依偎在他身旁的是个二十岁上下的女孩，容貌清丽脱俗，一脸幸福甜蜜的笑容。

这女孩就是凌永生提到过的小琼吧？徐丽婕在心里暗自思忖着，果然是既漂亮又可爱，难怪沈飞会对她一见钟情。

姜山正在一旁摆放菜肴，见徐丽婕看得入神，不禁有些好奇，探着头询问：“看什么呢？”

“哦，一张照片。”徐丽婕刚想递给姜山看看，浪浪突然不知从哪里蹿了出来，踮着脚抢走相框，看了一眼后，调皮地大叫起来：“飞哥，飞哥，这是你的女朋友吗？”

沈飞端着炸好的肉蝉走进客厅，又好气又好笑地瞪了他一眼：“瞎嚷嚷什么，快还给我。”

浪浪嬉笑着把相框交到沈飞手里，人小鬼大地说：“飞哥女朋友长得比徐阿姨还好看呢。”

沈飞在他脑门上崩了个“爆栗”：“就你话多，你这么说不怕徐阿姨生气呀？”

徐丽婕大度地一笑：“没关系的，她确实很漂亮。”

沈飞端详着相片上的女孩，似乎在回忆着什么，不过很快就摆脱了那种情绪，招呼着：“不说这个了，来，大家吃饭，姜御厨的手艺

可是不容易尝到的。”他一边说，一边走进卧室，把相框放在床头，随即又回到客厅中。

“一些家常小菜，算不得什么。这油炸肉蝉，才是难得的东西呢。”姜山夹起一只肉蝉，饶有兴趣地在眼前赏玩着，并不着急进口。

浪浪却毫不客气，一口气吃完两只后，这才忙里偷闲地看了徐丽婕一眼：“徐阿姨，你不吃呀？”

徐丽婕犹豫了片刻，对这种东西，她以前是从来不碰的，但今天自己参与了捕捉的过程，如不尝一尝，未免会有一种美中不足的感觉。

此时姜山也把夹起的肉蝉送入了口中，咀嚼一阵后，赞道：“奇香无比，与昨天所食的蜈蚣相比，倒是各具风味。”

“只可惜有人敢抓不敢吃，白白浪费了这等口福。”沈飞直接伸手，捏起一只肉蝉，同时不忘冲着徐丽婕调侃两句。

“吃就吃，怕什么。”沈飞的话激起了徐丽婕的好胜心，她也夹起一只，却不敢像其他人那样整只送入口中，只是轻轻地先咬了一小口。

那肉蝉经过油炸，色泽金黄，外层松脆酥香，里面是鲜嫩的蝉肉。徐丽婕一口咬得虽然不大，但那股美妙的滋味立刻充满了整个口腔。

沈飞笑嘻嘻地看着她：“滋味怎么样？”

“不错，是个好东西。”徐丽婕竖着大拇指，把剩下的蝉肉一口吃完，对沈飞笑道，“看来你也不是只会做油炸臭豆腐干嘛。”

沈飞肉蝉炸得出色，姜山做的家常小炒自然也不会差。这顿饭虽然朴素，但四人也吃了个满颊留香，席间的气氛更是其乐融融。

肚子饱了之后，众人间的话题也多了起来。有一个问题在徐丽婕

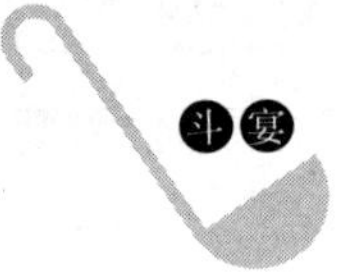

心中已经憋了好久，此时终于忍不住开了口：“姜山，有一件事情我实在好奇，希望说了你不要介意。当年你父亲和‘一刀鲜’之间的那场比试究竟是怎样的？‘一刀鲜’再厉害，怎么会只出一刀就获得胜利了呢？”

姜山释然一笑：“愿赌服输，这也没什么不能说的。当时‘一刀鲜’虽然只是挥了一下厨刀，但这一刀就完成了一道菜的烹制。”

“一刀完成一道菜？”徐丽婕仿佛在听天书一般，“那是什么菜呀？”

姜山缓缓吐出三个字：“刀切蛋！”

“刀切蛋？”沈飞嘿嘿一笑，“这名字听起来倒有点意思。”

姜山沉默不语，似是在追忆往事，片刻后，才继续说道：“那天的比试以鸡蛋为题，这本是我父亲提出的。因为鸡蛋虽然普通，但相关的烹饪方法复杂多样，极能考验一个人的厨艺功底。而我父亲对此非常擅长，在京城一度有‘鸡蛋王’的美誉。‘一刀鲜’明知其中厉害，却是一副满不在乎的模样，随随便便地说道：‘那我今天就做个刀切蛋好了。’

“他此言一出，在场的北京名厨全都愣住了。他们见多识广，却从来没听说过用刀切鸡蛋的。当下就有人忍不住问：‘刀切蛋？不知你切的是生蛋呢，还是熟蛋？’

“‘一刀鲜’干笑两声，似乎觉得这问题问得愚蠢无比：‘若是熟蛋，还用得着切吗？要切，自然是切生鸡蛋，而且一刀下去，那蛋液不能滴出半分。’

“这一下举座哗然，大家都觉得‘一刀鲜’的说法未免太过离

谱。如果有一把好刀，运刀速度够快，把一只生鸡蛋切成两半倒也不是没有可能，但说到半点蛋液不漏，那却近乎天方夜谭了。

“我父亲也和大家想的一样，当即便表示决不相信世间会有这样的刀法，如果对方能够做到，那他便立刻弃刀认输。

“‘一刀鲜’不再多言，叫人拿来一只鸡蛋放在案板上，然后从随身的包袱中抽出了一把厨刀。那厨刀寒光闪闪，看起来非常锋利，但也并不是什么了不起的宝物。

“‘一刀鲜’握刀在手，却不急着挥出，而是先打着了灶火，将刀身在火苗上炙烤起来。大家一时间都不明白他此举的用意，只见他把火力调至最大，大约十分钟之后，厨刀的刀刃已经泛起了红光。

“就在此时，忽见刀光一闪，‘一刀鲜’已对准案板上的鸡蛋劈出了一刀。只听‘哧’的一声轻响，厨刀从鸡蛋中部拦腰切进，直没至底。不过此时鸡蛋并没有分开，停顿片刻后，‘一刀鲜’手腕轻抖，刀面分撞两侧，那只鸡蛋这才齐齐地分成两半，各自倒在一边。

“众人看着那切开的鸡蛋，确实没有一滴蛋液漏出，不禁全都噤若寒蝉。”

“这怎么可能呢？”徐丽婕还不太明白，“那蛋液应该会沿着刀刃流出的呀？”

“你忘了那刀是被烧红了的。”姜山解释道，“刀口处的蛋液与刀面接触后，立刻被烘熟凝固，在切口处形成一层‘盖子’，把内层的蛋液也封住了。这一刀不仅又快又准又狠，而且想法极其巧妙，的确做到了一刀切开生鸡蛋，而蛋液半点不漏。”

“原来是这样。”徐丽婕叹服地说，“这个‘一刀鲜’可真够厉害的。普通人即使想到同样的方法，要想切开鸡蛋却不损坏蛋壳，也是不容易的吧？”

姜山点点头：“那是当然。他这一刀首先要势大速疾，才能使刀口处的蛋壳不致大面积崩裂，可在接近案板时，刀势又要能及时准确地收住，这样底部的蛋壳尚有些许相连，所以两片鸡蛋能够贴在刀面上，等停留片刻，确信刀口处蛋液已凝固后，他才手腕发力，把两片鸡蛋分开，彻底完成这一刀。所以虽然只是一刀定胜负，但这一刀让包括我父亲在内的所有人心服口服。”

徐丽婕想象着“一刀鲜”当时一刀镇群雄的气概，不禁有些心驰神往：“不知你们俩之间的比试又会出现怎样的结果，我简直都有些等不及了。”

“我现在并不去考虑这个。”姜山却显得很平静，“对我来说，现在最重要的事情就是完成‘五品萝卜菊花羹’。”

今天的天气实在是很好，阳光媚而不骄，酥酥暖暖地照在身上，像要把人的骨头都融化了一般。

姜山把自己关在了屋里，浪浪回家了，酒楼也不营业，沈飞感到一种说不出的自由和轻松。下午，他早早便来到了巷口，支起了自己心爱的炸臭豆腐摊。

还没到食客光顾的时候，沈飞怡然自得地仰在一张躺椅上，看着头顶清澈蔚蓝的天空。那天空如此高远，如此辽阔，沈飞感到自己正在它的怀抱里，甚至产生了一种飞翔飘浮的错觉。他微笑着眯起眼睛，一脸陶醉其中的表情。

“你很喜欢这样看着天空吗？”一个声音在他耳边柔柔地说道，不用看他也知道，肯定是徐丽婕来了。

“嗯，晴空万里，多美。”沈飞似乎连脖子也不愿动一下，懒懒地笑道，“那么开阔，那么纯净，没有一点阴影，也没有一点烦恼，我喜欢这样的感觉。”

“可这并不是最美丽的天空，当绚丽的彩虹和晚霞出现的时候，那才真的让人心醉呢。”

沈飞不置可否地摇着头。徐丽婕耸了耸肩膀，有些奇怪地问道：“你不同意我的观点吗？”

“要看见彩虹，首先得经历风雨；而看见晚霞呢，又意味着黑夜即将来临。我还是喜欢这样的晴空，虽然平淡，但能让人始终保持着快乐的心情。”沈飞淡淡地说着。

此刻他的心灵，是否也像这天空一样开朗纯净呢？

“我发现你的话语中，有时还真能包含一些哲理。”徐丽婕仰头看着那片蓝天，若有所思地说道，“你的这种心态，应该和你以前的经历有关吧？”

“我的经历？你指什么？”沈飞瞪大眼睛看着徐丽婕。

“那个照片上的女孩，她就是小琼吧？”

“哦？看来你知道了一些事情。一定是小凌子对你说的。”沈飞一下子就猜出了其中原委。

徐丽婕点了点头。

“嗨！什么经历、哲理，我是个很现实的人，只知道自己的感觉。”沈飞嘻嘻一笑，似乎有意想岔开话题，“比如说，现在这么悠

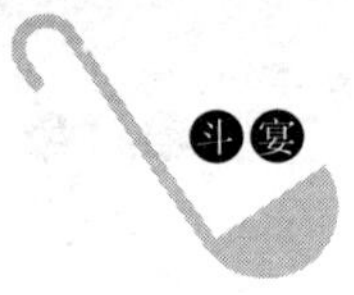

闲，我们为什么不削个萝卜吃呢？”

说话间，他的双手中已变戏法似的多了一柄菜刀和一只大白萝卜。菜刀普普通通，是准备用来切豆腐干和佐菜的，大白萝卜自然是刚才顺手牵羊，取自自家的厨房。

菜刀是用来切剁的，用它来削皮，那就太过笨重了。可这一把笨重的菜刀到了沈飞手中却显得灵巧轻盈，一阵旋转翻飞，一缕细细的萝卜皮悬挂下来，摇摇摆摆越拉越长。

徐丽婕见沈飞不想提及往事，也就不便追问。看着对方手中的萝卜，她倒想起另一件事来：“这‘五品萝卜菊花羹’到底是个什么东西啊？姜山那么郑重其事，要把自己关起来？”

沈飞举着萝卜，一边说一边比画：“你看这个萝卜，从这里先横着切一百刀，再竖着切一百刀，每一刀都不切到底，这个部分的萝卜呢，就变成了长在主体上的一万根萝卜丝，用它煮成汤羹，萝卜丝四散漂在羹中，是不是像一朵盛开的菊花？”

“嗯，那一定是很漂亮的。”徐丽婕在脑子里想象着。

沈飞点点头，继续说道：“很多厨师都以自己能做出一份‘萝卜菊花羹’为荣，不过这样做出的，只是‘一品萝卜菊花羹’。一个萝卜分成前、后、左、右、上、下六个面，除了下面作为底托之外，每个面都这样横竖各切一百刀，在一只萝卜上切出五朵菊花来。这才叫作‘五品萝卜菊花羹’。”

“啊？”徐丽婕咂咂舌头，“那就是说，总共要切一千刀？”

“是啊，这一千刀中，只要有一刀稍稍偏了，断了一根萝卜丝，那就会前功尽弃，从头开始。所以做这个菜，要求的不仅仅是刀法的

细腻，更是对一个厨师耐心和毅力的最大考验。”沈飞说完这些，右手中的菜刀突然平平挥出，去势又快又疾，一片薄薄的萝卜被削了下来，稳稳地贴在菜刀的上壁。

沈飞把菜刀递到徐丽婕面前：“来一片吗？萝卜可是好东西，降火清肺，美容养颜。”

徐丽婕笑了笑：“谢谢。不用了，你自己来吧。”

沈飞也不客气，一抖手腕，萝卜片从刀面上弹了起来，准确地掉进了他的嘴里。

“啊，很帅嘛。”徐丽婕拍着手，“再来一次。”

“你以为看戏呢？”沈飞白了她一眼，放下菜刀，双手捧起萝卜，张开大嘴一口啃了下去。

“五品萝卜菊花羹”，五朵菊花，一千刀。

只要沾过厨刀的人，都知道这意味着什么。针对其所要求的工作量和精细程度来说，这一千刀已经不能叫作“切”，而应该叫作“雕”。

经过这一千刀后雕出的萝卜，显然也已经超越了烹饪的范畴，你几乎可以把它看作一件艺术品。

姜山自然很清楚这项工作的难度。从午饭后开始，他就把自己关在了沈飞的那间一居室中，开始不停地挥刀。

在此之前，他甚至把客厅中的电话都掐断了。因为在他聚精会神工作的时候，哪怕有一丝外界的干扰，都会对他落刀的精度和连贯性造成影响，从而出现偏刀乃至断丝的现象。即使这时你已经准确地雕出了九百九十九刀，这个“萝卜菊花”也只能是白费了。

正如沈飞所言，这道菜比的不是刀功，而是耐心和毅力。

奥运会是世界上水平最高的竞技大会，射击无疑是其中对精度要求最高的一个项目。对于一个射击冠军来说，他也许能够打出好几次十点九的满环，但要想几百发子弹全都打出十环以上的成绩，却是千难万难。事实上，最优秀的选手也会有一两枪发挥失常，打出九环、八环甚至更差的成绩。

这一千刀也是同样的道理。

有专家做过研究，当一个人的精神高度集中的时候，如果他能坚持十分钟以上，那他便是一个意志力非常强大的人了。

而雕完一个五品的“萝卜菊花”，最快也得要一个多小时。

第一个萝卜，姜山雕了二十五分钟，三百七十二刀，断丝。

第二个萝卜，三十四分钟，四百一十九刀。

第三个萝卜，四十七分钟，五百三十一刀。

……

晚饭前，姜山一共雕坏了七个萝卜。

七个萝卜，总计挥出了约五千刀，其中失误了七刀。这七刀让五千刀的工作全都失去了意义。

但姜山很满意。因为到目前为止，他的心还是很平静，没有一丝烦乱的迹象，而他握刀的手已经越来越稳，下刀的感觉也渐入佳境。在雕第七个萝卜时，他已经成功地切了八百六十六刀，其实，如果当时不是肚子不争气地叫了起来，分散了注意力，也许那一次他便可以完成工作了。

吃了个简单的晚饭后，姜山又看了会儿电视。肚子饱了，精神也

足够放松和愉快，他这才重新回到了厨房。

第八个萝卜，一小时十一分钟，七百七十一刀。

第九个萝卜，一小时二十七分钟，九百二十三刀。

第十个萝卜，一小时三十五分钟，一千刀！

五朵绚丽的菊花终于在姜山的手掌中盛开。他很高兴，紧绷的神经松弛之后，一股难以抗拒的倦意袭了过来。

他决定去好好地睡上一觉，然后，便该好好考虑如何与“一刀鲜”进行那最后一战了。

沈飞卧室中的床不算大，但非常松软，是姜山非常喜欢的感觉。他惬意地躺在床上，带着一种大功告成的悠闲心情四下打量着。

忽然，他似乎发现了什么，目光被牢牢地抓了过去。

吸引他的是一个相框，姜山想起这是中午吃饭时沈飞从客厅拿到卧室里的。他把相框拿在手中，端详着照片上和沈飞合影的那个女孩，脸上露出了奇怪的表情。

他皱着眉头，似乎遇见了什么难以理解的事情。

当他的眉头渐渐松开的时候，他笑了，那神情像是一个刚刚发现了糖果的孩子。

晨曦初上，天色明媚。看起来，今天又会是一个阳光灿烂的日子。

姜山一早就来到了“寄啸山庄”中的“片石山房”。现在，他正背手站在书房门外，静静等待着屋中人的反应。与昨天相比，他的眉目中更增添了几分自信。似乎一切都已在自己的掌控之中。

屋门仍是虚掩着。屋中人和彩衣巷中的老者相对而坐，目光都紧

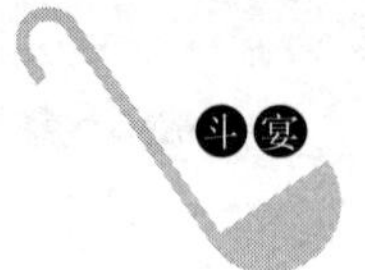

盯着书桌上的那只砂锅。

老者轻轻揭开砂锅的盖子。锅中是一片盛开的菊花，素雅的书房中立刻平添了几分秋色。

“五品萝卜菊花羹，货真价实。”老者沉着声音说道，语气中既有叹服，又包含着几分无奈。

坐在他对面的人缓缓站起身，踱到后窗前，在窗外晨曦的映衬下，他的背影多少显得有些落寞。

“那，我就和他比这最后一场吧。”

老者离座，走出书房，随手又把门轻轻地掩上。

“明晚七点，西园酒店的红楼宴厅见。”看着门外的姜山，他只是淡淡地说了这么一句。

姜山的回答也很简洁：“不见不散。”两百多年来的家族恩怨，似乎都已浓缩在这四个字中。

这一代人的最新对决呼之欲出，一个是传说中的人物，一个是叱咤风云的厨界新贵，谁能够最终获胜？那“烟花三月”的秘密，是否也会随之解开呢？

看起来，明晚就是所有答案揭晓的时候，不过，姜山知道，在这一章序幕开始之前，他还需要去见两个人。

姜山要见的第一个人，便是徐丽婕。上午九点，他们相约来到了冶春茶社。

冶春茶社是扬州城内字号最老的茶社之一，它毗邻秀丽的玉带河而建，茶厅均是清一色古色古香的木制水榭。对于食客们来说，临窗

而坐，一边看着脚下潺潺而过的流水，一边品尝精巧细致的点心，无疑是一种令人难以抗拒的享受。

“这地方不错，景色真漂亮。”徐丽婕刚坐下便融入了这醉人的气氛中，她用手支着下巴，由衷地赞叹着。

姜山也微笑着说道：“扬州真是个美丽的城市，我都快被她迷住了。不过这美景得和美食搭配起来，才能双双品出最佳滋味。”

桌上一壶绿茶，一碟肴肉，一盘烫干丝，蒸饺和蟹黄汤包都是刚刚出炉，热腾腾地散发着香气。

“这几样都是扬州茶社中最经典的小菜和点心。尝尝看吧。”姜山一边说，一边做了个请的手势。

徐丽婕夹起一片肴肉，但见那肉片上半部晶莹如水晶，下半部鲜红如玛瑙，煞是好看。送入口中细细品味，只觉肉质细腻坚韧，酥香怡口而不腻，确实是佐茶的上上之选。

一片肴肉下肚，徐丽婕首先挑起了话题：“姜先生今天单独约我，就是吃早茶这么简单吗？”

姜山呵呵一笑，说：“嗯，首先我有个消息要告诉你。明天晚上我就要和‘一刀鲜’比试厨艺了。”

“真的？”徐丽婕兴奋地睁大眼睛，“这么说，你已经成功做出了那个五品萝卜菊花羹？可惜没能让我开开眼界。”

“你如果真的想看，我想以后还会有很多机会的。”

“希望如此。”客套话说完后，徐丽婕用探询的目光看着姜山，“不知道现在你对明天的比试有几分获胜的把握呢？”

姜山没有正面回答，只是淡淡地说道：“不管结果如何，明天比

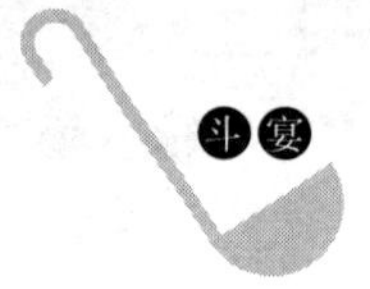

完之后，我都可以心无遗憾地离开扬州了。”

“嗯。”徐丽婕点了点头，“无论谁胜谁败，明天的比试都会成为一场传奇性的巅峰对决。不管结果如何，希望你在离开扬州的时候能有一个好的心情。来，我以茶代酒，敬你一杯。”

姜山端起茶杯和徐丽婕碰了碰，然后呷了一口：“这趟扬州之行我已经很开心了，至少我交了一帮好朋友，有你，有沈飞，这就已经足够了。”

“我们一定会互相想念的，是吗？”想到即将到来的离别，徐丽婕不禁隐隐有些伤感。

“那当然。”姜山郑重地点了点头，“其实，我还有一个很唐突的想法。”

“什么？”

姜山专注地看着徐丽婕的眼睛：“我想邀请你去北京。”

“哦？”徐丽婕略微有些吃惊，她眨眨眼睛，然后狡黠地一笑，“这是一个什么样的邀请呢？”

姜山低头转着手中的茶杯，略作思索后说道：“你可以把它想得很复杂，也可以把它想得很简单。我知道你是学酒店管理的，北京能给你提供很多发展的机会，在这方面我们可以互相帮助。坦白说，也许我的目的还不仅于此，其实我对你的个性和能力都非常欣赏，相信我们在很多方面都会非常协调的。”

“是吗？”徐丽婕大大方方地一笑，“我对你同样欣赏，而且，你的建议听起来的确不错。”

姜山眉角一挑：“这算是你的答案吗？”

徐丽婕却摇了摇头："不算，我还得考虑考虑。"

"没关系，反正我的意思已经说到。你只要在我走之前给我一个答复就可以。"姜山翩翩有礼地说完，然后指指桌上的汤包，很自然地把话题一转，"来，这个得趁热吃。"

那汤包有巴掌般大小，皮极薄，几乎可以看到里面包裹的汤汁。徐丽婕用筷子试着夹了夹，可汤包却软软地吃不上力，因为害怕把皮夹破，她又不敢使太大的劲，一时间有些踌躇。

"这汤包得这么吃。"姜山给徐丽婕做起了示范，"用筷子夹住汤包的嘴部，轻轻提起来，放在碟子里。然后在顶部稍稍咬开一个小口，先喝完里面的鲜汤后，再把包子吃完。"

徐丽婕依言而行，那热腾腾的鲜汤美味无穷，自不必多说。只是她想到了一个疑问："这汤包在制作的时候，这些鲜汤是怎么被包进去的呢？"

姜山笑着说道："很多外国人在吃汤包的时候都会问同样的问题呢。这些鲜汤其实是极浓稠的肉汁，在低温时会凝成胶体状态，所以能够和蟹黄等馅料包裹在一块。上锅一蒸，肉汁融化，和馅料相烹相融，便制出了这样的美味。"

徐丽婕一边听，一边若有所悟地点着头。这烹饪中的许多技巧说出来简单，但其构思上的巧妙之处，常常令人赞叹。

姜山要见的第二个人，自然就是沈飞。不过他们并没有相约，因为姜山知道，要想找到沈飞，那实在是一件再容易不过的事情。

下午，在那熟悉的小巷口，当那股独特的气味飘散开来的时候，

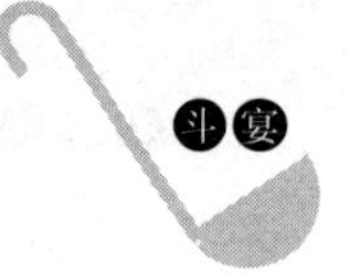

周围的人们就像是中了某种魔力，三三两两地聚在了沈飞的摊点前。姜山便很随意地夹杂在他们中间。

沈飞的吆喝声一如既往地热烈："油炸臭豆腐干，油炸臭豆腐干啰。"也许是因为人多，也许是因为过于关注油锅中的动静，直到姜山随着购买的队伍排到他面前时，他才恍然一愣。

姜山微微一笑，递上一枚一元的硬币，说道："给我来五块，多放香菜，味料要足。"

"好嘞！"沈飞也笑了起来，他收起硬币，热情地招呼着，"请到那边稍坐，一会儿就好。"

姜山找了张空桌坐下，片刻后，沈飞便把一碗调好的臭豆腐干端上了桌。

"明晚七点，西园酒店红楼宴厅，我和'一刀鲜'的决斗，你会来吧？"姜山说话的语气，就像是在邀请一个相识多年的老朋友。

沈飞依然是那副熟悉的嬉笑表情："这么热闹的事情，怎么可能少得了我呢？"

姜山看着沈飞，似乎有好多话想说，可最终，却只是淡淡的一句："沈飞，我们是朋友，对吗？"

"当然啊。"沈飞几乎是毫不犹豫地答道。

两人四目相触，均是会心地一笑。

决战前夜。

四份火红的请柬被送到了"一笑天"酒楼，分呈徐叔、徐丽婕、凌永生和沈飞。

凌永生已经是第三次在看属于自己的那份请柬了。

“欣闻‘一笑天’酒楼新任主厨凌永生厨艺精湛，秉性高淳。本人将于农历三月二十一日晚七时在西园酒店红楼厅摆下宴席，现诚意邀请凌先生届时赴宴，并对本人与御厨后人姜山间的厨艺比试做个见证。‘一刀鲜’。”

简短的几句话，凌永生却看得心潮澎湃。自从踏进厨界的那一刻起，他就是听着“一刀鲜”的故事成长起来的，说“一刀鲜”是他心中的偶像也毫不为过。现在，接到偶像亲手发来的请柬，心中的兴奋和喜悦可想而知，那“厨艺精湛，秉性高淳”的八字评语，更是让他有种受宠若惊的感觉。

当然，最让他激动的，还是明晚进行的那场比试。姜山挑战“一刀鲜”，从之前的种种迹象来看，这只怕会成为厨界中百年一遇的巅峰对决。能够见证这场对决的人，在今后的若干年里，都会成为众人口中津津乐道的幸运儿。

不过徐叔的兴致看起来却远没有凌永生那么高。晚饭后，他让人把那块“烟花三月”牌匾取了下来，然后用纱布仔仔细细地擦了一遍又一遍。

“徐叔，都这么亮了，您还擦，您是想把它当镜子用啊？还有小凌子，那请柬上有几个字啊，你捧着半小时没撒手，有那么好看吗？”沈飞看着这师徒二人，终于忍不住了。

凌永生憨憨地一笑，放下了请柬。徐叔却轻轻地叹了一声，说道：“如果明天晚上‘一刀鲜’也输了，就再也留不住这块匾喽。”

“‘一刀鲜’怎么会输呢？不可能的。”凌永生晃着脑袋，难得

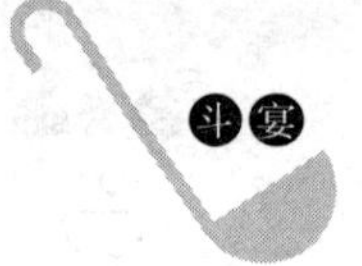

一次对师父的话进行反驳。

“我问你，姜山这几次做的菜，你看出有什么缺点吗？”

凌永生摇了摇头，确实，在他眼中，姜山每一次的发挥都是无可挑剔的。

徐叔沉默半晌，悠悠说道：“所以这一次的比试，谁要想战胜姜山，必须得有非同一般的办法才行。”

“‘一刀鲜’肯定会有办法的。”凌永生仍然坚持自己的观点，在他心中，“一刀鲜”的形象几乎像神一样高大和完美，不会有任何做不到的事情。

沈飞笑嘻嘻地看着师徒俩，那表情像是在看一件非常有趣的事情。

“爸，我想和您说件事。”一旁的徐丽婕此时突然插了一句。

徐叔立刻把目光转到女儿身上：“什么事？”

“嗯，是这样的。”徐丽婕预感到自己的话会让父亲感到失望，所以努力想把语气说得轻松一些，“这次比试完了之后，我可能会和姜山一起去北京。”

徐叔一愣：“去北京？和他？为什么？”

沈飞和凌永生显然也有些出乎意料，全都诧异地看着徐丽婕。

徐丽婕耸耸肩膀：“我还是想去北京发展我的事业，那里的空间会更大一些。在起步的阶段，姜山会给我提供一些帮助的。”

“哦，是这样……”徐叔看着女儿，目光却黯淡了很多，沉默片刻后，他轻轻地说道，“如果你想去，那就去吧。”

“现在北京和扬州之间已经通火车了，交通很方便。我即使去了北京，也会经常回来看您的。还有沈飞、小凌子，其实我也舍不得离

开你们。回扬州以后的这几天，我真的过得非常快乐。”徐丽婕这几句倒不是说的客套话，而是发自内心的感受，语气也非常诚恳。

“不错，不错。”徐叔喃喃地念叨了两句，然后无奈地摇了摇头，从椅子上站起来，向着门外走去。

“师父，您去哪儿啊？”凌永生有些担忧地问道，徐丽婕更是跟着往外走了两步。

“我出去转一转，你们就别跟过来了。”徐叔顿了一顿，似乎又想起什么，对凌永生说，“我这几天身体不舒服，明天的比试我也不想去了。如果姜山赢了，你就让他直接把匾带走吧。唉，别让我看见就好。”

说完这话后，他负着双手，缓缓踱出了门外。他那单薄的背影在清冷月光的映衬下，多少显得有些老迈和落寞。

屋中三人面面相觑，似乎都不知道该说些什么。良久之后，徐丽婕看了看沈飞和凌永生，略带赌气地问道：“你们怎么不说话，是不是都认为我做得不对？”

凌永生缄口不言，沈飞则挠了挠头：“什么不对？”

“去北京的事情。”

“这本来就是应该由你自己来选择的事情，我能说什么对不对……”沈飞用无辜的眼神看着徐丽婕，“不过，徐叔真的很希望你能留下来。其实在他心中，你可比那块牌匾重要多了。”

徐丽婕叹了口气：“我知道。可北京一直是我向往的地方，我在美国的时候，就梦想着有一天能到北京，在那个伟大的城市里发挥我的才华。”

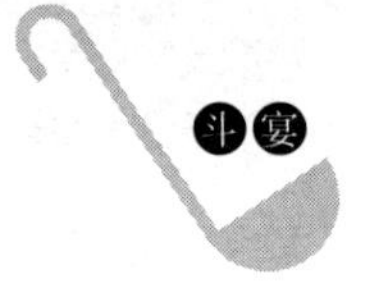

“那你不喜欢扬州吗？”凌永生插了一句。

“喜欢。”徐丽婕略作思考后，用更加坚定的语气说道，“我甚至有些爱她，但那种感觉是不一样的。扬州给我的是一种家的感觉，温馨、和睦、安详，但我并不想一直待在家里。”

沈飞理解地点点头：“每个人都会追求一些东西，去实现自己的梦想。在达到之前，别人很难让他停下来的。这种感觉我明白，因为我以前，也曾和你一样。”

听到这话，凌永生的目光微微一闪，很显然，他又想起了十年前的那个沈飞。

徐丽婕则更在意沈飞话中的潜台词，问道：“那后来呢？你变了？”

沈飞沉默着，一幕幕的往事在他眼前重新浮现。他没有直接回答徐丽婕的问题，反问：“你们知道我这辈子最遗憾的一件事情是什么吗？”

徐丽婕和凌永生对看一眼，都摇了摇头。

“还记得那个女孩吗？小琼。她在这个世界的最后一段日子里，我却没有陪在她的身边。”沈飞在说这句话的时候，嘴角挂着一丝微笑，但那微笑是忧伤的，徐丽婕甚至能嗅出其中的苦涩味道。在沈飞的脸上，她还从未见过这样的表情。

“为什么这样呢？”她小心翼翼地追问。

“因为那时我还不明白，在我的生命中，究竟哪些才是最重要的东西。”沈飞注视着徐丽婕的眼睛，似乎想用目光传达什么。

徐丽婕咬咬嘴唇，说道：“那你能告诉我你现在的感觉吗？”

沈飞笑着摇了摇头：“说是没有用的，必须亲身经历过的人，才会明白。”

第七章

Chapter 7

三头宴

“烩制鱼头的时候，用的可不是普通的白水，而是上好的鲜汤，这种汤俗称底汤。一般来说，大多数人都会选用鸡汤为底，不过这份鱼头，选用的底汤却是用猪棒骨熬成的，因为棒骨中富含骨髓，所以这种骨头汤本身就已经十分浓稠，再加入鱼头烩制，大量的胶原蛋白又融于汤中，这才使得最后的汤汁如此浓厚，要是稍微凉一凉，只怕会冻在一起呢。”沈飞说完，又接连喝了好几口鱼汤，然后闭眼轻叹，一副无穷享受的模样。

烩鱼头

西园酒店也许不是扬州最好的酒店，但其五星级的设施和服务，绝对是扬州顶级的、最上档次的。酒店集住宿、娱乐、餐饮于一体，历来是外宾和高端游客来扬州时的首选之所。

红楼宴厅则是西园酒店餐饮部中最豪华的一个宴会包厅。与其他大大小小的包厅不同，红楼宴厅有着一套完全独立的后厨和服务人员，其中司勺的大厨八名，配菜工八名，服务员十四名，迎宾员两名，前台及管理人员四名。这一套人马，别说负责一个宴厅，就算支撑一家中等规模的酒楼，也是绰绰有余了。

可是红楼宴厅每天卖出的酒席，却只有一桌。这并非宴厅的生意冷清，事实上，要在这里办一桌酒席，往往要提前一个月预订。可不管你出多高的价钱，也别想让宴厅在同一天内摆出第二桌酒席来。

“一个人每天的精力是有限的，他工作状态的巅峰在这一天中只能够出现一次。因此我们每天只会办一桌酒席，也就是说，红楼宴厅三十六名工作人员都会集中一天所有的精力，只为一桌客人提供服务。”这段话出自宴厅经理段雪明之口，也正是红楼宴厅的经营理念。

这样的服务，其质量可想而知，其代价亦可想而知。很少有人知

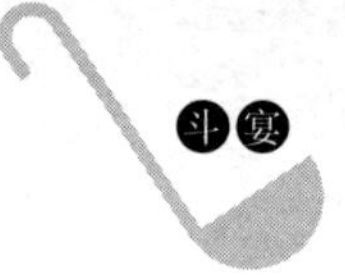

道在红楼宴厅摆一桌酒席的花费究竟有多高，但有一个秘密已是人人皆知：红楼宴厅每天只卖一桌酒席，盈利却比许多同等人力规模的酒楼要好得多。

放眼扬州城，也许只有这样的宴厅，才有资格承办“一刀鲜”和姜山之间这场注定将成为传奇的厨界巅峰之战。

姜山来到红楼宴厅的时间是晚上七点零五分，比约定的时间晚了五分钟。

在某些情况下，迟到并不能说明一个人的时间观念不强。

姜山今天的迟到，既是一种礼节，也是一种策略。

首先，作为一个赴宴的宾客，你最好不要在约定时间之前到达，否则可能会让尚未做好准备的主人感到尴尬；其次，在一场高水平的对决之前，让对手等待你的到来，无疑可以在一定程度上占到心理上的优势。当然，不管什么情况，迟到的时间都不能太长，五分钟左右正是一个合适的选择。

姜山在迎宾小姐的带领下进入宴厅，他看到其他人都已在一张红木圆桌前坐好，他们中有马山、陈春生，有彭辉、孙友峰，有沈飞、凌永生、徐丽婕，位于主座上的则是彩衣巷中的老者，他身边空着的客座主位自然是留给姜山的了。

然而“一刀鲜”却不在这桌人中。

“一刀鲜”是这次宴请的主人，他当然不会迟到。事实上，他是今晚第一个来到红楼宴厅的人，只不过他并没有上桌，而是坐在了厅中的一幅大屏风后面。

玉制的屏风，红雕漆嵌，对桌而立，屏风正面绘着“丹凤迎春”

的美图，两侧则各拉起一道金黄色软缎帷幕，将“一刀鲜”遮于其中，众人只能透过屏风隐隐看见其端坐的身形。

“姜先生来了？请入座吧。”屏风后传出一个嘶哑的声音。

众人的目光立刻从姜山身上挪开，循着声音的方向看过去。自他们到来后，这还是“一刀鲜”第一次开口说话，对于这个传说中的人物，即便看不见他的容貌，一句简单的话语也同样能够吸引大家的眼球。

“您不过来坐吗？”姜山眼望屏风处应道。

“嘿嘿。”“一刀鲜”干笑了两声，语气中透着些尴尬和无奈，“我都几十年没出来走动了，这张老脸，又有什么好看的呢？”

桌上众人面面相觑。现场除了居于主座的老者外，就数马山年纪最长了，也只有他曾和消失前的“一刀鲜”有过几次交往，只见他捋了捋胡须，开口说道：“先生虽然已经淡出厨界多年，但昔日的卓越风姿令我至今难忘，在座的这些后来人也是素来仰慕不已。今天难得有缘相聚，先生却隔屏不出，真是要让人抱憾而归了。”

“一刀鲜”沉吟着，似乎对接下来的言辞颇为犹豫，良久之后才说：“今天的这场比试，我如果赢了，和大家把酒叙旧倒也无妨，可我若输了，家族两百多年的盛名毁于一旦，还谈得上什么风采？到时候诸位就当没见到我这个人，把我给忘了吧。”

此言一出，众人都颇为惊讶。原以为“一刀鲜”藏于屏风之后是神龙见首不见尾的高人风范，可现在一听，竟是担心比试输了以后无脸下台。他这种低调畏缩的态度和传说中那个近乎神话的形象实在是大相径庭。

孙友峰忍耐不住，在陈春生耳边轻声说道：“陈总，这‘一刀

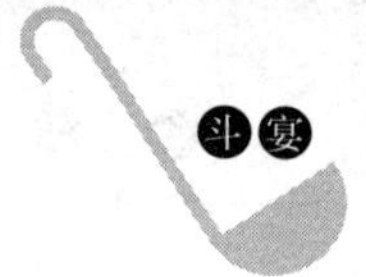

鲜’是老了吧？以前的锋芒看起来被磨去了不少。”

陈春生皱着眉头，一副不解的样子，心中暗想：“八年前他横扫北京的时候，那股气概谁比得了？难道这几年间，竟变了这么多？”

众人接到“一刀鲜”的请柬，今天都是兴致勃勃地前来赴宴，心想既然“一刀鲜”出马，必然可以力挫姜山，一扫扬州厨界连日来的颓势。谁知入座后不久，先是得到徐叔称病不出的消息，而后又看到“一刀鲜”斗志低迷，众人不免都心中惴惴，可以说比试尚未开始，在气势上就已经输了一筹。

就连持中立态度的徐丽婕也禁不住摇了摇头，轻声说：“这个‘一刀鲜’怎么看起来有些怕姜山似的？”

“不会的。他只是嘴上这么说而已，我看这不过是他的一个借口，他是不愿意抛头露面，这里面自有其他原因。‘一刀鲜’两百多年厨艺天下第一，怎么可能怕姜山呢？”说话的是凌永生，他生性憨厚，“一刀鲜”的威名对他的影响又极深，不管出现什么情况，都无法动摇他对“一刀鲜”的支持。可面对别人犹疑的态度，他此刻又不免有些难过。

幸好他还不是孤立的，身边一人向他投来赞许的笑容，让他的心情重新振奋了起来。

淡淡的笑容，却带着雨后阳光般的豁然与洒脱，这种笑容自然是属于沈飞的。难道他也像凌永生一样，对“一刀鲜”的实力有着近乎虔诚的信任？

不管别人的态度如何，姜山始终是一副处变不乱的模样。他走到桌前，冲大家颔首示礼后，泰然自若地坐在了老者身边的空座上。

从姜山进屋时起，老者便一直端坐着不动声色。此刻见姜山入座，他才清了清喉咙，朗声说："屏风后是我的一位老朋友，今天他不便见客，所以托我替他做好东道主。既然'一笑天'的徐老板已确定不来，那客人现在就算到齐了，段经理——"

随着老者的一声呼喊，一个圆脸浓眉的中年男子从后厨快步走了出来，垂手站在老者身边，毕恭毕敬地问道："您有什么吩咐？"

见到这种情形，在场的淮扬众厨心中都暗暗吃惊。如果所料不错，这个中年男子应该就是红楼宴厅的经理段雪明了。

扬州厨界，除了赫赫有名的三大名楼的老板和主厨外，另有四人亦各赋绝技，并称"一怪三绝"。"三绝"分别是指在选料、刀功、火候上技冠一时的朱晓华、李冬和金宜英，这"一怪"所指则正是这位段雪明。

段雪明以"一怪"而名列"三绝"之前，其实力可见一斑。

段雪明的怪首先怪在他的来历。二十年前西园酒店筹办红楼宴厅，他突然出现，在烹饪大赛中力挫众多淮扬名厨，入主宴厅，担任经理的职位。而在此之前，从来没有人见过他，他的厨艺隶属地地道道的淮扬菜系，可全扬州城也没有人知道他的师父是谁。

段雪明的怪其次怪在他的性格。他入主红楼宴厅之后便深居简出，极少与外人交往。以至于名头虽响，但真正见过他的人寥寥无几。即便是外宾名人来红楼宴厅就餐，想要让他走出后厨露个面也是千难万难。据说只有一次例外，那是中央某老首长回扬州视察，尝了红楼宴厅的菜肴后，赞不绝口，段雪明这才出来打了个招呼。老首长一度想调他到中南海国宴厅任淮扬菜总厨，却被他婉言谢绝，他一辈

子的目标，似乎便是当这个红楼宴厅的经理。

可就是这样的一个怪人，现在却俯首帖耳地站在老者面前，从那神态上来看，即使老者现在叫他卷铺盖回家，他也不会说半个“不”字。

即便这样，老者对他仍是一副爱理不理的表情，他略翻了翻眼皮，淡淡说道：“客人都到齐了，走菜吧。”

段雪明毫不含糊，对着后厨方向清朗朗地叫了一声：“走菜——”

他这两个字的尾音拖得老长，余音未歇，只听得“嗒嗒”声响，一行身着清装，脚踏木屐的窈窕女子从后厨鱼贯而出，前后共十二名，正合了《红楼梦》中十二金钗之数。

当先五名女子手中各托一个黑绒锦盘，在众人身后散开，随后又有五名女子上前，分别从锦盘中端下五碟小菜，轻轻置于桌面上。

随后十二名女子八人分侍在姜山等人身后，一一对应，老者身后却是段雪明亲自陪侍。另有两名女子去了屏风边，剩下两人则立于后厨入口处。

桌上筷碟餐具早已备好，众人想喝什么酒水饮料，只需吩咐身后陪侍的女子，立时便可斟上。

徐丽婕看着桌上的那五样小菜，看起来并没有什么特别的地方。其中四样极为普通，即便在美国的中餐馆也常能吃到，她忍不住依次说道：“老醋花生、蜜丝大枣、凉拌苦瓜、夫妻肺片，这几个菜我都认识呢，只有最后这盘，好像是鸡肉？”

“这可不是鸡。”老者笑了笑说，“这是扬州的土产，盐水老鹅，徐小姐请尝尝看。”

徐丽婕拿起筷子，夹了一块鹅肉放入口中，一嚼之下，只觉得肥

而不腻，咸香中透出一股鲜味，甚是美妙。她吃完后觉得尚不过瘾，正想去夹第二筷时，却被沈飞轻轻拦住了："这每个碟中的菜，你都只能吃一块。"

"为什么？"徐丽婕不解地看了眼那碟鹅肉。碟子虽然不大，但鹅肉切得十分细小，桌上众人每人吃个两三块应是绰绰有余的。

"这些并不是正菜。"沈飞向她解释着，"这五碟小菜分别主酸、甜、苦、辣、咸五味，是吃正餐前用来调节食客的味蕾的。碟中每片菜的大小和滋味浓淡都搭配得恰到好处，各吃一片时恰好可以五味齐发而又相互平衡。若哪样菜多吃了一片，都会影响到一会儿品尝正菜时的味感。"

"那我每碟菜都吃两片、三片不也一样吗？"徐丽婕已经明白了其中的道理，可还是忍不住要和沈飞斗斗嘴。

凌永生以为她是认真的，在一旁憨憨地说："那不行。主菜可不止一道，每道主菜之间都是要调一下味的。照你这个吃法，光吃调味菜就吃饱了。"

"嗯，还是小凌子说得有道理。"徐丽婕笑嘻嘻地说，偏不肯把这个面子送给沈飞。然后她像其他人一样，把五碟小菜挨个尝了一筷。

调味已毕，众人把筷子依次放下，忽听"一刀鲜"沙哑的嗓音又在屏风后响起："姜先生远道而来，我打算以一桌'三头宴'略尽地主之谊，不知道是否合你的口味？"

姜山微微一笑，然后开口吟道："'扬州好，家宴有三头。天味人间有，隽味朵颐留。'这三头宴以市井人家的寻常原料烹制主菜，变拙为宝，平中突奇，化大俗为大雅，本是厨艺境界中的极高层次。

在扬州宴客，还有什么比三头宴更合适的呢？”

徐丽婕听两人说得这么热闹，心中早已起了痒痒，暗想：“这三头宴光听名字，就给人一种不同一般的感觉，不知道这‘三头’分别指的是什么？”

正猜想间，只见老者点了点头，说道：“既然姜先生对三头宴如此赞赏，那就上主菜吧。”

段雪明听见吩咐，冲站在后厨门口的两位侍女拍了拍手，两人会意，走入了后厨。那“嗒嗒”的木屐声由近渐远，随后又由远及近。当两人再次从门口出现时，一股浓郁的香味也跟着飘进了宴厅。

只听段雪明高声报出了菜名：“‘三头宴’第一款：扒烧整猪头！”

两名侍女合力端着一只硕大的盘子，盘中仰面朝天的，果然是一整只枣红油亮的大猪头！

等那猪头端到桌上，香味早已飘散在整个宴厅。沈飞“咕”地吞了一口口水，也不客气，一边赞道：“好香，好香！”一边伸过筷子就要往猪头上戳。

“等等！”段雪明忽然开口阻拦。

“怎么了？”沈飞一愣，“这扒猪头可等不得，凉了以后，胶汁上冻，口感上可会差很多的。”

“那是当然。”段雪明笑着说，“我也希望诸位尽快下箸。不过这里是红楼宴厅，有些与众不同的规矩，大家如若照做，吃起来会更增雅兴。”

“什么规矩？快说快说。”沈飞迫不及待地挥着手中的筷子。

段雪明不慌不忙地说道：“《红楼梦》中有一段描写，众人喝

酒时，必须命题吟诗，完成的人才有菜吃。今天诸位不妨借鉴这个典故，增加一些酒趣。”

“吟诗？”沈飞把头摇得像拨浪鼓一样，用手一指姜山，“照这个玩法，你不如直接把这一拉猪头全端给他好了。”

“也可不限于吟诗。”段雪明似乎早有准备，侃侃而言，“既然大家要吃猪头，我看不妨就以‘猪头’为题，诗词也好，典故也好，常识也好，只要能说出一些相关的东西，就算过关。”

“那能不能过关是由你说了算吗？”沈飞摸着下巴，在心里揣度着这交易划不划得来。

段雪明摆摆手：“我今天只是个服务人员，怎能直接参与游戏？这裁判的角色，我看由徐小姐来当最为合适。”

“好好！”沈飞一听这话，心中大悦，“大小姐为人一向公正公平，让她来当裁判，确实最合适不过了。大小姐这么辛苦，这猪头肉，自然得让她先尝为快。”说完，也不问别人同不同意，径直从那猪头的腮部夹下一块肉来，送到徐丽婕的碟中，讨好地说：“尝尝看，这个地方的肉是最细嫩的。”

看着沈飞的样子，徐丽婕忍不住直想笑。不过既然他已经夹来，自己也就不再客气，把那块肉送入了口中。这猪头腮部的肉果然又酥又烂，细嫩直如豆腐，同时味绝浓厚，在舌口间悠转不绝。

“味道怎么样？”沈飞笑嘻嘻地问。

“味道是不错。”徐丽婕歪过脑袋看了看他，“不过你贿赂裁判，罚你最后一个上场。”

沈飞捏捏自己的鼻子，苦着脸，一副无辜的表情。

徐丽婕此时转头看着姜山，笑盈盈地说：“姜先生，你远来是客，就从你第一个开始吧。”

“好。”姜山略一沉吟，说道，“刚才沈飞说诗词是我的强项，那我就偷个懒，不再另寻它径了，下面这首《望江南》是清代黄鼎铭的词，其中便提到了这道‘扒烧整猪头’。”言毕，他略微顿了顿，然后开口吟道，“扬州好，法海寺间游，湖上虚堂开对岸，水边团塔映中流，留客烂猪头。”

“嗯，好一个‘留客烂猪头’！”主座上的老者赞了一句，紧接着说，“扬州八怪中的罗聘也曾作过一首七绝，提到猪头的美味，那七绝是这么说的：‘初打春雷第一声，雨后春笋玉淋淋。买来配烧花猪头，不问厨娘问老僧。’”

“不错不错，你们俩的诗词都很好，请吃肉吧。”徐丽婕履行完裁判的职责，随即又抛出心中的疑问，“不过刚才你们的诗词中，一个说‘法海寺’‘留客烂猪头’，一个说烧猪头‘不问厨娘问老僧’，这是怎么一回事啊？”

马山呵呵一笑，说：“就让我来顺水推舟，解答这个问题好了。这‘扒烧整猪头’相传是清代法海寺的僧人所创。最初做的并不是整猪头，用的烹饪器具也很特别。当时的僧人将猪头肉切成像东坡肉那样一寸见方的肉块，塞进未曾用过的尿壶里，加进各种作料和适量的水，用木塞将壶口塞紧，然后用铁丝将尿壶吊在点燃的蜡烛上慢慢焖制，这样即使有人看见，也会以为他们在烤去尿壶中的骚味，绝不会想到竟然是在烹制美味的猪头肉。”

“啊？”徐丽婕瞪大了眼睛，“那这法海寺里岂不是住着一群花

和尚？”

“那倒不是。其实他们烹制的猪头肉，自己并不食用，而是偷偷卖给附近居民。据说后来乾隆爷下江南的时候，也尝了那些猪头肉，果然味道香郁，令人赞不绝口。于是乾隆爷就特许法海寺的和尚公开制卖猪头肉。从此这猪头肉就成了法海寺的一道名菜，脱离了尿壶之后，不断改进，才有了今天的‘扒烧整猪头’。”

马山侃侃说完，笑眯眯地看着徐丽婕：“怎么样，对我的解释还满意吗？”

“满意，满意。这个解释既有趣又合情合理。您也请吃肉。”看着马山夹起一块猪头肉吃得极香，徐丽婕忍不住“扑哧”一笑，说：“不过这猪头肉原来最先是从尿壶中烧出来的，想到这一点，会不会影响食欲呢？”

“徐小姐，这你就有所不知了。当初如果不是用尿壶烧制，那还做不出这样的美味呢。”彭辉在一旁插话道。

徐丽婕好奇地眨了眨眼睛：“哦？这怎么讲？”

“这猪头肉烹制过程中最重要的两点，一是要焖得烂，二是要除去猪头中的圈腥气。”彭辉解释说，“而以尿壶盛猪头肉正好可以满足这两点。首先，尿壶口小，聚气，以小火焖制，正是最适宜的容器；其次，当时的尿壶是用陶土制成，烹制过程中就像一个细密的砂滤斗，可将猪头中的圈腥气吸附其中。现在很多厨子在做‘扒烧整猪头’的时候，往往在猪头下垫两片大泥瓦，其实也是同样的道理。”

“原来是这样。”徐丽婕恍然点了点头，笑道，“说得不错，你也可以吃肉了。”

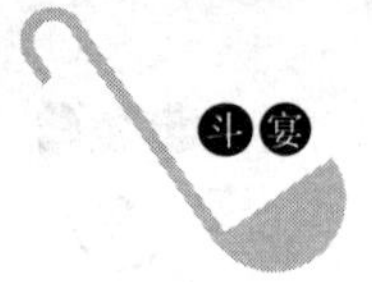

一桌九人，过关的已经超过了半数。徐丽婕此时把目光投向了陈春生：“陈总，该轮到您啦。”

经过前面几个人的铺垫，陈春生早有准备，他清了清嗓子说：“我要说的，是猪头选料时的学问。会做猪头的人都知道，这猪头越细嫩，口感便越好；猪头越肥大，卖相便越好。而细嫩和肥大却又互相矛盾，这一点很好理解，猪长得越大，肉质自然越老。可前两年，城郊河东庄的一个屠户，却总能杀出又肥又嫩的猪头来，用来做‘扒烧整猪头’真是再合适不过了。”

“哦，那陈总你肯定很快就得到了消息。这样的好猪头，自然就被你‘镜月轩’给垄断了吧？”马山半开玩笑半认真地说道。

“马老师，您只猜对了一半。消息我是立刻就得到了，可我去当地并不是要买猪头，我要的是培育这种猪头的方法。”

姜山点头表示赞同：“不错，这才是经营之道的根本。”

“我先是想高价收买那个屠户，可没想到那人守口如瓶，怎么也不愿说出其中的秘密。我不甘心空手而归，就租下了他猪圈隔壁的屋子，在那泥巴墙上钻了孔，忍着臭气盯了一天一夜，终于把他养猪的诀窍搞了个一清二楚。”陈春生说到这里，脸上露出一丝掩饰不住的得意神色。

众人心中都暗暗感叹，两年前，陈春生身家已过千万元，为了得到商业上的秘密，还情愿在臭烘烘的猪圈旁猫上一天，此人能够在商界迅速崛起，绝非偶然。

“那你肯定把这个方法很快用到实践中了？”马山又猜测道。

陈春生却摇了摇头：“我不仅没有学用他的方法，还让人从其他

地方购入一些猪头，在那里低价出售，扰乱他的生意。”

“这是为什么？”马山不解地问。

“你如果知道了他养的猪头为什么会又肥又嫩，你也会这么做的。在那一天的观察中，我发现他闲着没事时就用柳条编成的鞭子抽打猪的脸部，而且下手很重。那些猪被打得‘嗷嗷’直叫，有的甚至流下泪来。我开始不得其解，后来看到猪脸被抽打的部位红肿流血，这才恍然大悟。猪脸被打伤后，出于生理的保护机制，体内的养分会集中供应到伤口处，以促进其愈合生长，久而久之，那猪头自然便长得又肥又嫩了。”

“这方法也太过残忍了。”徐丽婕听完，唏嘘着说，“陈总，您没有学用他这种缺德的方法，是个有良心的商人，就凭这一点，今天的猪头肉也少不了您的份。”

陈春生夹过一块猪头肉，津津有味地吃完，然后用纸巾擦了擦嘴，又说道：“其实关于这猪头的选料，孙大厨有一番自己的见解，我当时听他讲述，倒是颇为新颖。”

“哦？”众人都把目光转到了孙友峰身上。马山捋捋胡须，笑着问：“孙师傅，这当中的奥妙，能否和大家分享呢？”

一般来说，作为厨界中的高手，都会或多或少地掌握一些烹饪上的独家秘籍或窍门。按照行规，这些东西同行之间是不宜主动询问的，不过陈春生作为孙友峰的老板，既然他先说起，大家也就没有那么多顾忌了。

徐丽婕被勾起了兴致，在一旁拿出裁判的特权催促：“孙师傅，快说吧。说完这游戏便算你过关。”

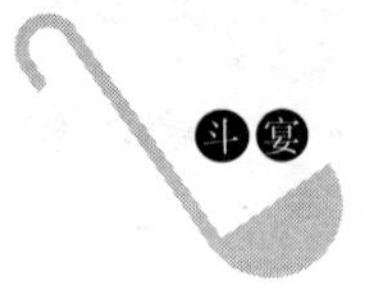

孙友峰点点头，说道：“那好吧，其实只是一点愚见，也不一定正确，大家听了，就当个笑谈好了。陈总刚才提及的猪头，虽然又肥又嫩，但我觉得，要用来做‘扒烧整猪头’，并不是上上之选。”

“为什么？”

孙友峰用手一指桌上的那只猪头：“你看这只猪头，不仅味道极佳，而且呈仰面大笑的神态，端上桌后，立刻满屋喜气。所以这‘扒烧整猪头’在民间有个别名，叫作‘欢喜霸王脸’。”

的确，盘中的猪头眯眼咧嘴，果然是一副开怀大笑的模样，徐丽婕一边饶有兴趣地观赏着，一边竖起耳朵听孙友峰继续讲解：“有经验的厨子都知道，要让猪头咧嘴大笑并不困难，可以通过刀功和手法做出来。不过猪头眉眼间的神态却是无法调节的，烹制前后都不会出现变化。于是很多猪头虽然嘴在笑，但眉眼舒展不开，带着愁容，这样的猪头端上桌，在气氛上便差了一筹。”

在座的众人都微微点头，以示赞同。孙友峰略略停顿后，接着说道：“猪头经过宰杀和烹制的过程，皮肤和肌肉都已松弛，为什么会显出不同的神态呢？我觉得这便和活着的猪遭受的境遇有关。如果这只猪吃得饱，睡得足，整天悠然自得，久而久之，面部的皮肤和肌肉自然就呈现出欢喜的神态；反之，像陈总刚才提到的那些肥猪，时常遭受凌虐折磨，终日愁眉不展，这股怨气也会一直带在眉眼之中的。”

孙友峰的这套理论侃侃说完，众人都觉得新奇而有趣，仔细一想，又不无道理。当下意见一致，同意孙友峰过关吃肉。

这时众人中除了沈飞已被限定最后才能说话外，还没有吃到猪头肉的就只剩凌永生一人了。只见他挠着脑门，为难地说：“我一时也

想不到别的，不过这扒烧整猪头的具体做法记得倒熟，不知道能不能算数？”

“扒烧整猪头”是淮扬菜系中的一道知名大菜，其做法在座的众厨当然都是了然于胸，以此答题，多少有些让人失望。不过大家都知道凌永生素来淳朴老实，要他说出新鲜有趣的话题也是强人所难。于是老者看着徐丽婕说：“既然徐小姐是裁判，一切就由你决定吧。”

徐丽婕也无心刁难凌永生，笑嘻嘻地对他说：“那好吧，不过这当中的步骤，你得仔仔细细、说得清楚明白才行。”

凌永生欣然道：“那是当然。我如果哪里说得不对，大家指出来，那就算我输了。这扒烧整猪头，首先得选用上好的嫩白猪头，将头、耳内外各处的毛污刮净，用刀由下颏处正中向前劈开，但面部皮肤得保持连接，不能切断。剔去全部头骨后，将猪头放在清水中泡一个小时以上，使血污脏物漂出，然后投入沸水锅中煮二十分钟，取出置于清水中再刮洗一遍。此时用刀将眼眶周围的毛、肉剔去，挖出眼球，割下猪耳，切下两腮肉，去除猪嘴尖，剔除淋巴肉，刮去舌膜。然后再将猪头放在沸水锅中连续煮两次，每次二十分钟，以彻底去除其中的腥臊气味。随后把猪头带皮的面朝下，放在竹篦或瓦片上，眼、耳、舌、腮肉等亦顺序入锅，铺上姜片、葱结，加进清水至淹没猪头三厘米为度，而后加入冰糖、酱油、绍酒、香醋、香料袋等各种调料，用大火烧沸后，转用小火焖两小时以上，至汤稠、肉烂。起锅时，将舌头放入大圆盘中间，头肉面部朝上盖住舌头，再将腮肉、猪耳、眼珠按猪头原来部位装好，成整头形，浇上原汁即成。”

凌永生一口气下来，将扒烧整猪头的做法剖析得有条有理，清晰

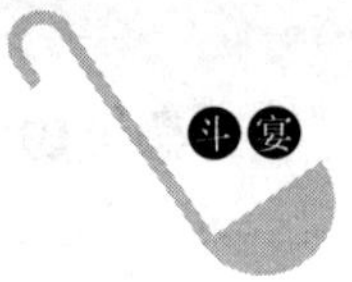

井然。不仅在座的诸位大厨频频点头，就连对厨艺一知半解的徐丽婕也听了个明明白白。只有沈飞听完后，重重地叹了口气，一脸愁苦的表情。

凌永生看着他，不解地问：“怎么了，飞哥？是我说的有哪里不对吗？”

沈飞无奈地扁扁嘴，似乎委屈极了：“你们都有肉吃，我不懂诗词，典故也不会，菜谱更是背不下来。真是不知该怎么办了。”

徐丽婕却笑得眼睛都眯成了一条缝：“想不到飞哥也有无计可施的时候？”

沈飞做出一副绞尽脑汁的痛苦表情，说道：“这个猪头嘛，十年来我倒是买过不少，要说这扬州的大小菜场，哪个铺子里的猪头又好又便宜，那我是了如指掌，可这些诸位肯定是没兴趣听的。”

马山见沈飞想得辛苦，忍不住提示道：“你倒不妨讲讲，这十年来，你买到过的最大最好的猪头是什么样的？”

“最大最好的猪头？”沈飞翻了翻眼睛，毫不犹豫地说，“那自然是去年从北城王癞子手中买到的那一只了。”

徐丽婕见他说得这么坚决，饶有兴趣地问道：“哦？好到什么程度？”

“那可厉害了。”沈飞说至了兴处，眉飞色舞起来，“刚才孙大厨说了，好的猪头须面带喜色，这样食客们看在眼里，心情才能舒畅。而我那次买的猪头，不用看，只需说给你们一听，便能让大家乐得合不拢嘴。”

“是吗？”徐丽婕将信将疑地看着沈飞，“你倒说说看，大家如

果真的笑了，就算你过关。”

沈飞得意地摸着下巴，显得颇为自信：“那我说给你们听听。去年的一天下午，我听说王癞子第二天要赶早去城郊的屠户那里进几个新鲜猪头，于是就找到王癞子，向他预订了一只。王癞子满口答应，并且说一定会把最大最好的那只留给我。隔天早上，我去了王癞子的肉摊，只见他的摊位上果然有好几只猪头，一堆人正围着抢购。等我好不容易挤到近前，那几个猪头却都被抢光了。我当时有些着急，于是便责问他：‘你答应卖给我的那个猪头在哪儿呢？’王癞子不慌不忙，伸手在桌斗中一掏，又拿出一只硕大的猪头放在我面前。原来我订的那只他还给我留着呢。”

沈飞说到这里便停了下来，徐丽婕等了片刻，见他还没有继续往下说的意思，忍不住问道：“那这个猪头到底怎么好了？你还没说呢。”

沈飞嘻嘻一笑：“你们如果听见当时王癞子对我说的话，就知道这猪头好在哪儿了。”

“王癞子说什么了？”

“当时王癞子极是热情，他指着那只猪头，满脸堆笑地说：‘飞哥，你的头我帮你藏着呢。你看看，就数你的头最肥最大！’”沈飞模仿王癞子当时的谄媚语气，惟妙惟肖地说完这段话。徐丽婕反应最快，立刻“扑哧”一声笑了起来，其他人先是一愣，随即也听出了其中玄机，想象着王癞子手指猪头，却对沈飞一口一个“你的头”，那种情景确实让人忍俊不禁，一时间桌上笑声一片。身后那些陪侍的女子虽然努力抿着嘴唇，却也掩饰不住脸上的笑意。

在众人的笑声中，沈飞拿起筷子，一本正经地问道：“大家都笑

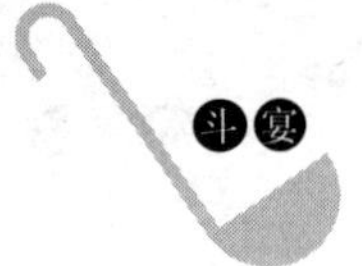

了，我可以吃这猪头肉了吧？”

“可以，可以。”徐丽婕就着话题打趣说，“这个头现在也算你的，我们都给你留着呢。”

“嗯，这猪耳柔中带脆，不可错过；猪舌口感软韧，也不可错过；最难得的还得数这猪头上的肉皮，又糯又香又滑，我看比北京的烤鸭更胜一筹呢。”沈飞说到哪里，筷子就伸向哪里，分别夹起所说的部位，赶不及立刻吃的，便一一存于盘中。

众人欢笑之后，胃口也随之大开。既然人人都已过关，大家也不再客气，各自举筷夹肉，吃得不亦乐乎。

又吃过一巡后，忽听“一刀鲜”在屏风后说道：“猪头肉味道虽好，但终究是油腻之物，诸位不可贪味多吃，否则食欲降低，影响品尝下面两道佳肴的胃口，那就不美了。”

众人闻言，都放下了筷子。段雪明目视屏风，恭恭敬敬地说道：“你所言极是。那第二道主菜现在是否可以准备上桌了？”

“一刀鲜”无声地点了点头。似乎知道自己的嗓音嘶哑难听，只要能不说话，他一般便不会开口。

段雪明冲诸侍女使了个眼色，站在后厨门口的两位走过来，将吃剩的猪头撤下，送入后厨，以免一会儿与第二道主菜的气味相扰。各人身后的侍女则奉上清茶，作净口之用。众人饮了茶，又各自吃了调味小菜，然后静坐以待。

不一会儿，随着脚步声响，那两名端菜的侍女再次从后厨走了出来，这次她们四只玉手共同抬着一只大瓷钵，钵壁甚高，远远只见腾腾地冒着热气。香气早已四下飘散，与刚才扒烧整猪头的浓郁感觉不

同，这股香气却要淡雅了许多，别具一番清新的鲜味。

段雪明仍是朗声报出菜名：“‘三头宴’第二款：拆烩鲢鱼头！”

侍女将那瓷钵置于餐桌中央，徐丽婕伸长脖子，只见瓷钵中一片乳白浓稠的汤汁，余沸未歇，尚在“咕咕”地泛着气泡。一只硕大的鱼头卧于汤汁中，那鱼头足有三十厘米长，被一劈两半，但中部的皮肉仍然相连。鱼头周围隐隐有碧波轻翻，仔细看时，原来是鲜嫩的菜心。

“好大的鱼头啊！”徐丽婕惊叹道，“这么大的鱼头，整条鱼会有一米多长吧？”

“那倒不至于。”段雪明很有礼貌地解释说，“徐小姐大概对这种鱼不是很了解。这种鲢鱼，本地人俗称‘大头鲢子’。其特点便是头部硕大，大概能占到身体总长的三分之一。我们这边有句俗语说得好：‘鲢鱼吃头，青鱼吃尾，鸭子吃大腿。’虽然话语直白朴素，但对这三种烹饪原料的点评却是一针见血，准确得很。具体说来，今天我们选用的是产于扬州一带江水中的大花鲢，与寻常的塘鲢相比，不但更加肥美，而且绝无河塘中的泥土气。”

沈飞馋馋地舔了舔嘴唇，有些悻悻地问道：“这道菜该怎么吃啊？又要出题过关吗？”

段雪明笑了笑：“不必了。这道菜请诸位即刻品尝，最好不要有半点拖延。因为这鱼头一凉，便会有腥气，越是滚烫时，滋味才越美。”

沈飞哈哈一笑：“这就好，这才能吃得痛快嘛。这烩鱼头汤汁最是鲜美了，来，先给大家每人盛上一小碗。”他大大咧咧地向身后陪侍的女子招呼着，似乎他倒成了今天的主人一样。

在座的众人知道沈飞性格一向如此，倒也都不在意。待陪侍的女

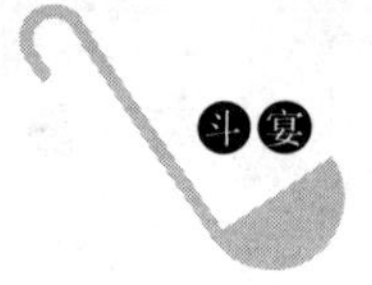

子盛好汤汁后，诸人手捧汤碗，各自小口轻啜。

九人中，唯有徐丽婕是第一次品尝这道拆烩鲢鱼头，这一口鱼汤下去，她立刻体验到一种从未有过的奇妙感觉。原来那汤汁不仅极香极鲜，而且浓厚无比，以至于口唇接触汤汁之后，竟微微有些发黏，互相间轻轻一碰，几乎便要粘在一起了。

却见姜山轻轻咂了咂舌头，赞道："棒骨底汤，双髓相融，这种口感，用'绝妙'两个字形容毫不为过。"

徐丽婕用胳膊肘捅了捅身边的沈飞，悄悄地问："他说的前半句话是什么意思？"

"烩制鱼头的时候，用的可不是普通的白水，而是上好的鲜汤，这种汤俗称底汤。一般来说，大多数人都会选用鸡汤为底，不过这份鱼头，选用的底汤却是用猪棒骨熬成的，因为棒骨中富含骨髓，所以这种骨头汤本身就已经十分浓稠，再加入鱼头烩制，大量的胶原蛋白又融于汤中，这才使得最后的汤汁如此浓厚，要是稍微凉一凉，只怕会冻在一起呢。"沈飞说完，又接连喝了好几口鱼汤，然后闭眼轻叹，一副无穷享受的模样。

段雪明看看徐丽婕，笑着说："徐小姐，这道菜不仅滋味鲜美，而且营养丰富。尤其是这鱼头中的眼膏，具有养颜美容的奇效，你不妨尝尝看。"

徐丽婕欣然点头。身后的陪侍女子随即上前，手持一个小勺，轻轻从鱼头的眼窝部位探了进去。那鱼头看起来极为柔软，一触即陷，小勺立刻没入其中。

徐丽婕"咦"了一声，诧异地说："怎么这鱼头就像没长骨头

一样？”

“不是没长骨头，而是骨头在烩制前就已被去除了。”一旁的凌永生向她解释着，“这道菜在制作时，首先把鲢鱼头去鳞、去鳃，清水洗净后，用刀在下腰进刀劈成两爿，放入锅内，先加清水淹没鱼头，放入葱结、姜片、绍酒等去腥的调料，用旺火烧开，续小火焖十分钟，然后用漏勺捞入冷水中稍浸一下，冷却后用左手托住鱼头，鱼面朝下，右手则在水下将鱼骨一块块拆去。这个步骤对手法要求极高，操作者无须目视，仅凭触感拆骨，且每块骨头拆除先后顺序不得有丝毫错误，否则便会划伤鱼肉，造成最后上桌的鱼头形容不整。将鱼骨完全除去后，这才加入底汤和各种调料，进行最后的烩制。因此这道菜才会叫作‘拆烩鲢鱼头’。”

徐丽婕一边津津有味地听着，一边想象着厨师水下拆鱼骨的情形，必定是五指灵巧，技艺娴熟，几乎可与昔日“庖丁解牛”的功夫媲美。

此时那女子已从眼窝处剜出了一勺胶状物质，放在了徐丽婕的餐碟中。只见那勺胶质又白又嫩，呈半透明状，宛若凝脂，尚在微微颤动着，想必就是段雪明所说的眼膏了。

徐丽婕将小勺送入口中，那团凝脂到了唇齿之中，未及咀嚼，只是轻触了一下，便立刻柔柔地化开了，一股浓郁的鲜香随即泛遍了口舌间的每个角落，久久不散。

“太棒了！”徐丽婕由衷地赞叹着，“你们都该尝一尝啊。”

主座上的老者微微一笑，说道：“这鱼头虽大，眼膏却只有很少的一勺，不是人人都有口福尝到的。”

“啊？”徐丽婕吐了吐舌头，“那不是变成我一个人独美了？真是不好意思……”

“不妨的。这‘三头宴’上历来的规矩，鱼头中的眼膏都是给来客中的女宾享用的，今天除了你，别无二人。”老者对徐丽婕说完，又把目光转向了姜山，“姜先生，这鱼唇具有补肾强体的作用，对男儿大有益处，你贵为主客，自当独享，就不必推辞了。”

一旁早有侍女将鱼唇部分夹下，送入了姜山碟中。姜山点头以示答谢，轻轻夹起那片鱼唇，送入口中细细品尝。

与眼膏的细嫩不同，这鱼唇却是既脆又韧，颇有嚼头。且悠绕反复，鲜香的滋味越嚼越浓，几乎令人舍不得下咽。

“姜先生，这鱼唇的滋味如何？”“一刀鲜”在屏风后沙着嗓子问道。

姜山抬起头，略想了一会儿，给出了自己的评价：“这鱼唇的来源虽然极为普通，但其滋味和口感，可与粤菜中华贵的鱼翅一较高下。”

“说得好！”沈飞一拍巴掌，“我对这道菜也极为偏爱，原因就是‘来源普通’这四个字。鲢鱼是鱼中的下品，在菜场中价格极为便宜。古人甚至有云‘网鱼得鲂，不如啖茹’，这里的‘鲂’指的就是鲢鱼，意思是说买鲢鱼吃还不如吃蔬菜呢。可就是这种肉质粗松的鲢鱼，其头部经过高厨的烹制，却处处为宝，这才能显出淮扬厨艺的精妙。对我来说，买菜时也是心情愉快，这么个大鱼头，十元左右便可拿下，嘿嘿，想想烹出的美味，真是物超所值啊。”

沈飞这一番话说得颇有道理，令在座的众厨均微微点头。淮扬菜素以重选料而闻名，不过其追求的是精细而非华贵。能以普通的原料

做出精致高雅的菜肴，正是淮扬菜系的一大特色。

“这鱼头的选料如此低贱，那这道菜能够流传下来，其中是不是也有什么故事呀？”徐丽婕突然想到这个疑问，当下便提了出来。

“你还真问着了。”马山呵呵地笑着，“我就给你讲讲有关这道‘拆烩鲢鱼头’的传说。相传在清末年间，扬州城郊有一个财主，雇用工人为其建造楼房。这个财主为人苛刻，自己整天大鱼大肉，给工人的一日三餐却质量极差。工人营养不足，又被逼迫限期完工，生活苦不堪言。财主家的厨师看在眼里，于心不忍，就想了一个方法。他每天买来大鲢鱼，剐成鱼片或制成鱼丸供财主食用，鱼头则加到财主家吃剩的鲜汤中，煮了以后给工人食用。为了怕财主发现，他都把鱼骨事先拆掉，这样工人把汤喝完后便可不留痕迹。这种汤做出后，工人都觉得极为鲜美，连连称赞厨师手艺高超，而且营养充足，干活也有了力气。后来厨师回到店里，继续用鲢鱼头做菜，在选料和制法上加以改进，在店里挂牌供应拆烩鲢鱼头。顾客品尝后都是赞不绝口。不久各家菜馆纷纷模仿制作，该菜由此名扬全城，成为淮扬地区最著名的菜肴之一。”

听完马山的讲述，沈飞啧啧地叹了两声，颇带几分羡慕地说道：“如果每天都能吃到这样的美味，那就是让我去当工人也愿意呀。”

“既然如此，那就请多吃一点吧。来，大家都不要客气，尽管自己动手，趁热吃。”在老者的热情招呼下，众人纷纷举筷。鱼头的其他部位与眼膏和鱼唇相比，虽然略为逊色，但也都肉质腴嫩，爽滑可口。品者无不交口称赞，沈飞更是左一筷，右一筷，吃了个酣畅淋漓，不亦乐乎。

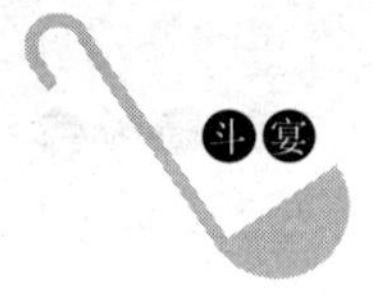

徐丽婕见沈飞吃起个没完，忍不住拉拉他的衣角，冲他使了个眼色，提醒道："你少吃点，别吃撑着了，还有一道大菜没上来呢。"

沈飞得意地咧了咧嘴："嘿嘿，你放心吧，我这个肚皮是橡皮做的，容量大着呢。"

话虽这么说，沈飞还是暂且放下了筷子，拿起一张纸巾，惬意地擦了擦嘴，然后问徐丽婕："你知不知道这第三道大菜是什么？"

"这个嘛，既然叫'三头宴'，那肯定都是和头有关的。鸡头？鸭头？或是羊头？牛头？"徐丽婕一边胡乱猜测着，一边用目光观察着沈飞的表情，见对方始终一副似笑非笑、不置可否的模样，她干脆放弃了努力，"哎呀，这做菜的原料那么多，我一时哪猜得出是什么头。不猜了，不猜了。"

"徐小姐不用心急，一会儿这菜上了桌，你自然就知道了。"段雪明说完，做了个走菜的手势，诸女子会意，或换碟，或上茶，或前往后厨端菜，各自忙碌了起来。

沈飞却不甘心以这种方式揭晓答案，他看了徐丽婕一眼，提示说："你再想想，其实这道菜，你是已经吃过一次的。"

"我吃过？"徐丽婕蹙起眉头，努力回想着，这几天来各种美食佳肴尝了不少，可确实没印象吃过什么"头"啊？正迷惑间，只听得端菜女子的脚步声渐行渐近，同时一股似曾相识的香味悠悠地飘了过来。

徐丽婕闻到这股香味，脑中立刻就像打开了一扇窍门，脱口而出："是狮子头！"几乎同时，段雪明也报出了菜名："'三头宴'第三款：清蒸狮子头！"

听着那熟悉的菜名，徐丽婕心中一动，竟微微有些发酸。她想到

回扬州的第一天，父亲便是做了一道清蒸四鲜狮子头为自己接风。当时父女重逢，那感慨万千却又其乐融融的场景历历在目。今天又见到这道菜，可父亲却不在自己身边。究其原因，固然可说是他对“一刀鲜”和姜山比试的结果信心不足，可自己昨天做出的那个决定，至少看起来是导致父亲称病不出的最直接因素。昨晚她也想了很多，毫无疑问，父女俩的关系出现了一些裂痕，想来想去，她始终不觉得自己做错了什么，可越是如此，她也越觉得无奈和迷茫。

一只大砂锅已经端上了桌，砂锅中团簇着九个狮子头，粉嫩圆润，看着便让人喜欢。徐丽婕一手托着腮，怔怔地看着，心绪越发起伏。

沈飞看到徐丽婕一副神不守舍的样子，猜到她在想什么，轻轻地叹了口气，说道：“唉，可惜徐叔不在，否则由他来品评一下这款清蒸狮子头，那是再合适不过了。”

众人闻言，都是一愣，马山和陈春生对看一眼，微微摇了摇头，略有沮丧之意，不明白徐叔为何会在这样的关键场合避而不出，令得这场比试尚未开始，淮扬一方便输却了很多锐气。

一时间人人沉默不语，气氛略显得有些沉闷。“一刀鲜”在屏风后见此情形，忍不住说道：“徐老板的狮子头声名虽然显赫，但红楼宴厅今天打理的也绝非泛泛之笔。徐老板不在也好，大家品尝之后，可无所顾忌地发表意见，对这两款狮子头定个高下。”

徐丽婕听出“一刀鲜”的话中隐隐有轻视父亲的意思，若在以往，她倒也不会很在意，但在今天这种环境下，不禁触景生情，心中颇为不悦，当下便立着眉头说：“那天我吃了父亲给我做的四鲜狮子头，一个狮子头中可品出鲜肉、火鸡、香菇、蟹粉四种不同的鲜味，四味缭绕，但又各自分明，连我这种对烹饪一窍不通的人都能尝得出来。姜先生更是一闻香味，就报出了各种原料。不知道这款狮子头又能如何？”

“哦？”老者转头看着姜山，“既然姜先生辨味的能力如此出色，那你不妨也试着分析一下这道狮子头的用料。”

姜山笑了笑，也不推辞，闭上眼睛，用鼻子深深地吸了一口气，那口气并不进入腹腔，从鼻后绕过，经由口舌后，便徐徐地吐了出来。众人的目光现在全集中在他的身上，不知他会说出什么样的高论来。

只见姜山沉思了片刻，说道：“那天徐叔做的狮子头，四味复合，相辅相成，便如同百花竞放，各自争奇斗艳。而这款狮子头中，只有一种鲜香的气味。不过这绝非烹饪者手法欠缺，在这款狮子头中，即使加入再多的原料，也无法达到多种鲜味复合的效果。因为现在已有的这股鲜味霸道无比，必然会将其他鲜味掩盖，终究只能是一花独放的局面。”

在座其他大厨也都仔细闻了那股香味，此时均微微点头，对姜山的分析表示赞同。老者“嗯”了一声，说：“这现有的香味一定是出自某种非同一般的原料，不知姜先生能否准确地说出呢。”

姜山轻轻吐出两个字：“鲍鱼。”

淮扬众厨一片讶然。这鲍鱼属海产，而扬州自古处于内陆江河，淮扬菜系中从无鲍鱼的制法，所以刚才众人都没能判别出那股霸道香味的来历。鲍鱼极为名贵，在以华贵取胜的粤菜系中常可见到。红楼宴厅将鲍鱼引入狮子头的制作，可谓融两大菜系所长的一种创新了。

老者此时赞许地点点头：“姜先生分析得一点不错，段经理，你

现在就把这个菜分一下，让大家都来品尝品尝你独创的鲍汁狮子头，看看是否具有和四鲜狮子头叫板的实力。”

段雪明做了个手势，自有陪侍女子上前，将那九个狮子头一一分入众人面前的餐碟中。老者待大家动筷后，自己也吃了一口，然后抬头问道：“诸位觉得如何啊？”

姜山品了片刻，回答：“鲜香浓郁，入口即融，这些都不必说了。单从创意想法上来讲，四鲜争艳和一味独霸各居胜场，倒也难分高下。”

“嗯。”老者看看身后的段雪明，“能得到这样的评价，你也该知足了。徐老板的四鲜狮子头独霸扬州这么多年，你能有求变的想法，这创新出来的菜肴能和四鲜狮子头分庭抗礼，实属不易。”

段雪明听着老者的话，连连点头，眉宇间颇为欢喜，看似老者几句简单的褒奖便可让他心花怒放一般。

姜山的话却似乎还未说完，他停顿片刻后，又补充了一句：“不过从原料上来说，这两款狮子头的贵贱，就相差得比较多了。”

徐丽婕一愣，姜山这话，意思自然是鲍汁狮子头贵而四鲜狮子头贱，那么说来，父亲终究还是输了，她扁了扁嘴，心中不免有些沮丧。

可抬头一看，段雪明却耷拉着眉毛，全无获胜后的欣喜。老者也摇着头，沉吟片刻后，说道：“此话有理啊，你用了超出十倍价格的原料，最终做出的菜肴也只能和别人斗个旗鼓相当。你要想在‘狮子头’这道菜上有所超越，看来这个方法是行不通了。”

徐丽婕听了这话，方才恍然大悟，原来姜山以贵贱论菜，言下之意却是父亲的四鲜狮子头稍胜一筹。得意之下，忍不住转过头去，隔

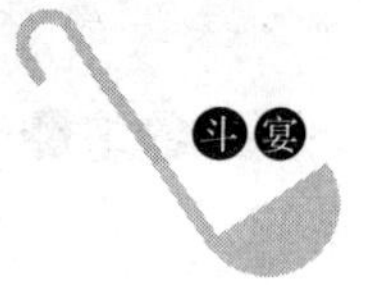

着屏风神气地看了“一刀鲜”一眼。隐约可见“一刀鲜”微微颔首，哑着嗓子说道：“好，说得好。”也对姜山的观点表示赞同。

三道主菜都已上齐，意味着这“三头宴”也接近了尾声。

吃完碟中的狮子头后，诸人各自放下了筷子，厅中气氛逐渐凝重。

谁都知道，今天的宴席只不过是个序曲，见证“一刀鲜”和姜山之间的厨艺比试，才是大家来到红楼宴厅的真正目的。

当序曲结束的时候，正戏就应该开始了。

诸人都看向主座上的老者，目光中充满期待。

老者却是一副气定神闲的样子。他拿起桌上的面巾，先擦了擦嘴，然后折叠了一下，又开始擦手。他一根手指一根手指地擦着，极为仔细，似乎这双手马上要去做一件很重要的事情。

快擦完的时候，他抬起头，看了屏风后的“一刀鲜”一眼。

“一刀鲜”轻轻点了点头。

老者放下纸巾，不紧不慢地说道：“今天我既然代做这个东道主，那也得献个丑，奉上一道菜肴，一来给大家助助兴，二来也有劳姜先生品评品评。”

老者语气平和，但最后一句话中的挑战意味极为明显。众人先是一愣，随即明白：这肯定是“一刀鲜”事先安排好的一步棋。老者虽然归隐多年，却是不折不扣的扬州人，在此时出手，如果能胜过姜山，自然可算扬州厨界获得了胜利；即使落败，后面还有“一刀鲜”压阵，老者也算是起到了投石问路的作用。

姜山心中对此形势更是清清楚楚，禁不住暗暗捏了一把汗。这老者不但厨艺极高，而且自己对他的来历底细一无所知，比试起来，

并无必胜的把握。不过好不容易查到了“一刀鲜”的下落，绝不能在最后的关头功亏一篑。想到这里，他仍是一副自信的表情，笑着说：“品评两个字不敢当。老先生如果能够一显身手，让大家观摩学习，我倒也求之不得呢。”

“好啊，这下热闹了。”沈飞眉飞色舞，似乎唯恐天下不乱，“老先生，您今天要做什么呢？‘神仙汤’还是‘金裹银’啊？”

老者摇摇头：“这样的市井儿科，怎么能在行家面前拿出手。段经理，带我去后厨吧，顺便也给我打打杂。”

“好的。”段雪明做了个请的手势，老者起身离座，跟在段雪明身后，一同向后厨走去。

淮扬众厨看着两人的背影，都有些愕然。段雪明自二十年前横空出世，担任红楼宴厅的经理以来，虽然很少抛头露面，但其名望绝不亚于扬州任何一家酒楼的总厨。现在居然有人让他来“打打杂”，而他还毕恭毕敬，毫无怨言。这种事情，如果不是亲眼看见，只怕谁也不会相信。

老者身份的神秘和高贵，也由此可见一斑。

这边的陪侍女子忙碌不停，这次却连众人的碗筷餐具都换了。新上的餐碟色泽微绿，原是用上好的碧玉制成，筷子细巧白腻，自是以象牙为原料。见到这等阵势，众人都是暗自咋舌，陈春生更是心痒难挠，琢磨着须给“镜月轩”也添几套这样的餐具，这才能凸显出酒楼的档次来。

过了约一刻钟，仍是段雪明当先，两人一前一后，回到了宴厅中。

只见段雪明手捧一只银质高脚餐盘，上覆圆顶盘盖，小心地走至

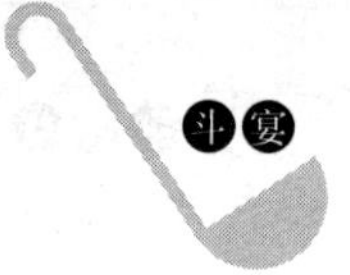

桌前，将餐盘放下。那餐盘锃亮光洁，周壁用金丝嵌着游龙的图案，栩栩如生，看起来甚是华贵。

见到这样的餐盘，众厨的目光一下子全被吸引了过去，并且微微露出惊讶的表情。

对于一名烹饪高手来说，盛菜的餐具是非常讲究的。这并不是说餐具越贵重越好，而是指餐具的韵味风格要和内盛的菜肴一致。要知道，一道菜在端上桌的过程中，食客们首先看到的便是盛菜的餐具，并由此产生对菜肴的第一印象，因此出色的厨师总是会想方设法通过餐具来激起食客相关的感觉和食欲。

比如说清蒸鱼通常会配以细浪花的青瓷盘；淡爽的蔬菜则多盛于纯净的白瓷盘中；褐陶罐能让人产生饥饿感，用来盛放红烧的鸡鸭肉类极为合适；看到砂锅，则不用多说，里面多半是长时间炖制而成的浓汤。

不过淮扬一带的酒楼是极少用金银制器来盛放菜肴的。这是因为淮扬菜系素来重精巧而轻华贵，重典雅而轻靡俗，这样的菜肴若与大富大贵的金银相衬，往往会不伦不类，在观感和意境上大打折扣。

老者技艺高深，当然不会不明白其中的道理，他选用镶金的高脚银盘来做容器，里面的菜肴必定也是异常华贵才对。可众人想来想去，淮扬菜系中似乎并无这样的菜肴，一时间是既诧异又好奇。

老者重新坐定，冲段雪明点点头，段雪明会意，右手一翻，揭开了盘盖，里面的菜肴终于露出了庐山真面目。

只见银盘中或红或绿，四下点缀着各色鲜果菜蔬，晶莹玉润，如同许多玛瑙翡翠一般。正中处洁白如玉，卧着一条蒸好的鳜鱼。

“嗯……”马山略一沉吟，说道，“这道菜以形取胜，外裹金银，内有奇石宝玉，满目琳琅，确实有富贵之气，不知道菜名叫作什么？”

老者微微笑了笑：“要说富贵之气，诸位现在是只见其一，不见其二。”说着，他站起身，将手中的象牙筷插入鱼腹，轻轻一挑，“请看我这道‘老蚌怀珠’！”

那条鳜鱼原来早已从鱼腹处剖开，此时一挑，上半片鱼身随之翻开，便如同一只展开的蚌壳，藏在鳜鱼体内的热气蒸腾而出，银盘中立时如烟如雾。烟雾渐散之后，众人眼前都是一亮，只见打开的鱼腹中，竟藏有一斛洁白圆润的璀璨明珠！

只见这斛明珠整齐划一，粒粒如指尖大小。其间椒红葱绿，衬着诸色细丝，艳丽照人。更有几颗滚出了鱼腹，在银盘内滴溜转动，与旁边的“玛瑙”“翡翠”争艳斗趣，一时间满盆珠光宝气，令人目不暇接。

姜山站起身，冲老者恭敬地行了个礼，问：“老先生，您难道是当年江宁织造曹家的后人？”

姜山这么问是有道理的。大多数世人只知道曹雪芹是一位伟大的现实主义作家，殊不知这位清代的文学巨匠，在烹饪上也曾是当时的绝顶高手。“老蚌怀珠”这道菜，相传就是由曹雪芹所创，后曾记载于《红楼梦》中，不过语焉不详，其具体做法到后世已经失传，尤其是鱼腹中的明珠到底以何为料，多年来一直是厨界中的一个谜团。现在老者能将这道菜做出，当然和曹家有些瓜葛。

老者笑着说了句：“我也姓曹。”这句话无疑是认同了姜山的

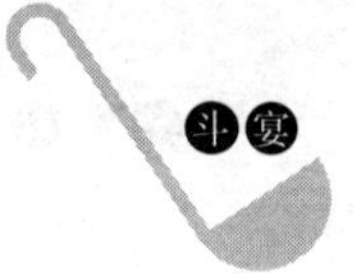

猜测。满桌人全都惊讶不已，就连沈飞也收起了嬉笑的表情，神情尊敬。马山心中的另一个疑惑此时也随之解开，他看看段雪明，向老者客气地问道："曹老先生，这位段经理想必就是您的高徒了？"

"不错。"段雪明替师父回答，"而且我的先祖，便是在曹家担任后厨的总管。"

众人恍然大悟，原来段雪明在老者面前是这样一种半仆半徒的身份，所以态度会如此谦卑。而他对红楼宴厅情有独钟，也就不足为怪了。

"诸位，请品尝菜肴吧。这些明珠，都是用野生的麻雀蛋制成，滋味别有一股鲜香。"老者说着，自己率先夹起了一颗，咀嚼一阵后，闭眼颔首，似乎颇为满意。

众人也纷纷伸筷，各自去夹盘中的"明珠"。沈飞更是扁着筷子，一下夹起了两颗，然后得意扬扬地送入了口中。

姜山一颗"明珠"下肚，诚心赞叹："鳜鱼的鲜味已经完全渗入了雀卵之中，口感外嫩内糯，这样的口福享受堪称美绝。"

"一刀鲜"嘶哑的嗓音再次响起："听说姜先生善于评点菜肴，尤其对各色菜品中的缺陷，往往能提出一针见血的观点。不知道这道菜在你的眼中，会有什么缺憾？"

姜山想了片刻，认真地说："这道菜不但味道口感无可挑剔，而且一端上来，顿时满屋珠光宝气，富贵逼人，让人如同身置曹家昔日的奢华生活中。无论从哪方面来讲，这确实是一道味意俱全的杰作。"

"哦？"老者不动声色地问道，"这么说，你挑不出这道菜的毛病？"

“挑不出。”

马山和陈春生对看了一眼，面露喜色。沈飞打了个哈哈，笑着对姜山说：“那你对老先生的厨艺是很佩服啰？嘿嘿，老先生久居扬州，也算得上是扬州厨界的人哪。”

“这道‘老蚌怀珠’我今天第一次见到，确实是大开眼界。”姜山微微一顿，又说，“如果老先生不介意的话，我倒很想在这里现场仿制一遍。”

众人立刻明白了姜山的用意。老者做的菜虽说无可挑剔，但并不代表就能够胜过姜山。要分出高低，最简单的方法，莫过于两人同时做出相同的菜来，那厨艺上的优劣，就直观可见了。

“好！”姜山这句话正中老者的下怀，他挥了挥手，“请带姜先生去后厨！”

在一名陪侍女子的带领下，姜山起身而去。

“老先生，这道菜您已经做到了极致，几十年的功力在这里。姜山临时仿制，怎么可能超过您？我看这次他是输定了。”姜山刚一离开，陈春生就忍不住说道。

“不错。”孙友峰也跟着附和，“如果给这道菜打分，那已经是满分的作品，根本没有进一步突破的空间，这场比试，老先生您肯定至少是个不输的局面。”

马山和彭辉虽然没有说话，但从表情上看，显然也认同了前两人的观点。

凌永生却摇了摇头，在他看来，姜山是一个天才。如果用普通人的眼界去对天才进行分析，那显然会得出错误的结论。

“嘿嘿，你们就顾说话吧。这‘明珠’可快被我吃完了。”沈飞一边说，一边夹起菜肴往嘴里填。看大家不动筷子，他似乎也觉得有些不好意思，自己给自己打起了圆场：“不过不要紧，一会儿还有一份的。”

老者沉默不语，静待结果。屏风后的“一刀鲜”更是一动不动，如同入定了一般。

终于，后厨的脚步声响起，众人的目光立时齐刷刷地向着出口处射了过去。

同样的银质餐盘，里面是否也盛着同样美味的菜肴呢？姜山把盘盖揭开，那答案自然也随之揭晓了。

“请看我仿制的这道‘老蚌怀珠’！”姜山说这句话的时候，不仅底气十足，脸上也挂满了微笑，自信的微笑。

可在座的其他人看着盘中的菜肴，一时却全都愣住了。

那银盘中，红红绿绿的玛瑙翡翠依然夺目，只是那洁白的鳜鱼已不见，取而代之的是一团青黑色的长圆之物。

“这是……甲鱼？”凌永生迷惑地挠了挠头皮。

老者看着姜山，正色道：“姜先生，我祖传的曹家菜谱中，这‘老蚌怀珠’可是用鳜鱼为原料的，到了你这里，怎么却变成了甲鱼？”

“不错。”姜山的神色泰然自若，“用甲鱼是我突发灵感，在这道菜的基础上做出的一个小小创新。”

“创新？”徐丽婕一听便来了兴趣，“那这里面肯定有你自己的一套说法啰？”她虽然对老者也颇多尊敬，但还是希望姜山能够胜过对方。

姜山胸有成竹地对老者说：“老先生，在您家祖传的菜谱中，之所以选用鳜鱼为原料做这道菜，除了其肉味鲜美外，一个重要的原因就是鳜鱼体形扁阔，在外形上与河蚌相似，正合了菜名‘老蚌怀珠’中的韵味。我的这番推测，您是否认同？”

老者点点头。姜山提出的这个问题，刚才在座诸人都思考过，基本上也是得出同样的结论。

“好，那我就要再问一句：论味质鲜美，甲鱼比鳜鱼有过之而无不及，在外形上，亦是甲鱼与河蚌更为神似，但当时曹雪芹曹先生在创制这道菜的时候，为什么没有选用甲鱼为原料呢？”

“这个问题简单，连我都可以想到。”沈飞笑嘻嘻地接过了话头，“甲鱼俗称王八，在古代是登不上大雅之堂的。这道菜既然是要彰显曹家的华贵，怎么可能以它为原料呢？”

姜山冲沈飞笑了笑：“你说得对。可现在的甲鱼因为其独特的营养价值，早已身价暴涨，远比鳜鱼名贵。在这道彰显富贵的菜肴中，是不是以它为原料更为合适呢？”

“对啊！这甲鱼现在可是高档宴席中才会出现的菜肴，而且又是地地道道的淮扬河鲜，以它为原料，不仅不掉价，简直是名正言顺，再合适不过了！”沈飞说到激动处，连连拍着大腿。

沈飞和姜山二人一问一答，你唱我和，倒似一对事先约好的拍档。可这几段话说得又确实有理。淮扬众厨全都面面相觑，一时无言以对。良久后，老者轻叹一声，诚心诚意地说道：“你这几个问题问得好啊！在这么短的时间内，你不仅洞谙了这道菜的做法，而且在原有的基础上推陈出新，你在烹饪技艺上的天资灵性，确实是让人佩

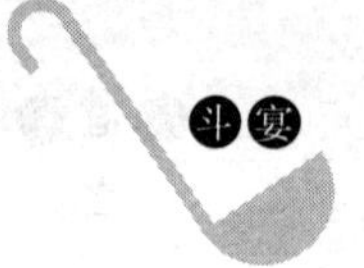

服，我自叹不如。”

陈春生“嘿嘿”干笑了两声，聊以自嘲，然后抒发着心中的感慨：“这古时今日，确实已经发生了翻天覆地的变化，古菜谱中的绝妙做法，未必便无懈可击。这些年我们常把‘与时俱进’放在嘴边，今天我才见识了，这四个字同样也能用于烹饪做菜呀！”

老者眼望屏风方向，对“一刀鲜”说：“我已经尽力，只是这位姜先生的才思厨艺，确实要高我半筹。”

片刻的沉默之后，“一刀鲜”缓缓说道：“姜先生，看来我们之间的这场比试，是在所难免了。”

“能够得到‘一刀鲜’的指点，是我几年来最大的心愿。”

“那好，我们这就开始吧。”

简简单单的两句对话，却似乎有着一种奇妙的魔力，现场立刻安静了下来。诸人脸上都掩饰不住兴奋的表情，他们期待已久的时刻，终于就要到来了。

“一刀鲜”对姜山，这不仅是当今两大顶尖名厨的对决，这场对决更浓缩着两大家族数百年来的恩恩怨怨。

主持比试的，仍然是主座中的曹家老者。

“姜先生，请你先随服务员到后厨选料、烹制。”老者对姜山说完，目光在众人身上扫过一圈，郑重地宣布，“根据事先的约定，这次比试，双方所采用的原料为：‘百鱼之王’。”

老者最后四个字轻轻吐出，除了不明就里的徐丽婕之外，在座的众人全都哗然，惊诧议论声此起彼伏。

“什么？！”

“百鱼之王？”

“那……那可是……”

就连素来乐观不羁，似乎对一切都不在意的沈飞，此时也板起了面孔，一副愕然的表情。

“这‘百鱼之王’到底是什么东西呀？”看到众人如此激烈的反应，徐丽婕拉着沈飞，迫不及待地询问。

沈飞摇了摇头，苦笑着吐出两个字：“河豚！”

/ 第八章 /

Chapter 8

最后一战

此时在座的所有人中，心情最为复杂的无疑便是姜山了。“烟花三月”，这道神秘的菜肴，姜家和“一刀鲜”家族两百多年的恩怨就是因它而起，两百多年来，姜家的后人为了获得这道菜中的秘密，不知做过多少次努力，可他们却始终只能在猜测中承受一种失败的感觉。

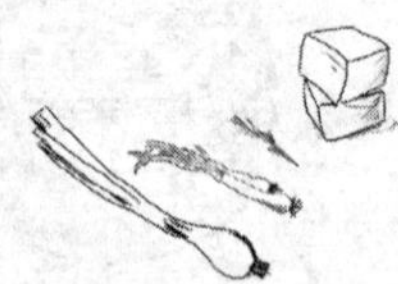

烟花三月

"百鱼之王"；

"鱼中西施"；

"天下第一鲜"；

……

这些炫目的称号全都属于同一种鱼类：河豚。

河豚俗名气泡鱼，长相奇特。其身体呈圆筒状，肚子极为肥大；眼小而内陷，口若樱桃，上下颌上各生一对凿状牙齿，以虾、蟹、鱼等为食；皮肤表面光滑无鳞，雪白的鱼肚和鱼背上有横条状的斑纹，胸鳍后方则有一对黑色斑块，没有腹鳍。

河豚名闻天下，首先当然是因为它的美味。

我国食用河豚的历史源远流长，《山海经》中即有相关记载。战国时代，吴越之地盛产河豚，吴国成就霸王地位之后，奢侈淫华，歌舞升平，河豚被推崇为极品美食，吴王夫差更将河豚与美女西施相比，河豚肝被称为"西施肝"，河豚精巢被称为"西施乳"。

宋代大学士苏东坡可谓古往今来河豚食客中名气最大也最为痴迷的一位了。对于河豚，他不仅有过"食河豚而百无味"的绝妙赞颂，更留下了一首脍炙人口的七言绝句：

竹外桃花三两枝，春江水暖鸭先知。
蒌蒿满地芦芽短，正是河豚欲上时。

如此种种，河豚的美味，可想而知。据说能够亲口尝到河豚滋味的人，你就是当场猛扇他的耳光，他也不会舍得丢手。

然而，更多的人却把河豚视为洪水猛兽！

与苏东坡同处宋代的诗人梅尧臣也曾留下一首五言古诗，描绘出河豚令人心悸的一面：

河豚当是时，贵不数鱼虾。
皆言美无度，谁谓死如麻！

梅尧臣绝非危言耸听，河豚确实能置人于死地，因为它的体内含有一种特殊的毒素，而且是剧毒。河豚毒素的毒性比氰化钾还要大一千倍，一条河豚足以让七八个成年人中毒身亡！

号称世间最鲜美的鱼类却带有可怕的剧毒，这也许是造物主对天下食客开的最大的一个玩笑吧？

河豚，便如一个面貌娇艳却又心如蛇蝎的倾城美女，让人又爱又怕。你无法抵挡她的诱惑，可这种诱惑又是同致命的危险相伴而来。

总有很多人，在诱惑面前是看不见危险的。在江南一带，自古嗜食河豚。因河豚体内毒素多集中于卵巢、肝、肾、脑、肠、眼、鳃、

血等处，馋嘴的食客认为通过细致的清理、冲洗，是可以吃到无毒的河豚肉的。

确实有很多人吃了这种精心料理过的河豚，在大饱口福的同时亦安然无恙，但另一个事实是，仅江南一地，每年因食用河豚而中毒身亡的人便数以百计，以“死如麻”来形容毫不夸张。

在任何时候，食用野生河豚都具有极高的危险性，所以江南一带流传着一句民间俗语：“拼死吃河豚。”

相传昔日有人曾烩制一桌河豚，请苏东坡赴宴。苏东坡坐下之后，二话不说，甩开膀子就吃，直到酒足饭饱，才问友人：“河豚剧毒，食之可丧命，知否？”友人点头，苏东坡把筷子一拍，长叹一声：“据其味，虽死足矣！”

这便是“拼死吃河豚”的气势。

这种气势来源于河豚无可比拟的鲜美滋味，就这一点来说，河豚完全能配得上今晚的这场巅峰对决。但同时，河豚的可怕毒性也在众人心中笼罩上了一层不安的气氛。

莫非今晚，也要出现一场“拼死”的比试吗？

身为比试主角的姜山倒是泰然自若，在淮扬众厨的注视下，起身离去。

“河豚？这东西是有剧毒的吧？”徐丽婕感受到了宴厅内那种沉重的气氛，有些忐忑地询问。

“野生河豚都是有毒的。”老者特意强调了“野生”两个字，然后又补充说，“不过现在很多地方在搞人工河豚的养殖，而且已经培育出了无毒的品种。”

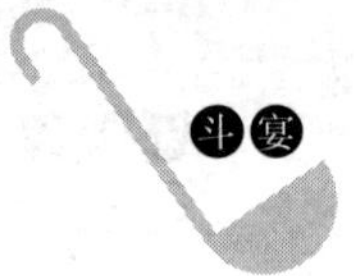

徐丽婕松了口气："那这次比试所用的，应该都是人工养殖的无毒河豚吧？"

周围众人却大多轻轻摇着头，显然不认同徐丽婕的观点。只听老者说道："人工养殖的河豚虽然无毒，但在口味上比野生河豚要逊色很多。"

老者虽然没有直接回答徐丽婕的问题，但要表达的意思再明显不过了。一场厨界巅峰水平的比试，如果选用口味不佳的人工养殖河豚为原料，那简直就像重量级的拳王赛中双方戴着护具上场一样可笑。

"如果选用野生河豚的话，那怎么能保证食用时的安全呢？"徐丽婕不放心地追问着。

老者沉吟片刻："河豚的毒性多集中在内脏和血液中，有经验的厨师经过细致的处理，可以把这些有毒的东西去除。"

"话虽这么说，可既然食用野生河豚，那百分之百地保证安全是不可能的。"马山紧接着老者的话头说道，"扬州南城六圩县的徐老倌，专门替人烹制野生河豚，积累了三十多年的经验，人称'河豚徐'，可去年仍免不了被自己亲手打理的一条河豚夺去了性命。"

说起这件事情，扬州众厨都露出了痛惜的表情。在江南一带，这个徐老倌烩制河豚的功夫首屈一指，在厨界也算小有名气。而且他为人和善，朋友颇多，那次意外曾令不少人为之扼腕。

"三十多年的经验仍然有失手的时候？这河豚吃起来也太危险了。"徐丽婕禁不住连连摇头。

马山叹了一口气，说："也是事有凑巧。要知道，这河豚分为公豚和母豚，体内分别会有精巢和卵巢。精巢可以食用，而卵巢却有剧

毒。那天徐老倌料理河豚时，鱼腹内的精巢清清楚楚，分明是一条公豚，于是他就将精巢和鱼肉同时炖制。端上桌后，只吃了一口，五分钟不到就倒下了。后来别人去查看那条炖好的河豚，发现那精巢中居然还包着一副母豚才有的剧毒卵巢。”

徐丽婕惊讶地张大嘴：“这是怎么回事呢？”

“雌雄同体。”马山解释说，“就和双性人一样，属于生殖系统的畸形。若算概率，可能一万条河豚中也出不了这样一条双性河豚，谁想到偏偏就让徐老倌给赶上了。”

陈春生感慨道：“徐老倌活了大半辈子，经他手下宰杀的河豚只怕也有成千上万了吧？最后遇到这种结局，真是让人觉得冥冥中自有天意。”

“天意什么的我倒不信。只是常在河边走，哪有不湿鞋？”沈飞晃着脑袋说，“照我看，这河豚偶尔吃一次，尝尝鲜，只要烹制时小心细致，倒也问题不大，可如果吃上了瘾，那难保哪天就得出事。”

徐丽婕吐了吐舌头：“就算是偶尔吃，只怕我都不敢呢。”

“那好啊。”沈飞嘻嘻一笑，“待会儿你那份都省了给我吃吧。”

说话间，段雪明已指挥着陪侍的女子将桌上的剩菜和用过的碗筷等餐具都撤了下去。不一会儿，众人面前都摆上了新的餐碗餐碟，但没有筷子。

徐丽婕正感到奇怪，只见一名女子手托一只大盘，来到老者身边后，微微欠身，将盘子送到老者面前。老者点点头，伸出右手，从盘中拿起了一双筷子。

女子随即又来到马山身边，马山如法炮制，先点头，然后也拿过

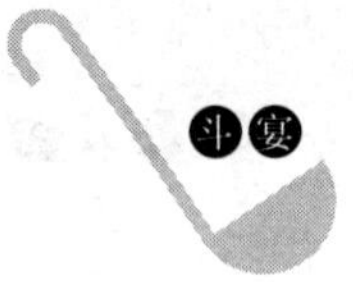

一双筷子。徐丽婕好奇地捅捅沈飞："这筷子里有什么名堂？怎么要一个一个地动手自取？"

"筷子没什么特别，不过这是吃河豚时的规矩。"沈飞解释说，"主人请客，如果上到河豚，不仅不能像吃其他菜肴时热情招呼，而且连筷子都要收走。客人若想吃鱼，必须先明确表示自己知道食用河豚的危险性，然后再亲自动手取回筷子。"

此时那女子已将筷子端到了徐丽婕面前，徐丽婕学着别人的模样，郑重其事地点头取筷，心中暗想："先把筷子拿在手里总是没错的，到时候河豚上了桌，吃不吃还得看情况而定。"

女子绕桌走了一圈，众人各自拿了筷子，又等了片刻，只见姜山和先前带路的那名侍女一前一后，走入了宴厅。

当先的侍女戴着塑胶手套，手捧一只白瓷盘，亦是首先来到了老者身边。老者仔细看了盘里的东西，这才点头挥手。侍女随即走向马山，向他展示盘中的物品。

这次沈飞不等徐丽婕发问，已经把嘴凑到她的耳边，轻声说："这盘子里装的，都是河豚身上含有毒素的部位，料理的厨师必须把这些部位从鱼身上去除后，装盘供食客查验。总计应该是鱼眼一对、肝脏一副、肾脏一副、鱼胆一副、鱼皮一张，如果是母豚，则应该还有卵巢一副。"

等那女子端盘来到身边，徐丽婕仔细一看，果然如沈飞所说，各种有毒脏器一样不少，想到这些东西样样可以致人死命，她的头皮不禁有些微微发麻，连忙摆了摆手，让女子把盘子端了下去。

众人都检验完毕，跟在后面的姜山这才把手中捧着的一只大砂锅

放在桌上，然后回到自己的座位上坐好。

姜山已然完成了自己的作品，接下来自然就该“一刀鲜”出手了，众人都将目光投向了屏风后的那个身影。段雪明冲屏风旁陪侍的女子使了个眼色，一名女子轻舒玉臂，撩起屏风后的幕帘，柔声说道：“先生，该您了，请跟我来。”

“一刀鲜”一言不发，起身跟着那女子离去。此时几乎所有人都伸长了脖子，想要一睹这个厨界传奇人物的庐山真面目，可惜那屏风正好横在后厨入口和酒桌之间，大家只能依稀看见一个模模糊糊的背影。只见他身材不高，举手投足间似乎并没有什么特别过人的风采。

接下来的时间里，厅内众人全都沉默无语，他们在等待着。

当“一刀鲜”手捧砂锅回到宴厅的时候，这种等待的结果已是呼之欲出。

砂锅是由侍女端上桌的，“一刀鲜”完成了自己的工作，又坐回了屏风后，始终没人能看见他的正脸。

不过此时大家的注意力已经不在他身上了，每个人都目不转睛，死死地盯着桌上的两只砂锅。

“一刀鲜”和姜家两百多年的家族恩怨、“一笑天”酒楼的盛名、扬州厨界的声誉，现在似乎已全部浓缩在了这两只小小的砂锅中。

老者清咳一声，正色问道：“两位，可以开锅了吗？”

在姜山回答“可以”的同时，“一刀鲜”也在屏风后轻轻点了点头。

陪侍女子上前，揭开了砂锅的锅盖，浓郁扑鼻的鲜香刹那间弥漫而出，在座的众人全都不由自主地闭上眼睛，深深一吸，那股香味似

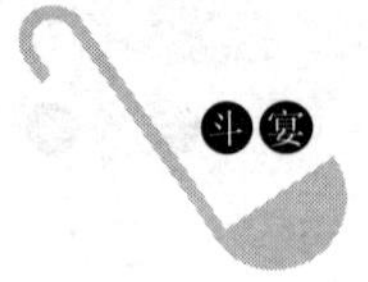

乎渗入了人周身的每一个毛孔，带来一种无法言喻的甜美感觉。

不过各人所处的位置不同，闻到的气味也略有差别。马山师徒脱口而出：“羊肉！”陈春生则很自信地说：“菜心！”在他身旁的孙友峰和凌永生也点头以示赞同。

作为淮扬名厨，他们的辨味判断还是准确的，羊肉和菜心正是姜山和“一刀鲜”在烹制河豚时所选用的不同配料。

“羊肉炖河豚。鱼羊相配，正形成一个‘鲜’字，这道菜的目的就是鲜上加鲜，把人间的鲜味发挥到极致。嗯，是个好思路！”马山手指姜山端来的那只砂锅，摇头晃脑地点评着。

陈春生则看着面前“一刀鲜”的作品，紧接着马山的话说道：“这道菜则是‘河豚菜心’了？用菜心吸收河豚的香味，河豚细嫩，菜心爽滑，不管是口味、口感还是色泽上，这两者相配，确实是相得益彰的妙笔！”

“嗯。”老者点了点头，“从手法上来看，这两道菜各有所长，到底谁能胜出一筹，看来还得品尝以后才下得了结论啊。”

听完这话，屏风后的“一刀鲜”忽然“嘿”地笑了一声，说：“可惜啊，你们当中却没人能看出那些菜心的真正作用。”

众人都是一愣，姜山更是锁起了眉头。刚才开锅后，从两道菜肴的综合情况来看，他至少有信心不输。可对方突然说出这样的话，难道还另藏有厉害的伏笔？

陈春生既兴奋又迷惑地转过身体，问“一刀鲜”：“您的意思是，这菜心里面还有些什么玄妙？”

“请拨开一片菜叶看看。”

老者从段雪明手中接过一双公筷，伸入砂锅中，轻轻拨开了一片菜叶，众人全都瞪大了眼睛，只见那菜心的间隙处沾着许多细小的金黄色圆粒。

“这是……鱼子？”凌永生惊讶地挠着头，似乎难以相信。

“不错。河豚的鱼子味道极为鲜美。不过其入锅散碎后又不易夹食。如放入菜心，细散的鱼子便可以附着在菜叶的空隙处，方便大家一饱口福。”

“一刀鲜”这几句话说得轻松自若，可听的人却尽皆愕然。要知道，河豚体内毒性最大的脏器就是母鱼的卵巢，而在排卵期中，卵巢中成熟的鱼子更是毒中之毒。

半晌后，陈春生咧嘴苦笑了一下，说：“鱼子的确是河豚体内鲜味最浓的部位，可同时也是毒性最大的部位，您这么做，这道菜的美味当然是登峰造极，可是谁敢吃啊？”

只听“一刀鲜”说道：“河豚的毒性并不是天生的。它身体内毒素的形成与它后天的生活环境和食物来源息息相关。这也是为什么通过人工养殖，可以培育出无毒河豚的原因。这些你们应该都知道吧？”

马山学识丰富，开口道：“不错，河豚体内的毒素是在食物链当中积累而成的。产生毒素的主要是一些菌类和其他微生物，这些有毒物质通过食物链进入河豚体内，河豚通过一些特殊的生理机能将毒素积累下来，从而把自己武装成致命的毒鱼。”

凌永生眼睛一亮：“这么说，如果野生河豚没有吃过含毒素的物质……”

“对。”不等凌永生说完，“一刀鲜”就抢过了话头，“野生的

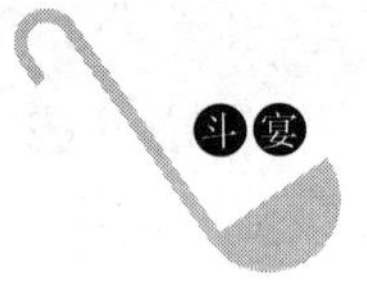

河豚中，并不是百分之百都有毒，随着生活环境和食物来源的不同，野生河豚有的有剧毒，有的毒性小些，甚至有极少一部分，是完全无毒的。”

姜山明白“一刀鲜”话语中的含意，脸色变得严峻起来。

“您的意思是，这条就是极少的无毒野生河豚之一？”孙友峰将信将疑地摇了摇头，又说，“但既然是野生的河豚，它吃过什么根本无法控制，这当中毒性的差别也无法分辨哪。”

“别人无法分辨，但是我能，这也是我家族中代代相传的烹饪绝技之一。”

“一刀鲜”这句话说得信心十足，连见多识广的马山也忍不住惊叹道：“居然有这样的神奇本领，真是闻所未闻，佩服，佩服！”

姜山则是一脸愕然，愣了片刻后，感慨地说：“能以野生河豚的鱼子入菜，再加上精湛的烹饪技艺，这道河豚菜心的鲜美滋味可想而知。看来这场比试我取胜的可能性已经不大了。”

淮扬众厨脸露喜色，心中均想：姜山这几天纵横扬州厨界，势不可当。到了“一刀鲜”的面前，终究还得低头认输。“一刀鲜”享誉厨界两百多年，果然名不虚传。

可姜山似乎还没有完全死心，用手指指桌上的砂锅，说道：“不管怎样，还是请诸位品尝完这两道河豚菜肴后，再给出最后的评判吧。”

姜山的这个要求合情合理，淮扬众厨都没什么异议。而且面对这野生的河豚，众人都恨不得立刻大快朵颐。当下老者便挥手说道：“那就开始吧。”

老者说完后，众人却都一动不动，只有姜山拿起筷子，夹了一块

自己烹制的河豚，放入口中大嚼起来。同时一名侍女上前，端起“一刀鲜”的那只砂锅，然后向屏风处走去。

徐丽婕看了沈飞一眼，偷偷笑着说：“你们都是说得热闹，真正要开吃的时候，还不跟我一样，谁也不敢动筷子了。”

“什么呀。”沈飞冲徐丽婕翻了个白眼，“这是吃河豚时的行规，必须主理的厨师先吃，在确保安全无毒之后，客人们才能食用。”说完，他立刻转过头去，目不转睛地看着屏风后的“一刀鲜”。

女子撩开幕帘，把砂锅送到了“一刀鲜”面前，“一刀鲜”用筷子夹起一块河豚肉，却没有立刻吃下去，而是在眼前细细端详着。

宴厅中寂静无声，众人都在默默等待着。终于，“一刀鲜”手腕轻抬，将那块鱼肉缓缓地送向嘴边。

沈飞突然大叫一声：“等一等！”

“一刀鲜”一怔，筷子停在了半途，大家的目光全都转到了沈飞身上。老者诧异地问道：“怎么了？”

沈飞却只顾盯着那屏风，认真地说：“这份河豚您不能吃。”

“一刀鲜”沉默片刻后，反问：“为什么？”

“您这么做太危险了。野生河豚无毒的比例连十分之一都不到。”沈飞说话时的语气和表情都是一反常态的严肃。

“你什么意思？”不知是激动还是紧张，“一刀鲜”此刻的声音显得格外沙哑。

“根本没有什么辨别野生河豚毒性的方法，您是在用生命去赌博。为了一场厨艺比试，真的值得这样做吗？”

沈飞说出这句话，淮扬众厨一片哗然，徐丽婕也惊讶地瞪大了眼睛。只有姜山面沉似水，目光炯炯地看着沈飞。

“一刀鲜”叹了口气，回答道：“年轻人，我‘一刀鲜’家族的盛名流传了两百多年，自然会有过人的绝技，你怎么敢断定我就是在冒险赌博呢？”

一向对沈飞尊敬有加的凌永生此刻选择了支持“一刀鲜”，略带埋怨地说道：“飞哥，你不该胡乱猜测。‘一刀鲜’的很多本事，肯定是你我都无法想象的。”

沈飞摇摇头，无奈地自言自语：“‘一刀鲜’‘一刀鲜’……唉，这‘一刀鲜’真的就能这么厉害？”

沈飞的性格虽然放浪不羁，但对于前辈长者向来非常尊敬。可刚刚说的话对“一刀鲜”却隐隐有轻视的意思，淮扬众厨一时间既惊讶又迷惑，不知道他葫芦中究竟卖的什么药。

却见沈飞突然嘻嘻一笑，拿起筷子，从自己面前的小碗里夹出一条菜心来，略带得意地说：“刚才趁大家不注意，我已经偷偷从砂锅里夹了一条菜心。如果屏风后的先生真的这么自信，不如就让我来吃这第一口吧。”说完，他便抬起手，作势要将菜心送入口中。

“一刀鲜”显然吃了一惊，手腕一哆嗦，筷子上夹的鱼肉掉回了砂锅内，同时失声叫道：“不行！你不能吃！”

沈飞的动作停了下来，似笑非笑地看着屏风。

沈飞最初对“一刀鲜”表示怀疑时，淮扬众厨之所以哗然，大多是责怪沈飞言语冒昧，可看到现在的情况，众人心中难免也起了同样的疑惑。就连主座上的老者也皱起眉头，不安地问：“兄弟，你那辨识无毒河豚的能力，到底是真是假？”

“一刀鲜”木然端坐在屏风后，沉默不语，场内的气氛一时有些尴尬。

姜山看看沈飞，又看看“一刀鲜”，忽然微微一笑，说：“两位不要再争了。这样吧，只要屏风后的这位先生答应我一个请求，我就自动认输，这份河豚有毒无毒，也就没有什么意义了。”

姜山的这番话，不论是对“一刀鲜”还是对在座的淮扬众厨，无疑都是一个摆脱尴尬的好台阶。不过众人也明白，姜山能提出主动认输，那他要说的请求肯定非同一般。

“什么请求，你说吧。”“一刀鲜”沙着嗓子，那几个字似乎是很艰难地从他喉咙中挤出来一般。

“两百多年来，‘烟花三月’的盛名在厨界几乎成了一个传奇，可是长期以来，却从来没有人真正见过这道菜。我想请先生今天显一显身手，做一道‘烟花三月’，一来让在座的各位都开开眼界，二来也好让我姜家心服口服。”姜山说完，用一种奇怪的目光看了沈飞一眼，“沈飞，你觉得这个提议怎么样？”

沈飞脸上露出一丝笑容，既释然又无奈。不过他还没来得及答话，陈春生已经在一旁迫不及待地插话：“这个主意好啊！化干戈为玉帛，大家共同赏菜，一团和气。”

马山也点头表示赞同，同时说道：“可这件事情，得‘一刀鲜’自己认同才行。这道菜的秘密保守这么长时间，想必总是有原因的。”

“烟花三月”，两百多年来号称天下第一名菜，厨界中有谁不想一睹其中奥妙？众人全都屏住了呼吸，静静等待着“一刀鲜”的回答。

可“一刀鲜”接下来说的话却让他们既吃惊又失望。

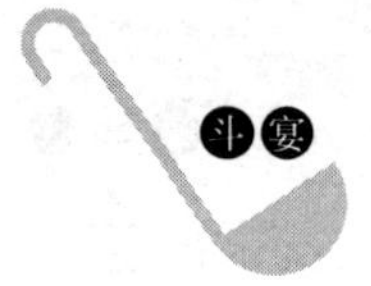

对姜山的请求，他既没说同意，也没说不同意，在沉默良久后，他说出的话是：“‘烟花三月’……我不会做。”

淮扬众厨面面相觑，他们几乎不敢相信自己的耳朵。“一刀鲜”家族和“烟花三月”的故事在厨界流传了两百多年，可现在，这个“一刀鲜”的传人却说自己不会做“烟花三月”。

徐丽婕莫名其妙地摇着头：“难道那个牌匾、那个传说都是假的吗？”

“不可能的。”凌永生一如既往地维护着心中偶像的尊严，“也许是年代久远，这道菜已经失传了吧？”

“牌匾、传说都是真的，这道菜多半也没有失传。”姜山目光扫过迷惑的众人，然后微笑着说，“只不过屏风后的这位先生，并不是‘一刀鲜’的传人。”

淮扬众厨已经说不出话来了，对他们来说，惊讶一个接着一个，脑子里此刻早已是一团迷雾。

屏风后那人没有否认姜山的说法，只是反问：“你凭什么这么说？”

“其实第一次听见你声音的时候，我就已经有些疑惑了。”姜山娓娓说道，“‘一刀鲜’去北京的时候，我虽然没有见过他，但据父亲所说，他当时只是一个二十多岁的年轻人。你虽然刻意沙着嗓子说话，但仍然掩饰不住声音中的老沉气息。”

“‘一刀鲜’是个年轻人？这怎么会呢？”屏风后那人显得非常惊讶。不过他说出这句话，其实也就承认了自己并非真的“一刀鲜”。

“‘一刀鲜’当年突然出现，横扫北京厨界，然后又悄无声息地

消失，简直像谜一样。不过他终究还是在北京留下了一样东西。”姜山一边说，一边从衣兜里拿出一个挂坠，悬在手中向众人展示着，“当初‘一刀鲜’在北京比试厨艺的时候，总是把这个坠子挂在厨案前他抬头就可以看见的地方。最后一场和我父亲刚一比完，他就匆匆地离开了，连这个挂坠也忘了取。我父亲发现后，就把它保存了起来。”

“这坠子里好像是嵌着一张照片？”徐丽婕好奇心大起，“能让我看看吗？”

“可以啊。”姜山把坠子递了过去，“你应该知道这照片上的人是谁呢。”

“是吗？”徐丽婕接过坠子，放在手心仔细端详。那照片上是一个漂亮的女孩，一脸灿烂的笑容似曾相识，徐丽婕突然想起了什么，疑惑地说道：“这……这不是小琼吗？”

姜山点点头：“不错。你上次在沈飞家看到的那张合影上也有她。现在麻烦你把这个挂坠还给沈飞吧。”

沈飞冲姜山微微一笑，说了声“谢谢”。徐丽婕看着这两人，脑子里有如一团迷雾。突然，她终于明白了过来，惊讶地叫着：“啊！沈飞……你才是那个‘一刀鲜’！”

沈飞没有说话，他从徐丽婕手中接过挂坠，看着上面的照片，一时间想起太多的事情，竟有些痴了。

凌永生难以置信地张大嘴巴：“飞哥……你……”

沈飞摆脱了往日的思绪，淡然一笑：“小凌子，我并不是刻意想瞒着你们，只不过很多事情，原本是不必说的。”

虽然没有明说，但沈飞话中的潜台词再明显不过：他已经认可了

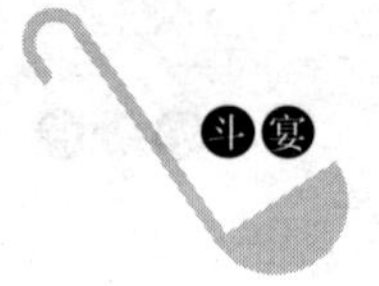

徐丽婕的猜测。

沈飞就是“一刀鲜”！

“一刀鲜”就是沈飞！

从今天晚宴开始的那一刻起，赴会的淮扬众厨就经历了一次又一次的惊讶，但此前所有的惊讶加在一起，也比不上此刻的十分之一。如果不是事实摆在眼前，即使让他们想破脑袋，也绝不会把嬉笑不羁，甚至有些不求上进的沈飞和传说中那个叱咤风云的“一刀鲜”联系在一起。

就连屏风后的那个假“一刀鲜”此刻也按捺不住心中的激动，颤着声音追问：“沈飞，这些……都是真的吗？”

沈飞点点头，这次他说的话更加明白无误：“不错，八年前在北京的那个‘一刀鲜’，就是我。”

“那‘文革’前在‘一笑天’酒楼的那位是……？”

“那是我的父亲。”沈飞神色尊敬地回答。

“你的父亲……难怪难怪，我第一次见到你，就觉得你和这家酒楼有缘。唉，你为什么不早说呢？”到了这个地步，那人已毫无掩饰假扮的必要，他起身撩起幕布，走出了屏风。

“徐老板？”“师父？”“爸爸？”

众人七嘴八舌地叫出了声。原来这个假冒“一刀鲜”的神秘人物，正是称病不出的“一笑天”老板——徐叔。

徐叔神色略有些尴尬，自嘲似的“嘿嘿”笑了两声，然后说道：“我和曹老先生共同演了这么一出戏，也是无奈之举，还请诸位不要见怪。唉，如果知道‘一刀鲜’近在眼前，我又何必费这个劲呢？”

听徐叔这么一说，众人心中都已明了：他肯定是见赌期将尽，扬州城内无人可胜姜山，而“一刀鲜”又迟迟不露面，这才孤注一掷，假冒“一刀鲜”，用河豚这种特殊的原料和姜山做最后一搏。

徐丽婕想到刚才父亲和姜山比试时的情景，不禁心中后怕，上前拉着父亲的手，半心疼半埋怨地说：“爸，您怎么能冒这么大的险，拿生命去当赌注呢？”

徐叔看看女儿，说道：“留不住这块匾，‘一笑天’的招牌也就垮了，你也不愿意留在我身边，那我还有什么？多活几天少活几天也无所谓了。”

徐叔话语中明显带着赌气的成分。徐丽婕心中一酸，知道父亲这么选择，多少和自己要离开扬州一事有关，不禁又愧又虑，说话的声音也透出了哭腔：“爸，您如果真的出了什么事，不是要让我负疚一辈子吗？”

徐丽婕这句话说得情真意切，徐叔也触动了心弦，觉得自己的话确实有些过了，于是柔着语气找了个台阶：“我也是没有办法，这么做多少还有获胜的希望，总比看着别人把牌匾带走好吧。”

“那您得答应我，以后不可以再做这样的事了。”

“好，我答应，我答应。”徐叔满口应着，眼角渗出一丝笑意。心中暗想：即使女儿以后不在自己身边，至少她心中是有他这个父亲的。

早有侍女加了座椅，父女俩紧挨着坐下。他们的注意力也像在场的其他人一样，此时全都集中在了姜山和沈飞的身上。

自从来到“一笑天”酒楼之后，除了为徐丽婕接风时的那道“波

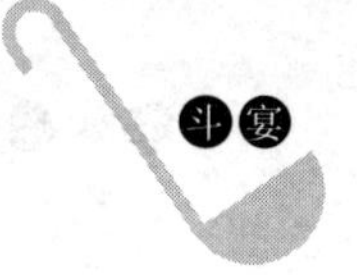

黑战争”之外，沈飞从没做过一道菜，大家也一直认为，沈飞根本不会做菜。

现在大家知道，这是一个多么可笑的错误。早在八年前，沈飞就已经是横扫京城的绝顶刀客了。

而今晚姜山和“一刀鲜”之间的这场巅峰对决，看起来此时才刚刚拉开了帷幕。

姜山看着沈飞，沈飞也在看着姜山。

两人都默不作声，也许他们此时都想到了很多事情。

终于，还是姜山首先打破了沉默：“沈飞，‘一刀鲜’，我苦苦钻研了八年的厨艺，就是为了和你相遇的这一天。”

沈飞淡淡一笑：“我知道。”

姜山也笑了：“可是在知道你的身份之前，我们已经成了好朋友。”

沈飞点点头，的确，他们现在的神态和语气，完全不像是有着两百多年传代恩怨的对立者，你如果在场，只会觉得他们是朋友，而且是那种相识多年、心心相印的朋友。

所以姜山忍不住叹了口气，无奈地问：“我们之间的这场比试，究竟该如何进行呢？”

沈飞没有回答，他又在看挂坠上的照片。那照片把他带回了八年前，他突然觉得姜山和八年前的自己很像：厨艺都是登峰造极，为人处世傲气十足，而且对“烟花三月”的秘密同样充满了好奇。

想到这里，沈飞忍不住抬起眼睛看着姜山，问：“你钻研了八年的淮扬菜，那么对淮扬菜的特点应该很熟悉了？如果用一个字来概括，你能够做到吗？”

姜山略作思索后，自信地答道："淡！淮扬菜注重品尝菜肴的原汁原味，用料不求贵重，讲体味而不讲调味。古语云："大味必淡。"这正是对淮扬菜最为贴切的写照。"

沈飞提出问题之后，在场的淮扬众厨也各自暗暗思索，现在听到姜山给出的答案，众人心中都极为赞同。一个"淡"字，确实概括了淮扬菜的至高境界。

"大味必淡、大味必淡……说得好啊。"沈飞喃喃自语了几句，然后对姜山说道，"两百多年来，你们姜家一直想知道当初的那道'烟花三月'究竟是什么样的菜。既然你能够说出这四个字来，我就满足你刚才的要求，给大家做一道'烟花三月'！"

姜山蓦然动容。徐丽婕在一旁兴奋地拍起了巴掌："啊，太棒了！"

淮扬众厨也是各露喜色，马山捋着胡须，啧啧连声："烟花三月……难道今天真的要一开眼界吗？"

老者在惊喜之余，也没有忘了自己的主人身份，他挥了挥手，客气地说："既然沈先生有这样的雅量，那就请随段经理到后厨吧，一切原料灶具，只管随意选用。"

"好的，大家只要稍微等一会儿就可以了。"沈飞说完，很随意地站起身，跟着段雪明而去。他的身影刚刚在门口消失，众人就迫不及待地议论起来。

徐叔首先摇头感慨："真是想不到，我找'一刀鲜'找了这么多年，原来他就在我的身边。"

"其实我第一次见到沈飞的时候，就觉得他不是一个普通的人。"徐丽婕此时说出这话多少有些"马后炮"的意思。

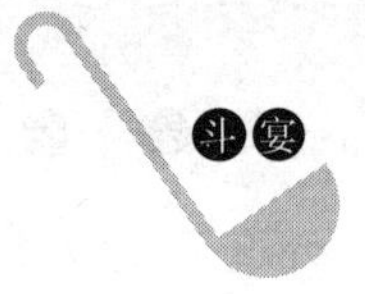

“‘一刀鲜’的传人居然在街头炸臭豆腐干，真是不可思议、不可思议……这每年损失的市场价值何止百万啊？”

具有如此商业头脑的人，自然是“镜月轩”的老板陈春生了。

一直对沈飞敬若兄长的凌永生此时的感觉恍若梦中，不时喃喃自语：“飞哥就是‘一刀鲜’、飞哥就是‘一刀鲜’……”一脸抑制不住的兴奋和喜悦。

马山忽然想到一个问题，略带担心地问老者：“这‘烟花三月’那么神奇，也不知是以什么为主料，后厨不会没有吧？”

老者显得极为自信：“只要是叫得上的鱼肉果蔬，这里的后厨都能够提供。”

徐叔在一旁附和：“这红楼宴厅现在的工作人员都是昔日曹家奴仆的后人，各方面的准备和服务工作绝对是无须担心的。”

老者微微一笑，看着众人换了个话题：“大家不要干坐着，姜先生的这份河豚现在可以动了，来，边吃边等。”说着，他自己率先夹起一块鱼肉，吃了两口后，大赞，“好！如此鲜味，妙不可言！”

淮扬众厨也纷纷跟着举筷，鱼肉下肚后，无不满脸陶醉，众口一词地大加赞美。

徐丽婕虽然仍有些害怕，但见此情景，终于还是按捺不住肚子里的馋虫，拣了锅中最小的一块河豚肉，先仔仔细细端详了许久，然后才送入了口中。

那河豚肉融于唇齿之间，立刻有一股奇鲜溢出，肥、香、细、嫩、滑，诸多美妙口感都趋极致，连舌头都变得软绵绵的，好像要脱离身体飞去一般。徐丽婕一生之中，从没有尝过如此美味，终于明白

了为什么那么多人会冒着生命危险一饱口福。

众人正吃得痛快，忽然听到不远处一个熟悉的声音说道："这么好的东西，你们可别全吃光了，也得给我留点。"

说话的人正是沈飞，他不知道什么时候已回到了宴厅内，正笑嘻嘻地看着大家。

众人全都停下了筷子，目光齐刷刷射向沈飞手中托着的一只土钵，那土钵是以黄陶烧制而成，看上去普普通通，毫无特别之处。

可谁都知道，号称"天下第一名菜"的"烟花三月"，现在就盛在这只土钵中。

"这么快就好了？"徐叔忍不住问道。从沈飞离席到现在，最多不超过十分钟的时间，这么短的时间内便完成了"天下第一名菜"，确实让人有些诧异。

沈飞点着头，非常肯定地回答："好了。"

此时在座的所有人中，心情最为复杂的无疑便是姜山了。"烟花三月"，这道神秘的菜肴，姜家和"一刀鲜"家族两百多年的恩怨就是因它而起。两百多年来，姜家的后人为了获得这道菜中的秘密，不知做过多少次努力，可他们却始终只能在猜测中承受一种失败的感觉。

那种感觉，就像你被人打倒了，却连对方是谁都不知道。

今天，这一切终于可以有一个结果。不管这道菜怎样神奇，怎样了不起，怎样不可超越，至少它会露出真实的面目，让姜家明白，两百多年前，他们究竟是为什么而败。

所有的答案，都在那只土钵中。

"这就是'一刀鲜'代代相传的'烟花三月'。"与旁观者兴奋

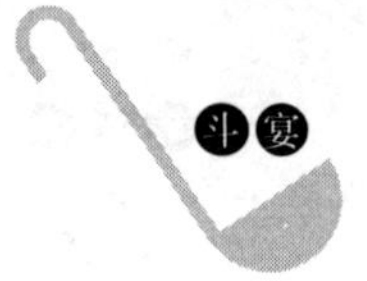

眼神形成鲜明对比的，是沈飞平淡的话语，淡得宛如一杯白开水。

伴着这句话，土钵被摆在了桌上。

紧随而来的是一片寂静，所有的人都奋力瞪大了眼睛，甚至连呼吸都忘记了。

他们终于看见了传说中的菜肴：“烟花三月”。只见土钵中清汤寡水，绿的是青菜，白的是豆腐，除此之外，别无他物。

徐丽婕不是厨界中人，说话没什么顾忌，首先忍不住问道：“这就是‘烟花三月’？”

“‘烟花三月’是当年乾隆太上皇御赐的菜名。”沈飞平静地回答，“这道菜其实还有个大家都知道的名字，叫作‘青菜烩豆腐’。”

“青菜烩豆腐？”众人面面相觑，他们眼中的兴奋消失了，取而代之的是疑惑和惊讶。

老者阅历丰富，也最为沉稳，略微一愣后，立刻说道：“大家先尝一尝这个菜，如何？”

陈春生等人立刻跟着附和。的确，真正的烹饪高手具有藏巧于拙的神妙本领，这看似普通的“青菜烩豆腐”中又焉知没有出人意料的玄机？

姜山拿起筷子，看看沈飞：“可以吗？”

“当然可以。”沈飞做了个请的手势，“大家只管随便用。”

众人伸筷入钵，或取豆腐，或夹青菜，然后小心翼翼地送入口中，闭眼咂舌，不敢错过半点滋味。很快，他们的脸上或多或少出现了失望的神色。

淮扬众厨都把目光看向姜山，等待着他的评论。

因为这道菜最终关系到的，正是姜山和沈飞间的对决。

姜山酝酿许久，终于一字一句地说道："菜做得很好，可它就是一道普普通通的青菜烩豆腐。"

这也正是其他人心中的感觉，作为"一刀鲜"的传人，沈飞的厨艺无可挑剔。可无论如何，青菜烩豆腐就是青菜烩豆腐，就像"神仙汤"和"蛋炒饭"一样，名头再响，也终究脱不了原料本身的束缚，难登大雅之堂。

姜山的脸色变得有些难看。难道当年以自己先祖为首的大内一百零八名御厨，就是被这道菜所打败？两百多年来姜家苦苦追寻的"天下第一名菜"，就是任何一个市井老妇都会做的青菜烩豆腐？

"这道菜在传说中那么神奇，它到底有什么特别的地方呢？"徐丽婕不甘心地追问着。

"菜并没有什么特别的地方。"沈飞回答说，"特别的是做菜和品菜人的心。"

姜山像是被针扎了一下，不安地挪了挪身体。沈飞的话说得非常简洁，但其中包含着极为博大的哲理，他似乎有些明白，但一时又无法完全想透。

"当年我父亲教给我这道'烟花三月'的时候，我也和你们一样失望。"沈飞又开口说道，"直到八年前，我才真正理解了这道菜。"

"八年之前？"姜山皱了皱眉头，"这么说你是明白了这道菜里的奥妙之后，才到北京挑战去的？"

沈飞摇摇头，言语中不无遗憾："你猜错了。如果我早一点理解了这道菜，我就不会去北京了。"

众人茫然相觑，一头雾水。却听徐叔问道：“那你父亲是什么时候教给你这道菜的呢？”

“在我回扬州城之前。”

“回城？”徐叔有些不太明白。

“我父亲当年离开了‘一笑天’之后，就在高邮农村居住了下来。”沈飞解释说，“在那里，我父母结了婚，然后生下了我。”

“原来你父亲就住在高邮农村。‘文革’结束以后，他为什么不回来呢？”徐叔回想起三十年前沈飞父亲的风采，不禁思绪澎湃，恨不能立刻就飞往高邮，拜访这位昔日的前辈。

“我父亲不回来，是因为他在那里过得很快乐。”沈飞笑着说，“我父母的感情非常好，附近的村民要办红白喜事，我父亲就过去帮他们做菜。他现在是那一带远近闻名的‘沈师傅’，那里的村民只知道沈师傅，不知道‘一刀鲜’。”

“这样的日子倒是自得其乐。不过太平淡了些，未免浪费了你们父子俩的一身厨艺。”陈春生免不了又是一阵惋惜。

“我当时也是这么想的。从小，我父亲就把祖传的烹饪技艺教给了我，到我十多岁的时候，我已经对自己的厨艺非常自负了。十年前，当修完了学业之后，我就一心想着要外出闯荡，我父亲并没有阻拦我。不过在我离开的前一天，他教给我这道‘烟花三月’，并且告诉我，只有真正理解了这道菜，才能称得上是‘一刀鲜’的传人。”

众人再一次把目光投向了桌上的土钵，这“青菜烩豆腐”中到底藏着什么样的秘密呢?

“我来到扬州后，首先就找到了‘一笑天’酒楼。那块‘烟花

三月’牌匾向我证实了家族曾经有过的荣耀，不过我们离开酒楼已经二十年了，我决定暂时隐瞒自己的身份，在酒楼做一名菜工，观察一段时间再说。”说到这里，沈飞看了一眼凌永生，“没过几天，小凌子也来了。”

凌永生回想起当时的情况，恍若隔世：“那时候你总对我讲你的抱负，还讲了很多有关‘一刀鲜’的传奇故事，谁能想到，原来你自己就是‘一刀鲜’。”

“抱负……是啊，在后厨待了一段时间之后，我对自己已经充满了信心。那时候我的目标就是要成为天下第一名厨。”沈飞眯起眼睛，似乎也被勾起了颇多感触，“可就在我准备找个机会一展身手的时候，一个人的出现打乱了我的计划。”

徐丽婕脱口而出：“小琼！”

姜山插口问道：“就是照片上的那个女孩吧？”

沈飞点点头：“我和她相遇、相识的每一个细节，我到现在都清晰地记得。我们在一起相处了近两年，那段日子对我来说充满了阳光。她喜欢吃我炸的臭豆腐，我就每天都炸给她吃，后来我们还一起炸给其他人吃，我们的摊点前总是能吸引很多的食客，这使得我们非常有成就感，每天都很快乐。”

“能和自己喜欢的人一起做着自己喜欢的事，那确实是一种幸福。”姜山不禁听得有些神往，不过他随即又话锋一转，“这种幸福使你把自己的抱负都抛在脑后了吗？”

“不，其实那时候我也经常向小琼提起自己要做名厨的梦想。每到这时，小琼就会在我面前撒娇，让我再多陪她一阵。我也知道，如

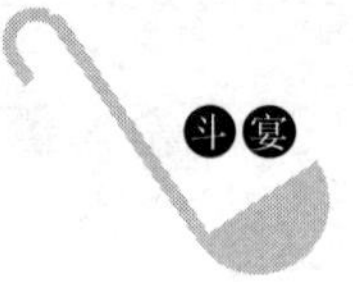

果我真的成了大厨，两人在一起炸臭豆腐的日子就结束了，而这种快乐甜蜜的生活实在让我不忍舍弃，所以我实现梦想的日期便一次一次地被拖延了下去。”

“可你终究还是来到了北京。当年你横扫京城，就是为了实现自己的梦想吧？”姜山猜测道。

“不错。我之所以会这么做，是因为在此前的一个星期，小琼突然提出要嫁给我。”

听到这话，凌永生禁不住惊讶地“啊”了一声，当时他和沈飞、小琼的关系都很好，可关于这件事情还是第一次听说。

沈飞看着凌永生，略带歉意地一笑，说：“当时是我让小琼瞒着你的，因为我觉得自己无论如何不能以一个菜头的身份娶回自己所爱的女孩。我告诉小琼，我要先成为天下第一名厨，然后再回来娶她。”

徐丽婕手托着腮，专注地听着，她已经隐隐猜到故事下面将发生什么。

只听沈飞继续说道：“为了在最短的时间内实现我的目标，我决定直接去北京，挑战京城的名厨。小琼曾试图说服我留下，等娶完她以后再走。可我那时决心已定，我要用自己的功成名就来作为送给爱人的新婚礼物。小琼见我如此坚决，也就没有再说什么，只是在我临走前，她交给我一封信，嘱咐我在北京成功之后再打开观看。我当时并没有多想，向酒楼请了假就急匆匆地赶往北京去了。”

“我还记得你当时请假的理由是回老家探亲。”徐叔回忆道，“没想到是这么回事。”

“我到北京之后的事情，你们也大概知道了。一个月内，我与京

城各大酒楼的名厨们展开较量。”说到这里，沈飞看了眼姜山，“最后一战，就是和你父亲进行的。”

姜山点点头：“嗯，我父亲，包括整个京城厨界都是一败涂地，‘一刀鲜’的声名震动了北京，从这一点上来说，你当时确实算得上是天下第一名厨了。”

“天下第一名厨，我终于实现了自己的目标。那一刻，我高兴得几乎要大喊出来。可当我如约打开那封信时，心情却一下子沉到了谷底。”沈飞略顿了顿，然后淡然地一笑，接着说道，“那封信我一直保留着。虽然已经过去了八年，但信中的每一个字我都还记得。”

“那信中的内容，方便说吗？”徐丽婕试着问道。

“沈飞，祝贺你获得了成功，真希望能和你一块分享这份喜悦，我想，这肯定也是你现在最大的愿望吧。

“对不起啊，这个愿望很可能无法实现了。也许从一开始我就不该瞒着你的，不过我真的不愿意在我们快乐的日子里蒙上任何阴霾。

“那天我说让你马上娶我，你一定以为我在开玩笑吧？但我是认真的。我患有先天性的家族病，这种病的死亡率非常高。下个月十一日我将进行一次决定自己命运的移植手术，这次手术会有很大的危险性，医生告诉我，以前成功的案例不到三分之一。但如果成功了，我就能获得新生，不管怎样，我总是要试一试的。

“你看这封信的时候，我也不知道自己会是什么样的结果了。也许我还没有手术，还等得及你回来娶我；也许我已经获得了新生，正在筹划我们未来的美丽生活；也许，也许，我已经再也无法看见你了……”

沈飞娓娓而言，将那封信完全复述了一遍。徐丽婕和凌永生早已知道小琼的结局，此时得知其中的细节，仍不免动容。其余众人则都是一脸愕然的表情。

姜山忽然想起什么，说道："11日？那正是你和我父亲进行比试的当天。"

沈飞点点头："我看完信后，一刻不停地赶回了扬州，在医院中正巧赶上小琼从手术室中出来，她没有等到见我最后一面。"

"什么？"姜山似乎难以接受这种故事结局，"那个女孩……她就这样走了？"

"是的。"沈飞做了个无奈的表情，"没有什么生离死别，一切就这样结束了。"

众人一片默然，都沉浸在了这个忧伤的故事里。

可沈飞的话还没有说完。

"在北京，我实现了自己长久以来的目标。当时我叱咤厨界，风光无限。可是当一切过去之后，最让我怀恋和回味的，还是和小琼在一起炸臭豆腐的平淡时光。不过人总有个毛病，都会向往那些没有经历过的波澜壮阔的生活，而不知道珍惜已经拥有的快乐。就像这做菜，'大味必淡'的古语已传了几千年，可又有几个人能真正品出这'淡'的好处呢？"说着，沈飞轻轻拿起筷子，从土钵中夹出一块豆腐，送入口中细细地品尝着。

沈飞话语中显然包含着极深的道理，众人听完，脸色都是一凛。却听沈飞此时又趁热打铁地说道："乾隆爷在位数十年，尝遍了天下的珍奇美味，到最后值得回味的，却是这道极为平淡的青菜烩豆腐。姜山，你先祖当时身为总领御厨，又怎能体会到乾隆爷退下皇位后那

种历尽沧桑、尝遍百味的心境？就是我自己，如果没有经历小琼离去的痛苦，恐怕直到现在也无法领会‘烟花三月’的真谛，也不会明白真正属于我的快乐生活究竟是怎样的。”

众人反复咀嚼着沈飞的这几句话，心情各有不同。良久之后，姜山轻叹一声：“原来这‘烟花三月’不是一道菜，而是一种人生。”

沈飞笑了笑：“这句话，你只说对了一半。‘烟花三月’既是菜，也是人生，菜和人生原本就是相通的。就像这‘大味必淡’四个字，既是做菜的道理，也是做人的道理一样。”

姜山神情恍然：“‘烟花三月’这道菜，不理解的人不屑于提及，理解的人又没有胜负争斗之心，不愿提及，难怪这秘密能保守两百多年。”

沈飞看着姜山：“这样的一道菜，你现在能做得出吗？”

姜山沉默半晌，终究还是摇了摇头：“我做不出，我输了。”

/ 尾声 /

E p i l o g u e

“至于初学分布，务求平正，既能平正，务追险绝，既能险绝，复归平正，复归之际，人书俱老。”

这是悬挂在“片石山房”门墙上的那段话。它描绘的虽然是书法艺术，但其中蕴含的哲理却足以隐喻人生。“险绝”与“平正”之间的辩证关系亦可适用于一切艺术。

烹饪也是一门艺术。“大味必淡”四个字不就是对这段话的最好浓缩吗？

遗憾的是，世上并没有多少人能够明白其中的道理，即使明白，也不见得能做到。

沈飞曾在“片石山房”外点过姜山，但对方没能领悟。

这并不是因为姜山的悟性不够。要真正达到最高的境界，光有悟性是不行的，你还必须去经历很多事情。

所以，姜山最终还是败了，他还没有尽览险绝，又怎么能够复归平正呢？

至少他还不可能像沈飞一样，在街头给别人炸臭豆腐。

那一场风波结束之后，一切似乎都没有改变。

“烟花三月”的牌匾仍然挂在“一笑天”的大堂中。

徐叔和凌永生守住了“一笑天”的名楼声誉。

姜山和徐丽婕去了火车站，晚上会有一列开往北京的火车。

最让沈飞高兴的，是他又可以摆摊炸自己的臭豆腐了，而且他的生意，似乎比以前更好。

不过当他晚上收摊回到酒楼时，才发现事情并没有那么简单。

凌永生本来愁眉苦脸地站在门口，一见到他，立刻像看到了救星一般：“飞哥，你可算回来了。店里的客人早就等不及了。”说着，他递过厚厚的一叠下菜单：“这些都点名要吃你做的‘烟花三月’呢。”

沈飞挠挠脑袋，无可奈何地苦笑起来。

沈飞一口气做了二十六份“烟花三月”，当最后一份做完的时候，他终于可以伸个懒腰，懒懒地问道：“小凌子，现在该让我休息一会儿了吧？”

凌永生却苦着脸，看起来比刚才还要烦恼：“飞哥，外面有个客人，非得让你亲自端过去。”

“什么？”沈飞咧着嘴，几乎要跳起来了，“谁呀？这么臭屁，你还不帮我拍死他？”

凌永生一脸的无辜：“这个客人我可没办法，连师父都治不了他，你还是自己去看看吧。”

当沈飞看到那个客人时，他也忍不住叹了口气，这确实是个难缠的家伙。

此刻，这个家伙正在稚声稚气却又一本正经地教训站在他身旁的徐叔：“徐老板，你去问问飞哥，是不是出了名，就不认朋友了？”

除了浪浪，还会是谁呢?

沈飞从身后捏住了他的脖子：“好小子，看我今天怎么收拾你。”

浪浪“咯咯”一笑，闪身跳下座位，向门口边跑边喊：“徐阿姨、徐阿姨，飞哥又欺负我啦。”

沈飞嘿嘿一笑：“徐阿姨早就上火车啦，今天看谁还来救你。”

眼看沈飞就要追上浪浪，忽然前方一双手伸出，把浪浪抱了起来。

来人正是“早就上火车”的徐丽婕。

沈飞一愣，随即便笑了起来：“大小姐?”

跟在他身后的徐叔和凌永生则是满脸诧异。徐叔甚至揉了揉眼睛：“你……你没有走?”

“这个城市，这个酒楼，终究有我难以割舍的东西、难以割舍的人，我不想失去！”徐丽婕看着众人说道，最后她将目光定在沈飞脸上，灿烂一笑，“我得谢谢你。‘大味必淡’的道理，我想我已经懂得。”